Violas Vermächtnis

So nah kann nur der Himmel sein

Barbara Herrmann

AF219323

Das Buch

Die Geschichte zweier Schicksale, die sich vor der prachtvollen, geschichtsträchtigen Kulisse der Kurstadt Baden-Baden begegnen.
Geschieht dies durch Zufall?
Oder wird auch der Himmel seine Finger im Spiel haben?
Die Fragen und Antworten auf Zufälle und andere mystische Zufälligkeiten in verschiedenen Lebenssituationen unserer Zeit sind die perfekte Würze dieses Romans.

Mehr als 20 Schwarzweiß-Fotos führen den Leser an die schönsten und eindrucksvollsten Orte in Baden-Baden.

Die Autorin

Barbara Herrmann ist in Karlsruhe geboren und in Kraichtal-Oberöwisheim aufgewachsen. Ihre Liebe zu Büchern und zum Schreiben begleitete sie während ihres ganzen Berufslebens als Kauffrau. Nach ihrem Eintritt in den Ruhestand sind mehrere Bücher (Romane, Reiseberichte, humorvolles Mundart-Wörterbuch) von ihr erschienen. Heute lebt die Mutter zweier Söhne mit ihrer Familie in Berlin.

Barbara Herrmann

Violas Vermächtnis

So nah kann nur der Himmel sein

Roman

Bibliografische Information der Deutschen Nationalbibliothek: Die Deutsche Nationalbibliothek verzeichnet diese Publikation in der Deutschen Nationalbibliografie; detaillierte bibliografische Daten sind im Internet über dnb.d-nb.de abrufbar.

© 2021 Barbara Herrmann
Kontakt über: heidezimmermann.de

Redaktion: friedericke

Herstellung und Verlag: BoD – Books on Demand, Norderstedt
ISBN: 9783753454900

Coverfoto: shutterstock_275590697-Juergen Wackenhut
            shutterstock_1899230485-Look Studio

Zwei Familien mit dem Zufall auf dem Weg des Lebens

Es gibt Dinge zwischen Himmel und Erde, die wir nicht verstehen…

1

Die Abendsonne schien durch das Fenster und zeichnete Lichtspiele auf die Möbel, als ob nichts geschehen wäre. Renate Bauer bemerkte und beachtete sie nicht. In ihrem Kopf summte und brummte es wie in einem Wespennest. Ihre Gedanken sprangen hin und her und wuselten wild durcheinander wie ein Ameisenhaufen.

Sie saß in sich gekehrt auf dem Sofa ihres Wohnzimmers und wollte noch an diesem Tag nach einer Lösung suchen, wie sie ihrem Leben eine Wende geben konnte. Dabei schwankte siezwischen Lethargie und Aufbruch, zwischen „jetzt erst recht" und „lieber doch nicht". Sie war hin und her gerissen zwischen dem Gefühl, stark zu sein, und der schleichenden Hingabe, die manchmal bis zum Selbstmitleid reichte. Dabei taten ihr die widerspenstigen und widersprüchlichen Gefühle körperlich schon weh.

Eigentlich entsprach es gar nicht ihrem Naturell, sich gehen zu lassen. Im Grunde war sie eher eine kämpferische Frau, dennoch ließ auch sie sich hin und wieder von solchen Gefühlen vereinnahmen.

Zu ihrer inneren Zerrissenheit kamen noch die Einschläge von außen, die sie gar nicht selbst in der Hand hatte, die sie gar nicht beeinflussen konnte.

Es waren Briefe, unheilvolle Briefe, Androhungen und Fristen. Es waren fremde Menschen, die Einlass forderten und die in ihren innersten Angelegenheiten herumschnüffelten, weil sie glaubten, dort etwas zu finden. Diese Leute drangen einfach in ihr letztes persönliches Geheimnis ein. Sie öffneten Zimmer- und Schranktüren, sie sahen ihre Wäsche im Fach liegen und sie stellten ihr unangenehme Fragen. Und sie kamen immer wieder aufs Neue, immer und immer wieder.

Nach außen aber schwieg sie. Niemand erfuhr, wie es in ihr aussah, mit keinem Menschen sprach sie über diese inneren Nöte, diese Gedanken, die ihr ihre Hilflosigkeit immer mal wieder bildlich vor Augen führten. Es war ihr zu peinlich, jemanden damit zu behelligen, schließlich war sie selbst die Versagerin. Sie war eine Frau, die alles falsch gemacht hatte.

Und jetzt auch noch das. Jetzt auch noch ihr Mann. Als ob sie nicht schon genug Probleme hätte. Jetzt auch noch er.

Wie hatte Christian ihr das antun können? Wie konnte ihr Mann zu so etwas fähig sein? Er hatte ihr Vertrauen, ihre Liebe missbraucht und sie im Stich gelassen, auf die erbärmlichste Art und Weise, ganz nach dem Motto: Die Ratten verlassen das sinkende Schiff.

Renate lachte hart auf. Sie fand keinen Ausdruck für das, was da gerade vor sich ging. Dabei hörte sich das Wort „gerade" so an, als ob es eben erst begonnen hätte.

Nein, nicht erst seit eben, sie schleppte das Paket auf ihrem Rücken schon ein paar Monate mit sich herum. Über weite Strecken hatte sie es geschleppt, unbewusst, aber dennoch qualvoll.

Manchmal wurde einem Schmerz zugefügt, es tat weh, man wunderte sich über diesen Zustand, aber die Frage nach dem Warum stellte man sich erst sehr viel später.

Mittlerweile zeigte die Uhr kurz vor acht. Christian war immer noch nicht da, und das ging schon seit Monaten jeden Tag so. Sie wusste, dass ihre Beziehung nicht mehr stimmte, nicht mehr so war, wie sie sein sollte.

Ihr Gefühl und die Erkenntnis, dass ihr Mann ein anderer Mensch geworden war, hatten sie nicht getäuscht. Er betrog sie mit einer anderen Frau. Auch wenn diese Tatsache noch nicht laut ausgesprochen worden war, gab es für sie mittlerweile keinen Zweifel mehr daran. Nach dieser Erkenntnis ließen sich ihre Gefühle nicht mehr beschreiben. Sie wechselten in kurzen Abständen zwischen Wut, Enttäuschung, Trauer, Zorn, Nachsicht, Zukunftsangst, Resignation, Hilflosigkeit und dann wieder zu wilder, fast ungestümer Entschlossenheit.

Renate war zweiundfünfzig Jahre alt. Mit der Tatsache, dass sie im klassischen Sinne nicht für jeden hübsch war, hatte sie sich schon seit langer Zeit abgefunden. Ihre Nase war etwas schräg, das Kinn zu energisch in dem schmalen Gesicht, und ihre blauen Augen mit dem sehr intensiven, manchmal geradezu stechenden Blick waren zu groß. Sie war von kleiner Statur, ihre fraulichen

Rundungen waren nur angedeutet und entsprachen nicht dem, was man ideal nennt. Aber sie war froh, wenigstens schlank zu sein.

Bisher hatte sie das nie gestört, sie hatte sich akzeptieren können, so wie sie war. All die Jahre wusste sie sich von ihrem Mann geliebt und hatte von Beginn an ein einigermaßen harmonisches Eheleben geführt.

Natürlich hatte es Höhen und Tiefen gegeben wie bei anderen Paaren auch. Die ersten Jahre waren überaus schwierige Jahre, Jahre der Entbehrung gewesen.

Sie war noch sehr jung gewesen, gerade mal achtzehn Jahre alt, als sie damals schwanger wurde. Wie es in den Sechzigern selbstverständlich war, hatten auch sie auch gleich geheiratet. Obwohl sie beide noch fast Kinder waren, hatten sie von jetzt auf gleich die große Verantwortung für ein Kind übernehmen müssen.

Hinzu kamen das tägliche Bestreben und die Notwendigkeit, ein würdiges Heim aufzubauen, sozusagen aus dem Nichts. Ihre Löhne waren äußerst gering, sodass sie beide voll arbeiten mussten.

Das Baby, ihr kleiner Sohn Jan, wurde nach wenigen Wochen in einer Kinderkrippe untergebracht, und ihr Mann Christian leistete in der Zeit des Aufbaus unzählige Überstunden, um endlich vorwärts zu kommen.

In den ersten Jahren ihrer Ehe hatten sie eine kleine Wohnung gemietet. Das Wohnzimmer war gerade mal achtzehn Quadratmeter groß und mit geschenkten Möbeln eingerichtet. Ihr Schlafzimmer war nur unwesentlich kleiner, die Betten mussten über einen Kredit finanziert werden, und ein gebrauchtes Kinderbett wurde an eine freie Wand gestellt. Die Küche bestand aus einem winzigen Quadrat und im Bad gab es kaum Platz zum Stehen. Die Wände waren feucht. Mehr war es nicht, mehr durfte es aus finanziellen Gründen nicht sein.

Sie waren bescheiden, sehr bescheiden und dennoch zufrieden gewesen.

Inzwischen war Jan erwachsen, beruflich erfolgreich, verheiratet und lebte in Hamburg. Renate und Christian hatten ein ansehnliches Zuhause, eine hübsche Vierzimmerwohnung mitten in der Altstadt von Baden-Baden und bis vor zwei Jahren beide einen sicheren Arbeitsplatz gehabt.

Während sich für Christian daran auch bis heute nichts geändert hatte, war Renate von einem Tag zum anderen arbeitslos geworden. Aus Angst, keine Arbeit mehr zu finden, hatte sie einen fatalen und unverzeihlichen Fehler begangen, der ihr Leben bis heute beeinflusste. Nein, er beeinflusste es nicht nur, sondern war des Pudels Kern, die Ausgangsbasis all ihrer Probleme und ihrer Verzweiflung.

Ein einziger, allerdings großer Fehler, und ihr ganzes berufliches und privates Leben lag in Scherben.

Herzlichen Glückwunsch! Auf diese ironische Weise gratulierte sie sich stets mehrmals am Tag selbst. Sie hatte lernen müssen, dass diese Art von Fehler nicht einfach mal so ausradiert werden konnte. Es war eine Art von Fehler, der es ihr schwer machte, daraus zu lernen und ihn für die Zukunft zu korrigieren. Er blieb auf weite Sicht an ihr kleben wie eine Klette. Was sollte das ganze Gequatsche von der zweiten Chance und von Sprüchen wie: Man darf ruhig Fehler machen, man muss nur daraus lernen und darf sie nicht wiederholen?

Ein hartes Lachen entwich zwischen den Lippen.

All diese Weisheiten halfen in ihrem Fall nicht. Diese Worte waren nur Schall und Rauch, nur etwas für Schönschwätzer und Sprücheklopfer.

Siebenundzwanzig Jahre waren sie nun verheiratet und solange Renate denken konnte, war Christian pünktlich nach Hause gekommen. Doch von einem Tag auf den anderen hatte sich das geändert. Im Nachhinein konnte Renate nicht verstehen, dass sie es zwar bemerkt, aber wiederum doch nicht richtig bemerkt hatte.

Es war ihr tatsächlich nicht in seiner vollen Tragweite aufgefallen, so sehr war sie wohl mit sich selbst und mit ihren persönlichen Problemen beschäftigt gewesen.

Sie erinnerte sich an den ersten merkwürdigen Vorfall vor einigen Wochen, der ihr im Gedächtnis geblieben war.

Die Alarmglocken hätten an diesem Tag läuten müssen, laut und schrill, aber sie hatten es nicht getan. Sie hatte das Abendessen vorbereitet und jede Minute mit Christian gerechnet. Fast drei Jahrzehnte lang hatte sie die Uhr nach ihm stellen können. Fast auf die Minute genau hatte er morgens das Haus verlassen und es abends wieder betreten.

Es musste etwas passiert sein, dachte sie, eine solche Verspätung konnte nicht sein. Sie wählte die private Nummer seines

Vorgesetzten, um ihn zu fragen, ob sie Überstunden machen muss-
ten. Doch er erklärte ihr, dass sie das Büro pünktlich verlassen
hatten.

Blieb also nur noch die Vorstellung, dass es eine Panne oder
einen Unfall gegeben hatte. Renate hatte nicht die Ruhe, still dazu-
sitzen. Alle zwei Minuten sprang sie auf und lief zum Fenster. Sie
lauschte auf jedes Geräusch im Treppenhaus, glaubte, den Schlüssel
in der Tür zu hören, aber jedes Mal musste sie feststellen, dass sie
sich getäuscht hatte.

Sie wanderte ununterbrochen durch die Wohnung und zum
Fenster. Düstere Bilder von einem Autounfall peinigten sie, und sie
überlegte, was sie tun konnte. Es blieb ihr nichts anderes übrig, sie
musste Geduld haben, sie durfte nicht in Panik verfallen oder gar
überreagieren.

Einige Zeit später kam Christian dann schließlich nach Hau-
se, als wäre es die normalste Sache der Welt, zu spät zu kommen.
Mit keiner Geste entschuldigte er sich, dass er so spät kam. Mit
keinem Wort ging er darauf ein, dass sie so lange auf ihn hatte
warten müssen. Auf ihren fragenden Blick reagierte er gelassen.
Er erklärte ihr, dass er mit einem Kollegen eine Kneipe besucht
hatte, weil dieser aus irgendwelchen Gründen getröstet werden
musste. Außer an den Weihnachtsfeiern war Christian noch nie
mit Kollegen in einer Kneipe gewesen.

Jetzt aus der Distanz fiel ihr ein, dass seine Augen dabei un-
ruhig hin und her geblickt hatten. Eine derart dumme Ausrede
hätte normalerweise alle schlafenden Hunde in ihr wecken müssen.
Aber in der Aufregung hatte sie auch Christians etwas gekünstel-

tes und merkwürdiges Lachen nicht bemerkt, noch nicht.

Hätte sie ihm nicht blind vertraut, hätte sie gleich ahnen können, dass er nicht die Wahrheit sprach.

Dann, erst dann begriff sie, dass er sich verändert hatte und nicht mehr der Mann war, den sie kannte und dem sie vertraute. Mit den Händen konnte sie es plötzlich greifen, fühlen, dass eine Frau im Spiel sein musste.

Jetzt erst fiel ihr auf, dass er sich jedes Mal, wenn sie ihn nach seiner Verspätung gefragt hatte, in umständlichen Ausreden ergossen hatte, die nicht der Wahrheit entsprechen konnten. Sie hatte aus seinen Worten und seinem Verhalten puren Zynismus und Ablehnung gespürt.

Von jenem Abend an war sie hellwach gewesen und hatte die Situation aufmerksam beobachtet und ja, es geschahen stets irgendwelche Dinge, die anders und fraglich waren.

Das Schlagen der Tür riss Renate aus ihren Gedanken. Äußerst ungern kehrte sie aus der Vergangenheit zurück. Christian betrat das Wohnzimmer, er schien gut gelaunt, sah sich erst um und blickte sie dann herablassend an.

„Entschuldige, aber wir hatten heute noch eine Besprechung. Ich hatte keine Zeit mehr anzurufen", sagte er lapidar mit einer wegwerfenden Handbewegung.

„Eine Besprechung hattest du gestern und vorgestern auch. Merkwürdig nur, dass du als kleiner Angestellter plötzlich Sitzungen hast wie niemals zuvor in deinem Berufsleben. Mir scheint, dass man aus den Mitarbeitern eurer Abteilung lauter Manager machen möchte", antwortete sie ironisch und blickte ihm direkt ins Gesicht.

„Was willst du damit sagen?"
Sofort wurde er ungehalten.

„Willst du damit allen Ernstes behaupten, dass ich dich anlüge? Du sitzt in der Wohnung, lässt es dir gut gehen und hast keine Ahnung mehr von der Arbeitswelt. Aber du beurteilst sie!"

Renate zuckte zusammen, ihr Blick wurde unruhig und ihre Augenlider flatterten. Da war er wieder, der versteckte Vorwurf, dass sie nicht arbeitete. Für ihn war wohl Angriff die beste Verteidigung.

„Wenn du denkst, dass du mir ein schlechtes Gewissen einreden kannst, gut. Dann mag dir das gelegentlich gelingen, aber immer werde ich das nicht zulassen, das ist so sicher wie das Amen in der Kirche."
Sie stand auf.

„Glaubst du, dass ich gerne hier sitze? Du weißt doch, dass ich mich seit langer Zeit bemühe, eine Arbeit zu finden", warf sie ihm wütend an den Kopf, während sich ihr Körper versteifte und sie immer mehr in Wut geriet.

„Bemühen alleine genügt nicht. Du musst handeln."
„Warum bist du so ungerecht zu mir, Christian? Das ist doch nicht wahr, was du da sagst."
„Ich bin nicht ungerecht, ich stelle wirklich nur Tatsachen fest. Überzeuge mich vom Gegenteil."

„Du bist kälter, als ich das je für möglich gehalten hätte." Renate schüttelte den Kopf. Vor ihr saß ein völlig fremder Mann. Ein Mann, der sie zu hassen schien, ein Mann, dem sie im Wege war, ein Mann, der augenscheinlich nicht wusste, wie er sich von ihr befreien konnte.

„Renate, das bin ich doch gar nicht. Ich bin nicht kalt. Aber du musst doch die Wahrheit akzeptieren können."

Christian erhob sich ebenfalls, schlenderte zum Fenster und kehrte ihr den Rücken zu, damit er sie nicht ansehen musste.

„Was weißt du denn schon?", rief Renate.

„Du hast doch keine Vorstellung, wie es ist, in meinem Alter eine Arbeit zu suchen. Du hast keine Ahnung, wie es ist, diese fadenscheinigen Absagen hinnehmen zu müssen. Du hast auch keine Ahnung, was sich in meinen Gedanken und Gefühlen abspielt."

Renate schritt vor Aufregung hin und her.

„Was ist, wenn ich doch etwas finde und mir sofort das Gehalt gepfändet wird? Wird man mich dann nicht gleich wieder entlassen? Da sind so viele Fragen und überall Unsicherheiten. Es müsste jemanden geben, der mir den richtigen Weg zeigt. Ich kenne niemanden, aber ich versuche jedenfalls alles, um das zu ändern."

Sie blieb stehen und senkte den Kopf.

„Du versuchst eben nicht alles, meine Liebe", antwortete er gelassen.

„Eine Putzstelle wäre doch das Mindeste, was du hättest finden können. Dann bräuchtest du dir auch keine Gedanken um eine Pfändung zu machen. Die paar Kröten nimmt dir schon keiner weg."

Es war ihm klar, dass er jetzt gemein reagierte, aber er konnte nicht anders. Es war sein Schutzschild, damit er sein schlechtes Gewissen in Grenzen halten konnte, er brauchte das als Rechtfertigung für sein Seelenleben. Denn er wusste ja, dass sein Verhalten nicht in Ordnung war.

Renate schüttelte den Kopf. Tränen versuchten sich, in ihre Augen zu drücken.

„Eine Putzstelle soll ich mir suchen? Das würde dir natürlich gefallen, mich in dieser Position zu sehen. Es würde dir in deine jetzt gezinkten Karten spielen. Aber ich würde auch das machen, wenn ich eine Stelle für acht Stunden bekäme. Es gibt fast nur private Putzstellen und die sind für eine oder zwei Stunden am Tag. Das reicht doch beileibe nicht, um eine vernünftige Regelung für meine Probleme zu finden. Ich muss mein Gesamtpaket regeln, und mein Gesamtpaket ist und bleibt mein Leben!"

Er drehte sich wieder zu ihr um. „Dein Leben, wie pathetisch! Du willst dein Leben in Ordnung bringen? Das wirst du in deinem Leben nicht mehr schaffen. So viel Geld wirst du nie wieder verdienen. Und dann ist eine Putzstelle immer noch besser als gar nichts. Jeder

Euro zählt, findest du nicht?", argumentierte er grinsend.

Wütend und enttäuscht senkte Renate den Blick. Sie wollte seine vorwurfsvollen Augen nicht sehen. Sie wusste auch so, dass sie allein für die prekäre finanzielle Situation verantwortlich war, in der sie sich befanden. Sie machte sich ja selbst jeden Tag aufs Neue Vorwürfe.

„Du musst mich nicht ständig darauf hinweisen. Natürlich weiß ich, dass ich schuld bin. Aber denkst du nicht, dass ich damals in gutem Glauben gehandelt habe? Du hattest ja schließlich meinen Plänen auch zugestimmt", rief sie schrill und ihre Augen blitzten.

Was sollte das jetzt, ihr heute zu sagen, dass sie es nie mehr schaffen würde? Was für einen Unsinn redete er da? Ihr Anwalt würde Vergleiche aushandeln können, das hatte er ihr gesagt. Natürlich erst dann, wenn sie wieder Arbeit hatte. Doch sie hatte eine reelle Chance.

„Darum alleine geht es nicht. Schau doch mal in den Spiegel. Du kümmerst dich nicht um dein Aussehen, deine Haare hast du seit mindestens zwei Monaten nicht mehr ordentlich schneiden lassen, deine Kleidung ist alt, ausgewaschen und unattraktiv. Du sitzt nur noch in der Wohnung herum und kommst zu keinem Ergebnis. Mit dir kann man einfach nichts mehr anfangen. Du lebst in deiner eigenen Welt und träumst vom besseren Leben", stellte er fest ohne einen Funken Rücksichtnahme.

Renate hob den Kopf und blickte ihn ungläubig an.

„Wieso gehst du dann nicht? Das wäre doch das Ein-fachste, wenn ich dir so zuwider bin und du mich nicht mehr ansehen und nichts mehr mit mir anfangen kannst!", schrie sie.

Christian zog es vor, nicht darauf zu antworten. Er grinste sie nur an und wechselte das Thema.

„Wieso hältst du es nicht für nötig, mir ein Abend-brot herzurichten, wenn ich nach einem langen Arbeits-tag müde nach Hause komme?"

„Du kommst nicht von der Arbeit, Christian."

„So? Nicht?"

„Nein."

„Na, dann eben nicht!", sagte er.

Renate musste mehrmals schlucken, um die Situation nicht eskalieren zu lassen.

Es tat unsäglich weh zu hören, was er von ihr hielt und wie er sie einschätzte. Er war zynisch und kannte kein Erbarmen. Ihre Situation zwang sie nun einmal dazu, an ihrer Kleidung und ihrem Äußeren zu sparen. Doch auch dies machte er ihr zum Vorwurf. Sie erkann-te, dass sie ihn endgültig verloren hatte. Wütend blickte sie ihn an.

„Ich habe mich entschlossen, nicht mehr für dich zu kochen", sagte sie spontan.

„Denn ich bin felsenfest davon überzeugt, dass du ei-ne andere Frau hast. Sie kann für deinen Alltag sorgen. Ich bin sicher, du brauchst mich nicht mehr", stellte sie mit bebender Stimme fest. Rasch stand sie auf und ver-ließ schnell und energisch das Wohnzimmer.

Christian saß wie angewurzelt da. Irgendwie tat sie ihm jetzt leid. Aber er wusste von Anbeginn seiner Affäre, dass Renate bald dahinterkommen würde. Es konnte gar nicht anders sein. Früher war er immer pünktlich nach Hause gekommen, und er hatte jetzt keine glaubhaften Ausreden, warum dies jetzt nicht mehr so war. Dennoch benutzte er fadenscheinigen Erklärungen.

Renate war inzwischen nicht mehr die Frau, die er vor vielen Jahren geheiratet hatte. Er konnte ihr Versagen nicht akzeptieren und ihre enttäuschten Blicke nicht mehr ertragen. Es interessierte sie nicht mehr, was gesellschaftlich und politisch geschah.

Selbst an den Wochenenden blieb sie in der Wohnung und beschäftigte sich nur mit ihrer Arbeitssuche.

Er stockte kurz, weil er merkte, wie er sich selbst widersprach. Vorhin noch hatte er ihr vorgeworfen, sich keine Arbeit zu suchen, und jetzt warf er ihr vor, dass sie das sogar am Sonntag tat. Aber was hatten sie nicht alles an positiver Lebensqualität verloren?

Und sie hatte eine große berufliche Enttäuschung erleben müssen.

Selbstverständlich ahnte er, dass sie sich ausgegrenzt fühlte so ganz ohne Arbeit. Natürlich mussten sie beide darunter leiden und sich finanziell sehr stark einschränken. Gab ihr aber diese Situation das Recht, ihn so extrem zu vernachlässigen?

Sie lebten ihre Ehe nicht mehr wirklich. Ihre Alltagssorgen erstickten alle Zärtlichkeiten und Intimitäten, und er hatte es mittlerweile so satt, mit diesen finanziellen

Problemen leben zu müssen.

Wenigstens ab und zu wollte er ein fröhliches Gesicht sehen. Er kam mit ihrer schwierigen Situation einfach nicht mehr zurecht, war überzeugt, dass sie ihn moralisch hinunterzog, ihm sein ganzes Leben genauso versaute wie ihr eigenes.

Und das war ihm eindeutig zu viel. Er wollte nicht mehr. Seine Gedanken gingen zurück zu dem Augenblick, an dem sich sein Leben von einer Sekunde zur anderen von Grund auf verändert hatte.

Vor wenigen Monaten saß er während der Mittagspause in der Cafeteria. Er war an diesem Mittag nicht nach Hause gefahren, um Renate nicht begegnen zu müssen. Eine Kollegin, die er nur flüchtig kannte, setzte sich an seinen Tisch. Sie kamen ins Gespräch und irgendwie funkte es sofort zwischen ihnen.

Eine Weile unterhielten sie sich über allgemeine Dinge wie das Wetter, die Arbeit und andere Belanglosigkeiten. Dabei hielten sich ihre Augen unaufhörlich fest. Spannung lag in der Luft. Die Unterhaltung war gespickt von kleinen verbalen, erotischen Nadelstichen, die sie in einen Bann zogen, von dem sie sich beide nicht mehr lösen konnten und auch nicht mehr lösen wollten.

Sie war sehr anziehend, obwohl ihr Gesicht etwas kantig wirkte. Ihre braunen Augen standen zu weit auseinander, der Mund war klein und die Nase zu üppig. Ihre braunen Haare waren zu einer flotten Kurzhaarfrisur geschnitten, die Figur kräftig und korpulent.

Auffallend war ihr ausladender Busen. Ihre Kleidung war sehr geschmackvoll und sah teuer aus. Es störte ihn nicht, dass sie nicht allzu aufreizend gebaut war. Renate war auch keine Schönheit.

Jeder Mensch hatte wohl Mängel aufzuweisen. Wichtig waren die Ausstrahlung und die Persönlichkeit, und die mussten stimmen. Alles andere zählte für ihn nicht wirklich.

Ohne über die Folgen nachzudenken, fuhren sie gleich an diesem ersten Tag nach Feierabend hinaus an einen See und kauften unterwegs Wurst, gebratene Hähnchenteile, Käse, Obst und Brot. Natürlich durfte eine gute Flasche Wein nicht fehlen. Sie waren begeistert, als sie an einem kleinen Strand, den sie für sich alleine hatten, ihre Decke ausbreiteten, die zum Glück in Christians Kofferraum lag.

„Ist das schön hier, Karin. Woher kennst du diesen Platz?"

„Ach, weißt du, den kenne ich schon lange. Schon als Kinder haben wir die Nachmittage hier verbracht."

Christian half ihr, die eingekauften Lebensmittel auf der Decke auszubreiten. Dann rutschte er zu ihr hinüber und umarmte sie. Zärtlich blickte er ihr in die Augen und legte seine Hände um ihr Gesicht. Er war fasziniert von ihr und kam ihr immer näher und näher. Schließlich legte er seine Lippen auf ihre und küsste sie zärtlich und fordernd zugleich, bis sie kaum noch Luft bekam.

„Karin, ich glaube, bei mir hat heute der Blitz eingeschlagen. Ich habe mich in dich verliebt und verstehe nicht, wie schnell das passieren konnte."

Er schüttelte über sich selbst den Kopf. Nie hätte er geglaubt, dass so etwas möglich war, und schon gar nicht bei ihm selbst. Er hatte eigentlich vergessen, wie das war.

Sie strahlte ihn an und legte ihren Kopf in seinen Schoß.

„Mir geht es genauso, dabei dürften wir das normalerweise gar nicht. Mein Mann hat das eigentlich nicht verdient."

„Bei mir ist das nicht ganz so. Weißt du, meine Frau ... "

Er verdrehte die Augen und blickte verlegen zur Seite.

„Das zu erzählen wäre abendfüllend. Das lassen wir heute besser. Manchmal wünsche ich mir die Trennung, wegen ihrer ganzen Probleme. Aber dann habe ich wieder Skrupel, weil ich Zweifel habe. Du musst wissen, wir sind seit siebenundzwanzig Jahren verheiratet und ich müsste ihr eigentlich beistehen. Aber ich kann es einfach nicht. Kannst du mich verstehen?"

Karin setzte sich auf, sah ihn an und nickte.

„Ja, schon. Sie kann nicht verlangen, dass du dich aufopferst, wenn es nicht mehr stimmt. Du musst das ganz schnell und entschieden ändern, Christian."

„Wie soll ich das ändern? Ich kann sie doch nicht hinauswerfen. Wo soll sie denn hingehen mit all den Sorgen, die sie jetzt umtreiben? Wenn wenigstens ein Ende der Situation abzusehen wäre."

„Suche ihr ein Zimmer, das reicht doch für den Anfang."
„Das kann ich nicht, noch nicht.

Es war ein unvergesslicher Abend.

Von diesem Tag an trafen sie sich täglich. Karin war auch verheiratet und hatte vor kurzem ihren fünfundvierzigsten Geburtstag gefeiert.

Sie und ihr Mann hatten drei Kinder, die noch zu Hause lebten. Sie gingen alle noch zur Schule und waren zwischen fünfzehn und zwanzig Jahre alt. Dennoch gaben sie sich wie unter Zwang ihren berauschenden Gefühlen hin, wohl wissend, dass ihre Familien sehr darunter leiden würden, wenn es herauskäme.

Von nun an verbog sich Christian mit seinen Lügen. Er war

*in einen großen Zwiespalt geraten. Einerseits zog es ihn zu Karin,
seiner neuen prickelnden Liebe. Andererseits hatte er Angst, ob
diese Liebe im Alltag bestehen konnte.*

*Bei Renate hingegen wusste er seit Jahrzehnten, woran er war.
Es war albern, aber er hätte am liebsten nur einmal ausprobiert,
ob es mit Karin funktionierte. Eine Beziehung auf Probe wäre das
Richtige gewesen. Da dies nicht ging, musste er abwarten und wei-
terlügen. Er konnte und wollte sich noch nicht entscheiden.*

Ja, so war das vor einigen Monaten, dachte Christian.
So hatte er Karin kennen gelernt und so hatte sich das
Ganze entwickelt, das er jetzt nicht mehr steuern konnte.

Er schob seine Gedanken beiseite und rannte Renate,
die ihn einfach sitzen gelassen hatte, wütend hinterher.

„Was sagst du da?

„Das glaube ich nicht wirklich! Du hast uns doch in
diese Situation gebracht! Wir haben kaum Geld, du lebst
von dem, was ich verdiene und steuerst so gut wie nichts
bei. Was hast du dir bloß dabei gedacht?"

Christian war krebsrot, bebte vor Wut, holte tief Luft
und musste sich beherrschen, nicht die Hand gegen sie
zu erheben.

„So einfach kannst du das nicht interpretieren", erklärte
Renate.
„Genau wie du habe ich über Jahrzehnte gearbeitet und
unser Leben organisiert. Ich habe den Haushalt versorgt
und unseren Sohn erzogen, habe dich immer geliebt und

war für dich da. Natürlich habe ich einen großen Fehler gemacht. Die finanzielle Katastrophe lastet aber nicht auf deinem, sondern auf meinem Namen und auf meinen Schultern. Ich werde angegriffen und nicht du."

Sie verschränkte die Arme vor der Brust und funkelte ihn an.

„Dein Benehmen ist das Allerletzte!"

„Na und! Du kannst doch nicht sagen, dass ich nicht betroffen bin. Mit meinem Geld müssen wir auskommen, was schwer ist und auch manchmal fast gar nicht geht!", tobte er und schlug sich energisch mit der Hand auf die Brust.

„Solange du hier lebst, erwarte ich, dass du für häusliche Normalität und Mahlzeiten sorgst!", brüllte er mit hervorstechenden Augen.

Er hatte jetzt vollkommen die Kontrolle über sich und seine Worte verloren.

„Da hast du die Rechnung ohne den Wirt gemacht. Ich werde meinen Anwalt fragen. Du kannst nicht zwei Frauen haben. Eine für das Schöne im Leben und mich als Haushaltshilfe für dein leibliches Wohl und die Wäsche. Was für eine bizarre Situation."

„Das ist ja gar nicht so", antwortete er erschrocken.

„Wie, das ist nicht so? Du hast mit hundertprozentiger Sicherheit eine andere Frau."

„Das stimmt nun wirklich nicht", sagte er mit Nachdruck.

„Das glaubst du doch selbst nicht, was du da sagst, Christian. Wieso bist du nicht einfach ehrlich? Außerdem wäre ich dir sehr dankbar, wenn du ihr sagen könntest, dass sie hier nicht mehr ständig anrufen soll."

„Aber das tut sie doch gar nicht."

„Ach, sieh einer an, jetzt hast du dich verplappert! Endlich hat die Lügerei ein Ende."

Renate holte tief Luft. Diese brutale Wahrheit tat weh.

„Natürlich ruft sie hier an. Sogar am helllichten Tag. Und ganz oft dann, wenn sie weiß, dass du gar nicht hier bist, nicht hier sein kannst. Was will sie von mir? Will sie mich quälen, will sie mich mürbe machen oder was sonst? Das gelingt ihr garantiert nicht, sag ihr das. Notfalls kümmere ich mich darum, zum Beispiel wer sie ist. Und falls da ein Mann ist, dann ist das umso besser."

„Stimmt doch gar nicht!", schrie er zurück.

„So etwas tut sie nicht, ganz bestimmt nicht. Das weiß ich. Lass die Finger von ihr und ihrem Mann. Das geht dich nichts, aber rein gar nichts an. Hörst du?"

„Endlich, zwei Mal bestätigt, es gibt sie also tatsächlich. Nun hast du es ausgesprochen. Du sagst, sie tut so was nicht? Dann sind es die Heinzelmännchen, die hier ständig anrufen und einfach wieder auflegen. Diese Frau hat keinen Charakter, sonst würde sie das nicht tun."

„Du spinnst dir doch etwas zusammen. Aber das ist ja kein Wunder. Den ganzen Tag im selben Dreh, da geht halt die Fantasie mit dir durch."

„Rede nur weiter solchen Blödsinn und lüge. Unglaublich, welche Energie du damit verbrauchst, mir diesen absoluten Schwachsinn zu erzählen. Das kannst du doch einfacher haben. Wir können uns doch ganz einfach trennen, natürlich mit den dazugehörigen Konsequenzen".

Christian setzte sich an den Tisch und stützte den Kopf in die Hände. Sie hatte ihn im Kern getroffen. Nun konnte er nicht mehr lügen, es ging nicht mehr. Er konnte sie verstehen. Seine innere Zwiespältigkeit machte ihm jetzt, als es darauf ankam, ganz besonders zu schaffen. Er wollte sie nicht verlieren. Noch nicht. Wenn einer von ihnen ging, dann konnte er nicht mehr zurück. Er war Renate gewohnt.

Und Karin? Wie würde es mit ihr werden? Wenn sie nun doch völlig verschieden waren? Er war verliebt und genoss die schöne Leichtigkeit.
Aber konnte das auf Dauer Bestand haben? Was, wenn sie unter ihrer familiären Trennung litt?

Wenn die drei Kinder zu ihnen kämen und ihn ablehnten? Was wäre, wenn? In seinem Kopf überschlugen sich die Gedanken. Innerlich war er völlig zerrissen. Er hielt faktisch an zwei Frauen fest.

„Was willst du von deinem Anwalt? Du hast kein Geld, das ist dir ja hoffentlich bekannt. Und du bekommst von mir keinen Unterhalt, deshalb kannst du auch nicht ausziehen", hielt er Renate vor.

„Das sehe ich nicht so. Ganz sicher musst du Unterhalt zahlen. So einfach geht das nicht, denn es gibt Gesetze. Ich bin doch nicht deine Leibeigene, mein Lieber. Das kannst du vergessen."

„Na dann, versuche es", sagte er resigniert.

„Ich habe kein Geld für zwei Wohnungen. Überlege gut, was du machst. Das können wir finanziell auf keinen Fall bewältigen."

„Was geht eigentlich in dir vor, frage ich dich. Jahrzehnte lang leben wir zwar ein schwieriges, aber dennoch gutes Leben. Jetzt, wo ich dich am meisten brauche, lässt du mich im Stich. Schlimmer noch, du benutzt mich regelrecht als Haushaltshilfe, und das tut mir in der Seele weh. Niemals hätte ich das von dir gedacht."

Karin strich sich über die Stirn und drehte sich ihm zu.

„Nach so vielen Jahren verlassen zu werden, das ist schon nicht einfach, aber dein egoistisches Verhalten ist jenseits von gut und böse. Ich habe schon viel gehört von Trennungen und was so gang und gäbe ist. Aber deine Variante sprengt alle Vorstellungen, das weißt du genauso gut wie ich."

Christian zuckte resigniert die Schultern.

„Ich kann dir in deiner jetzigen Situation nicht helfen, auch wenn du glaubst, dass du mich brauchst. Das ist mir alles zu viel, und mir fehlt die Kraft, dir eine Stütze zu sein. Ich habe keine Lust, deinetwegen ein Leben auf der Schmalspur zu führen. Das kann ich dir sagen. Das ist meine Wahrheit."

Renate lachte hart auf. Nach diesen klaren Worten verstand sie die Welt nicht mehr.

Christian blickte sie ernst an.

„Kannst du mir nicht etwas Zeit geben? Ich wollte diese Beziehung nicht. Es ist einfach so gekommen."

Er machte eine Pause und beobachtete sie.

„Ich weiß auch nicht, ob sie Bestand haben wird. Warte doch einfach mal ab. Vielleicht geht das nicht so einfach, wie ich mir das vorstelle. Schließlich hat sie auch eine Familie, auf die sie Rücksicht nehmen muss."

Christian lief auf sie zu.

„Ich weiß bis heute nicht, was ich will, und würde gerne noch eine gewisse Zeit abwarten."

„Wie? Ich soll diese Dreiecksgeschichte dulden und warten, bis du erkannt hast, welche von uns beiden die Bessere ist? Das ist doch der Gipfel der Unverschämtheit! Das kann doch nun wirklich nicht dein Ernst sein!"

Mit feuchten Augen verließ Renate die Küche und zog sich ins Esszimmer zurück. Energisch schloss sie die Tür hinter sich. Die Stille war auf einmal unerträglich, und wenn sie an die Unterhaltung von eben dachte, schossen ihr Tränen in die Augen.

Für einen Moment kam wieder diese Müdigkeit, diese Resignation in ihr hoch, die gelegentlich ihren Körper lähmte. In solchen Augenblicken lief sie auch oft Gefahr, sich in Selbstmitleid legen und sich darin wälzen zu wollen. Das passierte immer dann, wenn sie sich im Kreis drehte, wenn sie glaubte keine Lösung zu finden. Das war ein Gefühl, als wäre sie in einem Zimmer, ohne

Fenster und ohne Tür. Kein Ausgang, nur ein Verharren.

Aber diesmal straffte sie umgehend wieder die Schultern. Nein, das wollte sie nicht, jetzt nicht mehr. Jetzt muss Schluss damit sein.

Christian hatte ihr den Spiegel vorgehalten und genau das ausgesprochen, was sie selbst vierundzwanzig Stunden am Tag beschäftigte: ihre unternehmerische Niederlage. Sie musste heraus aus dieser Wohnung und deswegen ihre Eltern um finanzielle Hilfe bitten. Aber es würde ihr nicht leichtfallen.

Ihr Vater war nie von ihrem Ehemann überzeugt gewesen. Sie schämte sich jetzt, versagt zu haben und als erwachsene Frau zu den Eltern gehen zu müssen. Genau das war aber die Tür, die für sie den Ausgang bedeutete.

Am schlimmsten war, mit niemandem darüber reden zu können. Ihren Sohn wollte sie mit ihrem Problem nicht belasten, und seit sie beruflich Schiffbruch erlitten hatte, hatte sie sich mehr und mehr zurückgezogen. Alle Freunde und Bekannten hatten dies ebenso getan. Es gab niemanden mehr, der ihr als gute Freundin beistehen konnte.

„Mein Gott!", flüsterte sie.

Sie konnte keinen anderen Silberstreif am Horizont. Es gab ohne Hilfe keine Normalität. Eine Arbeit zu finden, so lehrten sie ihre bisherigen Erfahrungen, war so schwierig. Und das Arbeitslosengeld würde nicht reichen, um das Leben mit all den Schulden alleine bestreiten zu können. Renate stand auf und sah aus dem Fenster.

Sie wusste, dass alles vom Geld abhing.

Heute Abend nahm sich fest vor, nun tätig zu werden und zu sehen, was die nächsten Tage brachten, trotz und gerade wegen dieser vermeintlichen Aussichtslosigkeit.

Christian hingegen hatte sich vor den Fernseher gesetzt. Bilder und Stimmen erfüllten den Raum und liefen an ihm vorbei. Sein Innerstes war aufgewühlt, und seine Gefühle konnte er nicht mehr einordnen. Leise schlich er sich zum Telefon und wählte Karins Nummer. Nach einem kurzen Moment hörte er die Stimme ihres Mannes.

Ohne ein Wort zu sagen, legte Christian auf. Schade, dachte er und schleppte sich müde ins Bad.

Während er sich kaltes Wasser über die Hände laufen ließ, betrachtete er sich lange im Spiegel. Konzentriert musterte er seine dunklen Augenränder, sein schütteres und stark ergrautes Haar. Mit seinen fünfundfünfzig Jahren konnte er mit seinem Äußeren zufrieden sein. Seine Teilglatze und seine grauen Haare störten ihn überhaupt nicht.

Er war schlank, durchschnittlich groß, hatte braune Augen, eine gerade Nase und einen wohlgeformten Mund.

Was tat er hier eigentlich? Was war das Richtige für ihn? Konnte er Karins hohe Erwartungen erfüllen? Was erwartete Karin eigentlich von ihm und ihrem gemeinsamen Leben? Dachte sie überhaupt an ein gemeinsames Leben? Sie wussten beide nicht, wie sie ihren Alltag gemeinsam gestalten würden, hatten bisher nicht darüber gesprochen, geschweige denn darüber nachgedacht.

Würde es sehr anstrengend sein?

Wie würde das Zusammenleben mit drei fast erwachsenen Kindern werden? Christian stöhnte. Er hatte nur Fragen über Fragen, aber keine Antworten.

Mühsam begab er sich ins Schlafzimmer, wohl wissend, dass er in dieser Nacht kein Auge zutun würde.

Als am nächsten Morgen um fünf Uhr der Radiowecker ansprang, stellte sich Renate schlafend, obwohl sie sofort hellwach geworden war.

Christian erhob sich wortlos und verließ eine halbe Stunde später ohne Frühstück und ohne Abschied die Wohnung. Es war ein herrlicher Morgen. Die Luft war klar, der Himmel blau und die Vögel zwitscherten. Ein wunderbarer Sommertag begann, aber Christian interessierte sich nicht für das schöne Wetter.

Übermüdet und in Gedanken vertieft fuhr er zur Firma und parkte sein Auto auf dem üblichen Parkplatz. Er war noch alleine im Büro, als er eintrat. Seine Kollegen kamen erst gegen halb sieben. Seit Wochen nutzte er diese Zeit, um mit Karin heimlich zu telefonieren.

„Hallo", flüsterte er in den Hörer, als sie sich meldete. „Ich bin froh, deine Stimme zu hören."

„Hast du gestern Abend bei uns zu Hause angerufen?", fragte sie gleich, ohne auf seine Begrüßung zu antworten. Das irritierte ihn. So kannte er sie gar nicht. Normalerweise gab es erst eine zärtliche Begrüßung mit sehnsüchtigen Wünschen.

„Ja, ich hätte gern mit dir gesprochen, denn meine Frau hat mir die Trennung angekündigt. Ich konnte unsere Beziehung nicht länger verheimlichen. Es war ein nervenaufreibender und langer Streit, der mir persönlich sehr zugesetzt und mir zu schaffen gemacht hat."

„Du Ärmster. Aber wir haben ja geahnt, dass es so kommen würde. Trotzdem möchte ich mich zurückhalten. Wir sollten uns etwas Zeit lassen und uns unserer Sache sicher sein. Meine Kinder kann ich auch nicht einfach überfordern."

„Ich kann dich verstehen, aber ich habe für unsere Liebe alles riskiert und möchte das nicht umsonst getan haben", antwortete Christian.

Er war enttäuscht von ihrer Reaktion, aus der keinerlei Zukunftsfreude sprach.

„Ich habe dich aber nicht gebeten, jetzt und gleich dein Eheleben hinzuwerfen, Christian."

„Nein, das hast du nicht. Aber immerhin haben wir uns ernsthaft mit unserer Liebe beschäftigt. Oder habe ich das falsch verstanden?"

„Ja, ich liebe dich und wünsche mir auch, mit dir zusammen zu sein. Ich sehne mich nach dir und denke den ganzen Tag an dich. Aber wir sind doch keine Teenager mehr, und deshalb können wir auch nicht kopflos agieren. Wir müssen doch unseren Verstand einschalten und unsere Vorteile suchen."

„Was für Vorteile? Geht es hier um unsere Liebe oder um etwas anderes?"

Christian verstand sie nicht. So hatte sie noch nie gesprochen.

Karin antwortete nicht gleich.

„Ruf bitte nicht mehr bei uns an. Ich möchte nicht, dass mein Mann zum jetzigen Zeitpunkt etwas merkt, hörst du."

„Dann möchte ich auch dich bitten, nicht mehr bei mir zu Hause anzurufen. Anscheinend tust du das ohne mein Wissen."

„Wieso? Bei deiner Frau ist das doch etwas anderes."

„Was ist da anders? Du rufst nicht an, wenn ich da bin, was ich ja noch verstehen könnte. Nein, du rufst an, wenn ich nicht da bin. Lass sie bitte in Ruhe. Es macht keinen Sinn, anzurufen und dann einfach wieder aufzulegen."

„Wieso nimmst du sie jetzt in Schutz? Es macht doch nichts, wenn ich ihr etwas zusetze. Ich möchte verhindern, dass sie um dich kämpft. Schließlich braucht sie dein Gehalt, um sich abzusichern."

„Das tut sie nicht, dazu ist sie zu stolz. Aber zurück zu meiner Frage: Welche Vorteile sollen wir suchen?"

„Lass uns heute Abend darüber reden. Ich muss jetzt arbeiten", tröstete sie ihn und beendete das Gespräch.

Karin hatte noch Zeit. Ihr Argument, arbeiten zu müssen, war nur vorgeschoben. Je mehr sie darüber nachdachte, umso stärker wurden ihre Zweifel. Sie hatte bisher ein schönes Leben mit ihrem Mann und den Kindern gehabt.

Er war Lehrer und sie selbst arbeitete in einem Verlag. Sie waren beide in gehobenen Positionen und hatten ein gutes und sicheres Einkommen.

Von Christian wusste sie, dass er ein relativ bescheidenes Gehalt hatte und durch seine Frau in eine mächtige und unübersichtliche finanzielle Schieflage geraten war. Wenn seine Frau jetzt auszog, würde er für sie auf jeden Fall Unterhalt zahlen müssen.

Und womöglich würde sie selbst ihn noch dabei unterstützen und finanziell mit durchziehen müssen, falls sie mit ihm das Leben teilen würde. Keine schönen Aussichten.

Und ihr schönes Haus? Ihr Mann würde bestimmt nicht darauf verzichten.

Und die Kinder?

Sollten ihre drei Lieblinge sich einschränken müssen wegen eines anderen Mannes?

Würden sie ihre Mutter verstehen?

Was würde aus den regelmäßigen Urlaubsreisen?

Sollte das alles vorbei sein?

Sie merkte, dass diese verrückte und schöne Liebe erste sichtbare Schrammen bekam. Noch vor ein paar Wochen hätte sie von einem Tag auf den anderen im Rausch der Gefühle alles stehen und liegen lassen.

Und nun dachte sie auf einmal sehr rational und materiell.

Konnte das die große Liebe sein?

Müsste es eigentlich nicht völlig egal sein, wie der geliebte Mensch ausgestattet war?

So ernst hatte sie das noch gar nicht betrachtet. Sie hatte nicht in allen Konsequenzen darüber nachgedacht.

Zugegeben, es war ein schönes Gefühl, von einem Mann heiß und innig begehrt zu werden.

Mit ihm musste sie nicht die alltäglichen Probleme besprechen und den Haushalt meistern.

Mit Christian war es wie im Urlaub. Nur zärtliche Worte, Berührungen und sorglose Freizeitbeschäftigung.

Sie konnte alles zurücklassen, was ihr nicht gefiel, auch ihr etwas abgestumpftes Eheleben und ihren ziemlich langweiligen Ehemann, der sich tagelang in seinem Hobbyraum aufhielt.

Karin erhob sich und sah aus dem Bürofenster.

Auch Christian, so fand sie, verhielt sich nicht ganz ehrlich. Er hatte sich bisher doch auch wie ein Aal davor gewunden, seine Ehe zu beenden, obwohl er es unabhängig von ihrer Beziehung schon längst hätte tun müssen.

Sie vermutete, dass er sich noch gar nicht ganz von seiner Frau gelöst hatte.

Dies war auch der Grund, warum sie ständig bei ihr anrief. Sie wollte die beiden auseinanderbringen, egal wie.

Auf der anderen Seite fragte sie sich, ob er nicht durch

eine gezielte und organisierte Trennung von seiner Frau seinem Finanzchaos ein Ende bereiten wollte – auf ihre Kosten.

Dies wiederum würde ihr gar nicht in den Kram passen.

Sie konnte es drehen und wenden, wie sie wollte. Die Zweifel blieben bestehen. Und deshalb wollte sie vorsichtig, sogar ein wenig berechnend sein.

Ja, berechnend, das wollte sie sich gestatten.

Christian indes war enttäuscht. Er ahnte, dass Karin eine Ausrede benutzt hatte, um das Gespräch zu beenden. Also doch: Jetzt, wo es ernst wurde, schien sie kalte Füße zu bekommen.

Nicht auszudenken, wenn er seine Ehe umsonst aufs Spiel gesetzt hatte. Er war in diese Beziehung geschlittert, weil er gefrustet war und seine Frau ihm auf die Nerven ging, weil er mit der belasteten Beziehung nicht mehr zurechtkam und gerne aus der Verantwortung floh.

Er eignete sich aber nicht für ein Singleleben. Er konnte arbeiten, aber den Alltag hatte er nie in die Hand nehmen müssen. Ganz egal, ob es sich um lästigen Behördenkram, Haushaltsführung oder andere Dinge handelte, das hatte immer Renate für ihn erledigt.

Wie so oft in letzter Zeit vermied er es, einen konkreten Entschluss zu fassen. Am Abend würde er weitersehen.

2

Renate stand auf und saß wie jeden Tag nach ihrer Morgentoilette am Wohnzimmertisch. Kaffee und Zigaretten ersetzten schon seit langem ihr Frühstück.

Mindestens zwei Stunden brauchte sie in der Regel, um den noch flachen Kreislauf zu aktivieren.

Sie fand das selbst auch nicht gut, aber da sie keine nennenswerte Aufgabe hatte, hatte sich diese Gepflogenheit still und heimlich eingeschlichen und sie nahm es einfach hin.

Zu ihrem eigenen Erstaunen musste sie sich an diesem Morgen nicht ihren Tränen und Selbstzweifeln hingeben.

Sie dachte an den Abend zuvor.

Die Wahrheit war immer gut, auch wenn sie schmerzhaft war.

Sie wusste jetzt, dass Christian mit ihr nicht mehr glücklich war und dass sie ihre Konsequenzen daraus ziehen musste.

Diese Tatsache setzte innere Kräfte bei ihr frei. Sie müsste ihrem Mann dankbar sein, dass er für eine neue Sichtweise sorgte.

Jetzt war die Angelegenheit klar, und selbst sie konnte

die stillen Hoffnungen begraben, die sie aufgrund der unausgesprochenen Tatsachen immer noch gehegt hatte.

Aber welche Konsequenzen sollte sie kurzfristig ziehen?

Sie gab sich einen Ruck und rief ihren Rechtsanwalt an, dem sie vertraute und der sie in ihrem finanziellen Chaos betreute, soweit es möglich war.

Er rechnete ihr kurz ihren Unterhaltsanspruch aus.

Und sie konnte hoffen: Ungefähr dreihundert Euro würde Christian monatlich an sie zahlen müssen. Sie konnte sich zwar nicht darauf verlassen, dass er regelmäßig zahlen würde, dennoch kam nun ihr Lebensmut langsam zurück. Irgendwie würde es schon gehen, auch wenn sie noch einige schwere Hürden würde bewältigen müssen.

Sie verstand auf einmal nicht mehr, warum sie die ganze Zeit ein Gefühl der Abhängigkeit und der Ausweglosigkeit gepflegt und gefüttert hatte. Wie absurd ihr das jetzt vorkam!

Ausweglosigkeit war doch das letzte Gefühl vor der Resignation und der Verzweiflung, das Gefühl, das die innere Aufgabe förderte und beförderte.

Deshalb durfte sie dieses Gefühl, genau dieses Gefühl jetzt nicht mehr zulassen.

Gemütlich nahm sie sich die Tageszeitung vor und konzentrierte sich auf die Wohnungsangebote. Sie konnte nicht in Baden-Baden bleiben. Erstens war es für sie zu teuer und zweitens wollte sie nicht in derselben Stadt leben wie Christian. Sie würde in dieser doch überschaubaren Stadt unweigerlich ihrem Mann und seiner neuen Frau begegnen.

Nein, das wollte sie auf gar keinen Fall. Ein einziges Angebot blieb für sie übrig. In einem Dorf wurde ein altes Häuschen mit zwei Zimmern und Ofenheizung angepriesen. Es war mehr als einfach ausgestattet, weit außerhalb und fernab jeder vernünftigen Verkehrsanbindung. Aber wenn sie ihr Auto behalten konnte, würde das genügen.

Sie rief den Vermieter an und verabredete sich mit ihm. Dann kleidete sie sich sorgfältig an, um zu ihren Eltern nach Karlsruhe zu fahren. Wenn sie ausziehen wollte, musste sie sie um finanzielle Unterstützung bitten.

Während sie ihr Aussehen im Spiegel überprüfte, läutete das Telefon. Sie wusste, dass es um diese Zeit nur Christian sein konnte, und überlegte kurz, ob sie mit ihm sprechen sollte oder nicht.

„Ja, bitte?", fragte sie schließlich mit gedämpfter Stimme.

„Ich bin es. Ist alles in Ordnung zu Hause?"

„Was soll denn nicht in Ordnung sein?"

„Weiß nicht. Bei uns ist doch immer etwas", sagte er.

„Heute nicht. Lass uns auflegen, ich muss jetzt weg."

„Wohin gehst du?"

„Zu meinen Eltern."

„Hast du sonst noch etwas vor?"

„Was soll ich denn schon vorhaben", antwortete sie ungehalten.

„Hab einfach nur gefragt, Renate."

„Ich habe jetzt wirklich keine Zeit mehr, um nichtssagende und unwichtige Dinge auszutauschen."

„Wann kommst du nach Hause?"

„Da du bestimmt nicht pünktlich kommst, dürfte dich das wenig interessieren."

Ohne Gruß legte Renate auf. Inzwischen war sie sehr wütend geworden. Sie kannte ihren Mann besser als er sich selbst. Mit diesem Anruf hatte er sie kontrollieren wollen.

Er hätte liebend gern gewusst, ob sie ihre Androhung, ihren Anwalt aufzusuchen, wahr machen würde. Aber diesen Gefallen wollte sie ihm nicht tun. Er sollte sich in Sicherheit wiegen, und sie musste gut überlegt ihre Entscheidungen treffen und entsprechend handeln.

Die Fahrt zu ihren Eltern verlief zügig. Die Autobahn war relativ frei und Karlsruhe mit dem Auto nicht sehr weit entfernt.

Sie parkte den Wagen vor dem Mietshaus, in dem die Eltern wohnten, und winkte ihrem Vater zu, der aus dem Fenster blickte. Ihr Weg führte sie sofort in die Küche, wo sich die beiden aufhielten. Wie immer um diese Zeit beschäftigte sich ihre Mutter mit der Vorbereitung des Mittagessens.

„Hallo, ihr beiden! Geht es euch gut?", rief Renate.

„Na klar", antwortete Mutter Irene fröhlich.

„Und du? Was machst du hier, so mitten in der Woche? Ist bei dir etwas Außergewöhnliches geschehen?"

Renate wiegelte ab. Solange der Vater in der Küche saß, wollte sie nicht sprechen. Sie hatte sich vorgenommen, zunächst mit der Mutter zu diskutieren.

Sie fand, es reichte, wenn er es später erfahren würde. Noch war nichts entschieden.

„Hast du bitte eine Tasse Kaffee für mich?", fragte Renate.

„Klar, die Kanne steht auf der Anrichte."

Irene sah ihre Tochter mit skeptischem Blick an.

Sie ahnte, dass sie mit einem Kofferraum voller Probleme gekommen war, und konnte sich denken, dass Renate nicht in Anwesenheit des Vaters sprechen wollte.

Er war ein Mann, der kein Feingefühl kannte. Er war und blieb ein sturer Mann, der neben seiner festgefahrenen Meinung keine andere Einschätzung gelten ließ.

Die Familie hatte sich daran gewöhnt, ignorierte seine starren und verschrobenen Ansichten und übersah sie geflissentlich.

„Hast du immer noch keine Arbeit?", fragte Vater Eberhard auch prompt.

„Nein, das ist nicht so einfach."

„Also, bei uns ging das damals alles ein bisschen schneller. Wenn man da arbeiten wollte, konnte man das innerhalb kürzester Zeit auch."

„Die Zeiten sind vorbei, Papa."

„Ach was. Ich lese jeden Tag in der Zeitung die Angebote.

Warum rufst du nicht einfach ein paar Firmen an, die

da Arbeit anbieten? Das verstehe ich nicht. Das ist doch der einfachste und schnellste Weg, den man gehen kann."

„Was glaubst du wohl, was ich mache? Natürlich rufe ich an und schreibe auch Bewerbungen."

Renate verdrehte die Augen. Hinter seinem Rücken winkte Irene mit der Hand ab und signalisierte ihrer Tochter, ihn einfach reden zu lassen.

„Du hättest den Irrsinn mit der eigenen Firma lassen sollen. Ich habe gleich gewusst, dass das nichts wird!"

„Ja, Vater, du wusstest natürlich wie immer alles schon vorher."

„Du bist doch selbst schuld. Man sucht mit Geduld eine feste Arbeit und läuft nicht einem unausgegorenen Hirngespinst hinterher!"

„Vater, lass bitte das Thema. Das Gespräch führt zu nichts."

„Wenn du nicht auf mich hören willst, brauchst du auch nicht zu jammern. Notfalls musst du eben in eine Fabrik gehen. Wie willst du sonst deine Schulden bezahlen?"

„Bitte, das verstehst du nicht", antworte sie mit einem Stöhnen.

„Ja, wir Alten, die ein Leben lang gearbeitet haben, wir verstehen das nicht. Das ist wohl wahr."

Wortlos verließ Renate die Küche und setzte sich ins Wohnzimmer.

Sie hatte keine Lust mehr, mit dem Vater zu reden. Sie kannte das schon. Es hätte jetzt ein Wort das andere gegeben und irgendwann hätten sie sich laut gestritten

Zum Glück wusste er nicht, dass sich Christian eine Geliebte zugelegt hatte, sonst hätte er ihr ganz sicher eine weitere Standpauke gehalten.

Nach dem Mittagsessen verließ Vater Eberhard die Wohnung, um einen kleinen Spaziergang zu machen.

Endlich hatten die beiden Frauen Ruhe und gingen ins Wohnzimmer.

Sie wussten, dass er jetzt eine ganze Zeit wegbleiben würde. Er kam mit seinem Stock und seiner Gehbehinderung nur langsam voran und traf in der Regel einige Nachbarn, mit denen er einen Plausch hielt.

Renate starrte auf ihre Kaffeetasse. Es war doch schwerer als sie dachte, der Mutter alles zu erzählen.

„Nun rede schon! Ich sehe seit Stunden, dass du Kummer und Sorgen mitgebracht hast. Du siehst übrigens mitgenommen aus."

„Ich weiß nicht, wo ich anfangen soll. Es ist peinlich, was ich zu berichten habe."

„Aber wieso denn? Nichts wird so heiß gegessen wie es gekocht wird. Hast du denn kein Vertrauen zu mir?"

„Natürlich habe ich Vertrauen zu dir, aber ich glaube, ich muss mir und dir jetzt eingestehen, dass ich versagt habe."

„Na und! Jeder Mensch hat doch das Recht, eine Schwächephase zu haben. Du bist nicht die Einzige auf dieser Welt, der so etwas wie dieser Fehler passiert."

„Frage doch mal deinen Mann, meinen lieben Vater. Der sieht das völlig anders. Dem wäre so etwas natürlich nie passiert."

„Ach was! Du kennst ihn doch. Der redet viel, wenn der Tag lang ist. Würde ich jedes Wort auf die Goldwaage legen, wäre ich schon verzweifelt. Das geht da rein und da raus", meinte Irene und zeigte von einem Ohr zum anderen.

Renate berichtet ihrer Mutter von Christians neuer Frau, ihrer finanziellen Hilflosigkeit und stellte fest, dass sie das Leben in der gemeinsamen Wohnung unter keinen Umständen länger aushalten konnte.

„Ich verstehe, dass er mit mir nicht mehr zurechtkommt. Aber ich finde, er müsste die Konsequenzen ziehen. Stattdessen muss ich es tun."

„Das gibt es doch nicht! Jetzt fängst du auch noch an, ihn zu entschuldigen. Natürlich hattest du Pech und hast auch Fehler gemacht. Aber was macht er? Er schmeißt dich weg wie einen alten Lappen! Jetzt, wo du seine Hilfe bräuchtest. Das finde ich unerträglich."

„Sei nicht so streng mit ihm. Wir hatten über viele Jahre eine gute Ehe. Er sieht, dass ich es nicht so einfach ändern kann und eigentlich im Moment nach seiner und natürlich auch meiner Einschätzung kaum eine reelle Chance habe, ein normales Leben zu führen."

„Was redest du denn da, um Gottes Willen?", rief Irene mit stechenden Augen und wedelnden Armen.

„Er hat fast drei Jahrzehnte deine Fürsorge genossen und macht sich jetzt, wo er dir beistehen müsste, einfach vom Acker."

Sie hielt kurz inne.

„Aber das tut er ja noch nicht einmal. Schlimmer, viel schlimmer, er hält sich die Entscheidung offen, falls etwas schief gehen sollte mit seiner neuen Flamme!", rief Irene böse.

„Das geht nun aber wirklich beim besten Willen nicht!"

„Was soll ich denn machen, fast ohne Geld? Seit Monaten drehen sich meine Gedanken im Kreis.

Ich denke andauernd, dass ich eingesperrt bin in eine Kammer. Das Schlimmste aber ist die innere Vorstellung, dass immer, wenn ich mich freuen würde, eine Arbeit gefunden zu haben, ich diese gleich wieder verliere, weil die Gläubiger meinem Arbeitgeber die Türen einlaufen. Dieser Scham möchte ich auf jeden Fall nicht ausgesetzt sein.

Das sind Horrorbilder, die sich vor meinen Augen abspielen. Da ist man innerlich so zerrissen, da wartet man sehnlich auf Post wegen eines Vorstellungsgesprächs und gleichzeitig hofft man, dass es nicht dazu kommt, weil gerade diese Bilder einen ängstlich werden lassen. Verstehst du, was ich meine?"

Ohne eine Antwort ihrer Mutter abzuwarten, sprach sie weiter.

„Andererseits hilft mir mein Anwalt, genau das zu verhindern. Aber dennoch, die Angst bleibt. Doch eine leise Hoffnung auf Besserung habe ich auch zwischendurch."

Irene war innerlich schockgefrostet. Sie hatte bei Weitem nicht geahnt, welche Höllenqualen ihre Tochter jeden Tag durchlitt.

Dass die noch keinen Zusammenbruch hatte, wunderte sie jetzt sehr.

Kein Mensch kann so eine schwere Last alleine tragen, ohne Unterstützung und ohne professionelle Hilfe.

Wie oft hörte man davon, dass Schuldner keine Post öffnen, dass sich am Ende manch ein Verzweifelter sogar das Leben nahm.

Kein Wunder, bei den einsamen Gedanken und diesem Gefühls-Karussell.

„Du ziehst sofort aus, Renate!"

Renate nickte.

„Ja ich weiß, ich muss das tun. Ein Umzug ist aber teuer und die Kaution auch, und dann kommt bestimmt noch einiges mehr. Ich habe sehr lange gebraucht, um den Mut zu haben, dich deshalb anzusprechen. Das schaffe ich erst einmal nicht alleine."

Renate berichtete von ihrem Unterhaltsanspruch und der kleinen Wohnung, die in der Zeitung angeboten wurde und die sie sich heute noch ansehen wollte.

„Das kommt überhaupt nicht in Frage! Meine Tochter zieht nicht in die Einsamkeit."

„Aber anders kann ich das Ganze nicht bewältigen."

„Doch! Du suchst dir sofort eine kleine Wohnung in Baden-Baden. Du weichst keinen Zentimeter vor ihm zurück, nicht einen einzigen Zentimeter. Es wäre albern, die Nähe deines Anwaltes und der Behörden, von denen du dein Geld bekommst, zu verlassen. Du beantragst bei der Stadt einen Mietzuschuss oder gleich eine Wohnung. Die Kaution und den Umzug bezahle ich."

„Ich möchte aber Christian in Zukunft nicht ständig auf der Straße begegnen."

„Was soll der Quatsch? Du hast doch auch noch deinen Stolz. Du machst es so, wie ich es dir vorgeschlagen habe. Vor ihm zu kuschen und davonzulaufen, das machst du garantiert nicht. Du hast das nicht nötig!"

„Glaubst du, er teilt freiwillig die Möbel mit mir?"

„Der wird ja gar nicht gefragt. Aus der Wohnung nimmst du mit, was du gebrauchen kannst, maximal die Hälfte. Den Rest kaufen wir neu. Und noch was: Deine Sachen holen wir morgens, wenn er arbeitet. Du sagst vorher nichts, rein gar nichts. Lass dich auf keine Diskussionen mehr ein. Du schaffst das schon. Wir halten zusammen."

Irene verdrehte die Augen und lachte spitzbübisch.

„Das Gesicht möchte ich sehen, wenn der nach Hause kommt und die Bude fast leer ist. Schade, dass wir nicht irgendwo eine Kamera installieren können."

Renate musste lachen.

„Danke, Mama. Danke für alles."

Nun konnte sie die Tränen nicht mehr zurückhalten. Sie war erleichtert.

Irene nahm Renate in die Arme und hielt sie fest. Sie wusste, dass die Anspannung von ihr weichen musste, ließ ihre Tochter gewähren und strich ihr tröstend über den Rücken. Nachdem ihre Tränen nicht versiegen wollten, schob sie Renate leicht zurück und sah sie ernst an.

„Höre auf zu weinen. Das ist der Kerl nicht wert. Fahre nach Hause und denke daran, dass du dir nichts anmerken lässt und nichts mehr ankündigst. Hast du verstanden?"

„Ja. Morgen früh gehe ich zu den Behörden und zum Anwalt, damit er die Scheidung einreichen kann. Hoffentlich will er nicht gleich Geld von mir", antwortete Renate schniefend.

„Ich gebe dir gleich etwas mit."

Kurz nach Feierabend traf sich Christian wie an jedem Tag mit Karin. Zärtlich nahm er sie in die Arme und küsste sie.

„Ich bin so froh, dass du da bist. Den ganzen Tag hatte ich furchtbare Sehnsucht nach dir."

„Übertreib nicht, du Schelm. Wir sehen uns doch jeden Abend", antwortete sie lachend und siegessicher.

„Ich übertreibe nicht. Glaubst du nicht an meine Beteuerung? Ich bin frei für unsere Beziehung, das ist doch ein Beweis meiner großen Liebe."

„Ich weiß nicht, du hast das nicht freiwillig getan. Du bist ertappt worden und hattest keine andere Wahl, so glaube ich zumindest."

„Ein bisschen hast du ja Recht. Aber sind wir nicht beide gleich in unserem Zögern? Zumal wir uns ständig unsere Liebe beteuern, aber uns ihr noch nie hingegeben haben."

„Wir sind noch nicht offiziell zusammen."

„Aber das können wir doch jetzt ändern", schlug er vor.

„Wir reichen beide die Scheidung ein und arrangieren unser neues, gemeinsames Leben."

„Entschuldige, Christian, aber das geht mir zu schnell. Was sind schon ein paar Monate? Ich kann nicht einfach gehen. Die Kinder sind schließlich auch noch da. Und dann, wo wollen wir leben? Kannst du zu unserem Leben etwas beitragen oder musst du die nächsten Jahre für deine Frau zahlen?"

„Ich weiß es nicht. Natürlich versuche ich, das zu verhindern. Eine günstige Wohnung werden wir hoffentlich auch finden."

„Das ist mir zu wenig. Nur eine günstige Wohnung reicht nicht. Die Kinder brauchen alle ein Zimmer. Und außerdem bin ich schon einigen Komfort gewohnt, na ja, und ein bisschen Luxus im Alltag natürlich auch."

„Vielleicht wollen deine Kinder ja auch bei ihrem Vater bleiben?", überlegte er laut.

Das wäre ihm jedenfalls lieber gewesen. Er war froh, dass sein eigener Sohn schon erwachsen war und er keine Verantwortung mehr für ihn übernehmen musste.

Jetzt ging es hier sogar um drei Kinder.

Die Vorstellung, sich noch einmal mit Schule, Ausbildung und bockigen Jugendlichen auseinandersetzen zu müssen, gefiel ihm nicht sonderlich, zumal es ja gar nicht seine eigenen Kinder waren.

Eigentlich wäre er gerne frei von solchen Verpflichtungen und anstrengenden Zuständen gewesen.

„Ich habe keine Ahnung, wie sie reagieren. Einerseits sind sie groß genug, um es zu verstehen. Andererseits würde ich ihnen sehr wehtun. Lass uns einfach noch eine Weile abwarten", argumentierte Karin etwas ungeduldig.

„Kann es sein, dass dich der Mut verlässt?"

„Nein, Christian, das ist es nicht."

„Was ist es dann, Karin?"

Sie stöhnte.

„Ich kann dir das auch nicht sagen. Mir geht das einfach viel zu schnell. Verstehe mich bitte. Ich kann nicht aus meiner Haut und muss das in Ruhe und wohlüberlegt angehen. Immerhin geht es um sehr viel. "

„Komm, lass uns gehen. Ich möchte noch etwas trinken."

Resigniert gab er auf. Wie an jedem Tag fuhren sie zu ihrem Restaurant und verbrachten noch zwei Stunden mit unergiebigen Diskussionen.

3

Nach einigen Tagen der Abwesenheit steuerte Gero Ernest seine Limousine die steile Kaiser-Wilhelm-Straße hinauf.

Vor vielen Jahren hatte sein Vater voller Stolz das prunkvolle Anwesen gekauft, dessen schmiedeeisernes Tor sich geräuschlos und wie von Geisterhand öffnete.

In unmittelbarer Nachbarschaft befand sich die historische Villa Kossmann; sie wurde im Jahre 1818 von Friedrich Weinbrenner vermutlich für den Kammerjunker und späteren Oberzeremonienmeister Baron von Ende erbaut und 1838 vom Spielbankpächter Jacques Bénazet gekauft.

Ein beeindruckendes Anwesen.

Gero fuhr hinein in die gepflegte Anlage. Rechts und links der Zufahrt hatte der Gärtner auf künstlerische Weise herrliche Rosenbeete angelegt.

Ausladende, uralte Bäume gaben dem Park seine ganz besondere Note. Das prachtvolle Gebäude aus dem Jahr 1825 stand auf der höchsten Erhebung des Plateaus und strahlte in unglaublicher Schönheit vergangener Zeiten.

Blendend weiß leuchtete die Villa zwischen dem satten Grün. Die zahlreichen Zinnen und Erker reckten sich stolz gen Himmel.

Gero parkte seinen Wagen vor der Garage und betrat über wenige Stufen den von zwei Säulen eingerahmten Eingang. In der großzügigen und geschmackvoll eingerichteten Halle begrüßte ihn seine langjährige Wirtschafterin.

„Gertraud, ist meine Schwester im Haus?"

„Nein. Sie ist in die Stadt gefahren."

„Gut. Ich bin für die nächste Zeit in meinem Arbeitszimmer."

Gero ging in sein Schlafzimmer und tauschte seine Reisekleidung gegen bequeme Jeans. Wenige Minuten später saß er an dem wuchtigen Schreibtisch, den schon sein Vater benutzt hatte, und bearbeitete die Verhandlungsergebnisse seiner Reise und die liegengebliebene Post. Für einen kurzen Moment schloss er die Augen.

Dann blickte er aus dem großen Panoramafenster ins Tal. Unter ihm lag das Wahrzeichen von Baden-Baden: das berühmte Kurhaus, der weiße Prachtbau mit dem markanten Mittelteil, der von korinthischen Säulen getragenen Vorhalle und dem davorliegenden Kurpark an der Lichtentaler Allee.

Auf der anderen Seite oberhalb der Altstadt ordneten sich die Bäder, das Schloss und die Kirche eng aneinander.

Ein traumhafter Blick, der sich ihm bot.
Immer wieder war er dankbar, so leben zu dürfen. Die beruhigende Atmosphäre und die aufkommende Müdig-

keit nach der Reise lockten ihn in Tagträume, denen er sich nur allzu gerne hingab.

Gero war ein großer, stattlicher Mann und fünfzig Jahre alt. Sein Körper war durch sportliche Betätigung gestählt. Er hatte pechschwarze Haare, seine Augen waren stahlblau, die Nase in der richtigen Proportion und sein schmaler Mund ergänzte sein perfektes Aussehen.

Er war in einer sehr reichen Familie aufgewachsen.

Seine Eltern waren vor einigen Jahren relativ kurz nacheinander verstorben. Sein Großvater und sein Vater hatten im Laufe der Jahrzehnte ein großes Immobilienunternehmen aufgebaut.

Schon früh hatten die beiden erkannt, dass es nicht genügte, nur im eigenen Land tätig zu sein, und hatten weltweit Stützpunkte und damit ein Imperium geschaffen. Neben der Vermittlung von exklusiven und legendären Privat- und Geschäftsimmobilien bauten sie in allen Herren Länder auch selbst.

Heute dachte voller Dankbarkeit zurück. Er und seine Schwester Viola waren mit viel Liebe und Zuneigung erzogen worden. Beide hatten im Ausland studiert und waren ohne Druck Stück für Stück auf die Übernahme des Unternehmens vorbereitet worden.

So kam es, dass sie eines Tages mit Begeisterung in die Fußstapfen der Eltern traten. Erst nach deren Tod hatten sie begriffen, welch fantastische Geschäftsstrategie ihre Vorfahren gewählt hatten.

Spät erkannten sie die Bedeutung der Worte des Vaters, der immer die Meinung vertreten hatte, über ausreichend Führungspersonal verfügen zu müssen. Messerscharf hatte er die weltweite Verantwortung auf viele Schultern delegiert, sodass er von seinem liebsten Ort, seinem Schreibtisch, alles überwachen und verantworten konnte.

Nie hätte er zugelassen, dass er der für die Geschäfte seine Familie und vor allem die Kinder vernachlässigen musste.

Heute profitierte Gero um ein Vielfaches von den Grundlagen, die sein Vater einst gelegt hatte.

Dank der modernen Kommunikationsmöglichkeiten musste er nur wenige Tage im Monat, wenn überhaupt, durch die Welt reisen und konnte trotz des riesigen Unternehmens, das er zu führen hatte, viel freie Zeit genießen.

Schade nur, dass es ihm nie gelungen war, eine Familie zu gründen. Einmal hatte er geglaubt, die richtige Frau gefunden zu haben. Nach der Heirat hatte sich dies blitzartig als schrecklicher Missgriff herausgestellt.

Seine Frau hatte ihn nur wegen seines Geldes geheiratet und ihn schon wenige Wochen nach der Hochzeit betrogen. Sein Vater unterstützte ihn und hat ihm durch die Zahlung einer horrenden Abfindung zur Freiheit verholfen. Bis heute hatte er diesen Fehler nicht verwunden und nie wieder Vertrauen zu einer Frau fassen können.

Er wusste, dass dieses Erlebnis ein Hemmschuh war. Die eine oder andere Frau, die er im Laufe der Jahre kennen gelernt hatte, meinte es bestimmt ehrlich, aber er war zu verbittert, um sich einer Frau öffnen zu können.

Am meisten vermisste er Kinder, seine Kinder. Liebend gern hätte er sie aufwachsen sehen. Auch hatte er keinen Erben, was den Blick in die Zukunft seines Imperiums nicht gerade erhellte.

Seine Schwester Viola, inzwischen achtundvierzig Jahre, hatte es da zunächst besser gehabt als Gero: Sie hatte den Mann ihrer Träume und ihrer Liebe gefunden.

Doch bei ihr hatte das Schicksal gnadenlos zugeschlagen: Vor fünf Jahren war ihr Mann bei einem Flug mit seiner kleinen Privatmaschine bei schlechtem Wetter abgestürzt und gestorben.

Diesen Schicksalsschlag hatte Viola nie verwunden. Über all die Jahre hatte sie mit den Geschehnissen gehadert und sich immer mehr zurückgezogen.

Gero sah sie vor sich: eine einst fröhliche Frau mit schwarzen, schulterlangen Haaren. Sie war sehr schön, hatte ebenmäßige Gesichtszüge, blaue Augen und war nicht ganz so groß wie er selbst. Viola kam nach ihrer Mutter, zart und schmächtig, liebevoll und klug. Auch sie hatte sich damals mit ganzem Herzen in die Firma eingebracht.

Heute verdunkelte sich ihr Blick vor Sorge. Langsam

und schleichend hatte sie sich nach dem Unfall ihres Mannes aus den Geschäften zurückgezogen. Ihre Augen blickten stets stumpf und traurig. Ihr Gesicht war von einer fahlen Blässe überzogen, die sie krank aussehen ließ. Sie pflegte keinerlei Kontakte mehr zu ihren langjährigen Freundinnen.

Der Glaube und die Zuneigung zu Gott waren inzwischen das, was sie lebte. Nichts anderes hatte mehr Platz in ihrem Leben und nichts anderes ließ sie mehr zu.

Lange hatte Gero überlegt, ob er versuchen sollte, sie zu beeinflussen. Nach mehreren Gesprächen hatte er aber einsehen müssen, dass er keine Chance hatte. Es war ihr Weg, denn auf diese Art fand sie Trost und Nähe zu ihrem verstorbenen Mann.

Das konnte er akzeptieren, auch für gut befinden. Lediglich ihre totale Zurückgezogenheit und die Abkehr von den Freuden des Lebens machten ihm Sorgen. Das sprach gegen sein Verständnis. In dieser Angelegenheit hatte er bisher keinen Zugang zu ihrem Herzen gefunden.

Gero kam aus seiner Gedankenarbeit zurück und betrachtete mit einem kleinen Stöhnen den Stapel an Akten und Briefen. Er schüttelte sich kurz und begann äußerst konzentriert, seine Aufgaben wahrzunehmen.

Währenddessen saß Viola kalkweiß und mit weit aufgerissenen Augen vor ihrem Arzt, zunächst unfähig, überhaupt zu reagieren.

Dr. Fuller versuchte, den Schock zu lösen und sie abzulenken, indem er mit erhobenem Zeigefinger darauf hinwies, dass sie noch am selben Tag in die Klinik gehen und operiert werden müsse.

Er wollte ihr wenigstens einen kleinen Hoffnungsschimmer geben.

„Wieso habe ich nichts gespürt, Dr. Fuller? Ich komme hierher, denke an nichts Böses, will nur meine Routineuntersuchung und Sie kommen ein paar Tage später mit so einem Hammer."

Dr. Fuller setzte sich auf die Ecke seines Schreibtisches. „Das ist eben das Schlimme an diesem Krebs. Man spürt und bemerkt ihn nicht."

„Wie soll es jetzt weitergehen?", wollte sie wissen.

„Ich habe Ihnen schon gesagt, dass Sie schnell operiert werden müssen. Danach beginnen wir mit der Chemotherapie und der Bestrahlung."

„Werde ich wieder gesundwerden?"

Dr. Fuller schwieg. Er war einiges gewohnt. Diese fürchterliche Nachricht musste er so oft überbringen.

Aber bei Viola, die er seit ihrer Kindheit betreute, die er seit fast fünfzig Jahren kannte, fiel ihm das besonders schwer. Hier half sein beruflich eingeübter Abstand zu den Menschen nicht viel.

„Gesund werden?", fragte er laut.

„Ich will ganz offen zu Ihnen sein. Das wird in Ihrem Fall nicht mehr gehen. Auf dem Ultraschall habe ich gesehen, dass der Krebs schon in andere Organe gestreut hat. Es ist medizinisch nicht sehr wahrscheinlich, dass eine Heilung stattfinden kann. Aber wenn wir gleich operieren und therapieren, können wir noch einen längeren Aufschub erreichen. Und manchmal geschehen auch Wunder."

Viola hing an seinen Lippen. Er war für sie der Mann, der ein Urteil über ihre Zukunft fällte.

„Was ist, wenn ich das alles mitmache? Ich habe schon öfter gelesen, dass die Behandlungen äußerst schwierig sein sollen. Ich meine damit nicht den Haarausfall, der ja nicht weh tut. Nein, ich meine die ganzen Nebenwirkungen."

„Das stimmt. Die Medikamente sind wie Gift. Sie sollen ja auch Böses vertreiben. Es wird eine große körperliche Belastung mit vielen Nebenwirkungen. Es wird eine verdammt harte Zeit für Sie. Aber Sie sollten nichts unversucht lassen."

Er beobachtete sie und sah, dass sie ganz abwesend war, als hätte sie gar nicht zugehört.

Ihr Blick ging nach unten auf ihre Hände, die sie gefaltet hatte wie zum Gebet.

„Ich verstehe auch nicht, dass es so schnell gehen konnte. Als ich vor einem Jahr bei Ihnen war, war doch noch alles in Ordnung", sagte sie, ohne auf seine Ausführungen einzugehen.

„Darauf habe ich selbst als Arzt keine Antwort. Darf ich Sie jetzt in der Klinik anmelden?", drängte er.

„Nein. Ich möchte nachdenken, nur einen einzigen Tag. Bitte nur einen einzigen Tag."

Sie wollte abwägen, was für sie das Beste sein würde. Dr. Fuller hatte ihr die Schwere der Krankheit genau erklärt. Wenn sie sich für eine Behandlung entschied, würde sie durch die Hölle gehen müssen. Dennoch waren ihre Erfolgschancen nur gering. Maximal eine Verlängerung des schweren Lebens, das sie jetzt erwartete, würde man erreichen können. Sie bat Dr. Fuller, ihren langjährigen Arzt und Freund der Familie, sich an seine ärztliche Schweigepflicht zu halten. Er beugte sich nur widerwillig ihrem Wunsch und machte sich große Sorgen.

Langsam verließ sie die Praxis. In ihrem Gehirn arbeitete es fieberhaft, ihr Kopf dröhnte und ihre Schläfen pochten. Wie in Trance wanderte sie durch die Altstadt und fand sich nach einiger Zeit vor dem Eingang der Stiftskirche wieder. Im Chor der Stiftskirche befinden sich die Grabmale der Markgrafen zu Baden.

Viola öffnete das gotische Hauptportal und trat ehrfürchtig und leise ein. Vor dem Kruzifix aus Kalksandstein blieb sie stehen. Der Künstler hatte den Korpus Christi mager und leidvoll dargestellt. Das Gesicht drückte große Duldsamkeit unter der Dornenkrone aus.

Sie versuchte in den Gesichtszügen Christi zu lesen. Ihr war, als würde er ihr Mut zusprechen. Er zeigte ihr symbolisch mit seinen über Kreuz genagelten Füßen, wie sehr auch er hatte leiden müssen in jener, in seiner Zeit. „Muss ich jetzt auch so leiden wie du?", flüsterte sie.

„Du hast dich für die Menschheit geopfert. Und für wen werde ich mich opfern?", fragte sie vorwurfsvoll.
Lange blickte sie in sein Antlitz und wartete auf eine Antwort.
„Warum? Ich habe meinen geliebten Mann verloren und den unsäglichen Schmerz ertragen. Ich habe nicht

gehadert. Im Gegenteil, ich habe meine Liebe zu dir entdeckt. Wieso jetzt ich? Wieso so langsam und schmerzvoll? Erkläre mir, warum, damit ich es verstehen kann", beendete sie ihre Zwiesprache.

Im gleichen Moment taten ihr die Worte leid.

Sie schämte sich.

Nur Zweifler verhielten sich so.

Sie fragten immer nach dem Warum und dem Weshalb. Und nun fing sie auch noch damit an, sich zu beschweren.

Das durfte sie nicht, denn sie hatte bisher ein privilegiertes Leben geführt.

Wenn sie wollte, konnte sie jeden Spezialisten und die besten Kliniken der Welt aufsuchen.

Andere wären froh gewesen, wenn sie das Geld für eine Untersuchung gehabt hätten, nur für eine einzige Untersuchung.

Sie faltete die Hände zum Gebet, senkte den Kopf und schloss die Augen. Lange, sehr lange stand sie da und hoffte auf eine Antwort, die sie bestärken konnte.

Es fiel ihr schwer, in die Realität zurückzukehren. Noch einmal blickte sie in das Antlitz Christi. Sie hatte das Gefühl, dass sein Blick sie ermutigte, den für sie auserwählten Weg zu gehen.

„Danke für deinen Trost. Ich werde nicht mehr fragen. Wenn der Vater meint, dass meine Zeit gekommen ist zu gehen, dann werde ich es hinnehmen. Ich bin überzeugt, dass er weiß, was er tut. Ich bitte ihn nur, mich nicht allzu sehr leiden zu lassen", sagte Viola voller Überzeugung.

Die Töne der Orgel drangen an ihr Ohr. Viola lauschte ihnen inbrünstig, obwohl eine Gänsehaut ihren Körper überzog. Sie fror, ihr war auf einmal eiskalt.

Eine helle, klare Frauenstimme begann zum Orgelspiel zu singen. Gebannt sog Viola den Text in sich auf:

„Ich bete an die Macht der Liebe, die sich in Jesus offenbart. Ich geb mich hin dem heiligen Triebe, mit dem ich selbst geliebet ward. Ich will, anstatt an mich zu denken, ins Meer der Liebe mich versenken."

Tränen der Erleichterung benetzten ihr Gesicht. Genau das war es. Das war die richtige Aufforderung.

„Danke, Herr, du hast mir doch geantwortet", flüsterte sie und blickte nach oben.

Ganz ruhig begab sie sich zum Ausgang. An der Seite auf einem Tisch lagen kleine Zettel mit Losungen und Bibelsprüchen aus. Viola studierte sie und blieb mit ihren Augen und ihrem Herzen an einem Spruch hängen, den sie mitnehmen wollte:

„Fürchte dich nicht, denn ich bin bei dir".

Sie hatte ihren Entschluss gefasst. Sie würde nicht in eine Klinik gehen, sich nicht behandeln lassen.

Sie würde ihre Krankheit akzeptieren und die verbleibende Zeit nutzen.

Bald würde sie bei ihrem Mann sein können. Diese Vorstellung stärkte sie, als sie den Nachhauseweg antrat.

Eine Stunde später hörte Gero die Stimme seiner Schwester, die sich mit Gertraud in der Halle unterhielt. Kurz darauf öffnete Viola seine Bürotür.

„Hallo, lieber Gero. Schön, dich wiederzusehen. Warst du erfolgreich auf deiner Reise?"

Gero erhob sich, umarmte Viola und küsste sie zärtlich auf die Stirn.

„Hallo, mein Mädchen. Natürlich war ich erfolgreich. Wie geht es dir? Gibt es was Neues, das ich wissen sollte?"

„Nein. Das weißt du doch. Was soll es bei mir schon Neues geben?", antwortete sie mit ihren traurigen Augen.

Während er ihr sanft über den Rücken strich, dachte er wie immer nach, wie er sie aus dieser Lethargie holen könnte.

„Wie wäre es denn, wenn du mal wieder einen kleinen Urlaub machst? Zum Beispiel ein paar Tage in Nizza: Meer, Palmen, Strand, Sonne und wunderschöne Boutiquen", schwärmte ihr Gero vor.

„Ach, ich weiß nicht. Ich glaube, das ist nichts für mich. Eigentlich ist mir nicht nach einer Reise."

„Unser Haus steht leer. Madeleine würde sich bestimmt freuen, wenn sie dich bemuttern könnte. Und das Wetter ist jetzt herrlich da unten", versuchte er sie umzustimmen.

„Ich überlege mir das. Einverstanden?"

„Gut. Aber überlege klug und lehne meinen Vorschlag nicht gleich kategorisch ab."

„Komm mit. Gertraud möchte auftragen. Es gibt Mittagessen", sagte sie und lenkte vom Thema ab.

Gemeinsam gingen sie auf die Terrasse. Unter einem überdimensionalen Sonnenschirm war der Tisch gedeckt. Gertraud hatte sich wieder einmal selbst übertroffen und servierte einen wunderbaren gemischten Salat mit Putenbruststreifen, genau das Richtige bei der Hitze. Eisgekühlte, selbstgepresste Säfte und ein Obstteller rundeten das Essen ab.

Zufrieden saßen Viola und Gero danach am Tisch und genossen zunächst schweigsam die mittägliche Stille.

Gero war es, der die Unterhaltung begann.

„Du warst heute Vormittag in der Stadt?"

„Ja, ich war beim Arzt", antwortete Viola etwas karg.

Erschrocken blickte Gero auf.

„Fehlt dir was?"

„Nein. Es war nur Routine. Mach dir keine Sorgen."

„Und? War alles in Ordnung?", bohrte er weiter.

„Ja. Es ist wirklich alles zu meiner vollsten Zufriedenheit. Ich bin kerngesund, hat mir Dr. Fuller bestätigt."

„Das freut mich zu hören."

Gero war beruhigt.

Violas Herz klopfte vor innerer Erregung. Mit letzter

Kraftanstrengung hatte sie ihren Bruder erfolgreich angelogen. Sie hatte schon befürchtet, dass ihr das nicht gelingen würde. Er war ein sehr aufmerksamer Beobachter und Menschenkenner, erst recht was sie betraf. Aber sie hatte Glück gehabt. Er hatte nichts bemerkt.

Ihren Bruder Gero, so hatte sie entschieden, würde sie nicht mit ihrer Krankheit belasten.

Früh genug würde er erkennen, was mit ihr los war. Deshalb fand sie seinen Vorschlag, nach Nizza zu fahren, plötzlich gar nicht mehr so schlecht.

Sie wäre dann frei in ihren Gefühlen und müsste sich nicht verstellen. Sie könnte sich ruhige und schöne Tage oder Wochen gönnen, ohne sich verstecken zu müssen.

„Viola! Wo bist du denn mit deinen Gedanken? Träumst du?"

Sie erschrak, hatte nicht gehört, dass Gero sie angesprochen hatte. Zu sehr war sie mit den Ereignissen des Vormittags beschäftigt. Jedes Wort und jede Geste bei Dr. Fuller hatte sich in ihrem Kopf eingegraben. Diesen Tag würde sie nicht mehr vergessen, er würde sie von nun an täglich, ja stündlich, vielleicht pausenlos begleiten.

„Entschuldige. Ich war nicht ganz bei der Sache."

„Das habe ich bemerkt", sagte er und lachte.

„Ich glaube, deine Idee, Urlaub zu machen, ist ganz gut. Je mehr ich darüber nachdenke …"

„Es freut mich, wenn ich dich überzeugen konnte."

„Ja, ich glaube, das hast du, mein kluger Bruder."

„Wie kommt es, dass du plötzlich von deiner bisherigen Meinung abrückst?", fragte er zweifelnd.

Zu lange hatte sie jegliches Reisen vehement abgelehnt.

„Ach, nur so. Du hast mich eben im richtigen Moment gefragt." Viola lächelte ihn spitzbübisch an.

„Deine Erklärungen überzeugen mich nicht. Jahrelang habe ich mir den Mund fusselig geredet. Immer und immer wieder habe ich dir erklärt, dass du wieder leben musst und dein Mann Marko nicht einverstanden wäre mit deinem Verhalten. Und heute", er schnippte mit den Fingern, „heute geht das auf einmal so mir nichts, dir nichts? So einfach?"

Viola fühlte sich ertappt. Seine Skepsis und seine Vorwürfe waren berechtigt.

Nun musste sie aufpassen, dass er nicht doch noch merkte, dass ihre Reiselust nicht auf einer Meinungsänderung beruhte.

„Du gestehst mir aber doch wohl einen Sinneswandel zu, ohne dass ich stundenlange Erklärungen abgeben muss?"

Gero tat es inzwischen schon leid, dass er sie so angegriffen hatte. Das war bei Gott nicht seine Absicht gewesen. Aber er war etwas misstrauisch geworden.

„Entschuldige, wie dumm von mir. Ich freue mich wahnsinnig für dich. Du hast mich einfach nur überrascht. Das ist alles", sagte er und lachte sie strahlend an.

Viola atmete innerlich auf. Diese Klippe war umschifft.

„Ich werde Madeleine anrufen, damit sie alles vorbereitet, und dann übermorgen fliegen."

„Du hast es aber auf einmal eilig oder irre ich mich?"
Viola lachte herzlich.

„Du irrst dich. Ich kann aber auch hierbleiben, wenn du möchtest."

„Nein, nein. Ich freue mich. Fahre nur. Wenn du willst, besuche ich dich an einem Wochenende. Ich war auch lange nicht mehr da."

„Natürlich freue ich mich, wenn du vorbeikommst."

„Worauf du dich verlassen kannst."

„Gut, dann kümmere ich mich jetzt intensiv und voller Vorfreude um meine Reise."

„Das kannst du doch morgen auch noch machen."

„Nein! Wenn schon, dann gleich."

„Wie du meinst."

Gero schüttelte den Kopf über diese mehr oder weniger spontane Eile.

Voller Zufriedenheit ging Viola in ihre Räume. Gertraud hatte sie beauftragt, die Koffer zu holen. In aller Ruhe öffnete sie ihren Kleiderschrank, wählte alle Kleidungsstücke aus, die sie mitnehmen wollte, und legte sie auf ihr Bett. Sie nahm nicht, wie Frauen das üblicherweise tun, viel zu viel mit.

Nein, lediglich wenige Kleider, Röcke und Hosen, ein paar Shirts, Blusen und Pullover, aber ausreichend bequeme Jeans. Fehlten noch die Unterwäsche und die Schuhe.

Zum Schluss räumte sie sorgfältig ihre Toilettenartikel in die Tasche, und ganz unten in ihrem Koffer versteckte sie ihre medizinischen Berichte und Befunde. So beschränkte sich ihr Gepäck auf zwei Koffer und eine Tasche. Als Gertraud kam und ihr helfen wollte, war sie zu deren Erstaunen schon fertig.

Zu guter Letzt telefonierte sie mit Madeleine, ihrer Wirtschafterin und Köchin in Nizza. Diese war völlig aus dem Häuschen, als sie hörte, dass Viola kommen würde.

„Viola, Kind! Ich freue mich so, dass du kommst. Meine Güte, ist das schön", jauchzte sie.

„Wie lange warst du jetzt nicht mehr hier?"

„Ich weiß nicht, Madeleine. Ich habe vergessen, wann ich das letzte Mal da gewesen bin."

„Das war bestimmt schon vor mehr als fünf Jahren, meine Beste. Auf jeden Fall ist es viel zu lange her."

„Dann wird es wirklich Zeit, dass ich komme."

Viola musste innerlich lächeln über die Euphorie von Madeleine. Aber sie konnte sie verstehen. Sie wusste, dass die Gute sie liebte wie eine eigene Tochter und schon sehr lange auf ihren Besuch wartete.

„Wann kommst du genau an?"

„Ich muss erst noch anrufen und sehen, wann ich fliegen kann. Ich habe noch nicht reservieren lassen."

„Gut. Dann sagst du mir noch Bescheid. Pierre wird dich vom Flughafen abholen."

„Mach ich, Madeleine."

Gero war noch draußen sitzen geblieben. Irgendwie

kam ihm das komisch vor.

Seine geliebte Schwester war völlig verändert. Misstrauen kroch erneut in ihm hoch.

Wenn dieser Entschluss langsam gereift wäre, hätte er sich gefreut. Aber so wie es jetzt war, konnte er das nicht nachvollziehen.

Er beschloss, sie aufmerksam zu beobachten und vorsichtshalber Madeleine anzurufen, damit diese seine Schwester im Auge behielt.

Die Zeit verging rasend schnell. Vier Wochen war Viola nun schon in Nizza. Sie war richtig aufgeblüht in dieser Zeit und froh, hierhergekommen zu sein.

Vorsichtshalber hatte sie sich heimlich während eines Stadtbummels einem Arzt anvertraut.

Dieser verstand ihre Entscheidung, nachdem er ihre ärztlichen Berichte studiert hatte, und versorgte sie mit Medikamenten. Er bat Viola, regelmäßig einmal in der Woche vorbeizuschauen, was sie ihm versprach und auch einhielt.

Madeleine hingegen bemerkte nichts. Sie war froh, „ihre Kleine" endlich einmal wieder bemuttern zu dürfen.

Wie eine Glucke schwirrte sie um Viola herum und las ihr jeden Wunsch von den Augen ab.

Die ersten Tage beobachtete sie ihren Schützling mit Argusaugen, weil ihr Gero von seinem Misstrauen erzählt hatte.

Aber sie konnte nichts Auffälliges feststellen und vergaß deshalb ihre anfänglichen Bedenken schnell wieder.

Viola fühlte sich gut, richtig gut. Mehrmals am Tag hörte sie in sich hinein und zweifelte manchmal an ihrer Diagnose. Wie schön wäre es gewesen, wenn sich der Arzt geirrt oder sich die Krankheit davongeschlichen hätte! Aber sie wusste, dass dies nicht so war, nicht sein konnte. Sie musste dankbar sein, noch eine schöne und schmerzfreie Zeit zu haben. Und die wollte sie, so gut es ging, aus vollen Zügen genießen.

Am Tag zuvor hatte sie sich von Pierre, Madeleines Ehemann, ihre Staffelei vom Dachboden holen lassen.

Nun saß sie in dem weitläufigen Garten unter einem Pinienbaum mit Blick auf das blau glitzernde Meer. Sie war fest entschlossen, ihr Hobby aus vergangenen Zeiten wieder auszuüben.

Energisch rief sie sich selbst zur Ordnung und verbat sich nutzlose Träumereien, baute ihre Malutensilien auf und bereitete die Staffelei vor. Auf der anderen Seite des Baumes stand ein runder Tisch mit bequemen Stühlen und bunten, kuscheligen Polstern. Ein großer Sonnenschirm spendete zusätzlichen Schatten. Madeleine hatte ihr gekühlten Saft und einen leichten Imbiss gebracht.

Viola ließ ihren Blick schweifen.
Um sie herum blühten die Büsche und Sträucher, die von Pierre liebevoll gepflegt wurden.
Mit ganzer Hingabe sorgte er dafür, dass die Pflanzen

wachsen und gedeihen konnten. Unzählige Pinienbäume, Palmen und Kakteen in allen Größen und Formen besiedelten den Garten. Dazwischen reckten farbenprächtige Blüten ihr Gesicht in den Himmel und fühlten sich sichtlich wohl zwischen dem verschwenderischen Grün der Bäume. Welch himmlische Ruhe und wohltuender Friede sie umgab!

Lediglich die Palmenblätter rauschten im leichten Sommerwind. Auf dem tiefblau schimmernden Meer unter ihr kreuzten zahlreiche Segelboote und Jachten.

Viola atmete tief durch und sog das Bild in sich auf, um es später auf ihre Leinwand zu bannen.

Gero war nervös. Er hatte noch zwei Tage gefüllt mit Terminen und Besprechungen, aber dann würde ihn nichts mehr halten können. Er war fest entschlossen, nach Nizza zu fliegen. Zwar telefonierte er täglich mit Madeleine, aber er war immer noch unruhig und wollte sich selbst davon überzeugen, mit eigenen Augen sehen, dass es Viola gut ging.

Und dann war es endlich soweit. Ein Taxi hatte ihn vom Flughafen über die Küstenstraße und die Serpentinen zum Anwesen der Familie gebracht. Es lag zwischen Nizza und Monte Carlo, versteckt hinter großen Bäumen und von der Straße nicht einsehbar.

Als das Taxi angehalten hatte, entlohnte er rasch den Fahrer und schritt entschlossen durch das hölzerne Tor, welches das Grundstück nachts vor ungebetenen Gästen schützte.

Trotz der Entfernung war der aufmerksamen Madeleine das Motorengeräusch nicht entgangen. Als sie Gero erblickt hatte, ging sie ihm zur Begrüßung entgegen. Gero umarmte sie herzlich.

„Guten Tag, Madeleine. Ich bin richtig froh, dich zu sehen. Ist alles in Ordnung?"

„Ja. Du weißt doch, dass wir aufpassen."

Gero musste lachen.

„Stimmt. Eine dämliche Frage von mir, entschuldige bitte. Aber ich weiß nicht, warum ich mir solche Sorgen mache. Ich bin im Innersten unruhig und kann es nicht erklären."

„Das musst du nicht. Viola hat sich prächtig erholt. Sie sitzt im Garten und malt, genau wie in alten Zeiten", sagte sie voller Stolz.

„Ich glaube, es geht ihr richtig gut".

„Das ist erstaunlich. Diese Veränderung."

Gero war trotzdem nicht zufrieden, er fühlte das in seinem Innersten.

„Dann will ich sie gleich mal begrüßen."

Er lief über den mit Kieselsteinen bedeckten Weg in den tiefen Garten hinein. Schon von Weitem sah er seine Schwester an ihrer Staffelei sitzen und arbeiten.

Versonnen blieb er stehen und nahm das Bild in sich auf. Welch schöner Anblick. Genau das hatte er sich so lange gewünscht. Viola sollte wieder teilhaben am Leben, sollte fröhlich und ausgeglichen sein. Anscheinend war es nun wahr geworden. Er spürte nichts mehr von der Traurigkeit und Trostlosigkeit, die sie all die Jahre umgeben hatten.

„Was für ein Genuss, dich wieder malen zu sehen!", rief er mit strahlenden Augen seiner Schwester zu, noch bevor er sie erreicht hatte. „Ich freue mich so!"

Viola drehte sich um und sah ihren Bruder freudig überrascht an. „Gero! Was machst du denn hier? Warum hast du dich nicht angemeldet? Ich hätte dich doch abgeholt."

„Ich wollte dich überraschen. Gönne mir doch das kleine Vergnügen."

Liebevoll nahm er sie in seine Arme.

„Das ist dir gelungen. Ich freue mich riesig, dass du hier bist. Komm, setz dich zu mir. Schau, ist das nicht herrlich hier?", fragte sie und zeigte mit ausgebreiteten Armen auf den Garten und das tiefblaue Meer in seiner endlosen Weite bis zum Horizont.

Gero ließ seinen Blick schweifen.

„Ja, ich hatte schon fast vergessen, wie schön es hier ist. Das ist schon komisch mit uns beiden. Wir haben ein so schönes Haus und waren trotzdem schon sehr lange nicht mehr hier. Es ist eigentlich schade, dass wir das nicht richtig nutzen."

„Madeleine hat sich richtiggehend beschwert, als ich kam", erklärte ihm Viola.

„Da hat sie nicht ganz Unrecht. Wir haben sie allein gelassen mit diesem großen Haus und sie hat es gehütet wie ihr eigenes. Pierre natürlich auch", stimmte er ihr zu.

„Wie lange kannst du bleiben?"

„Leider nur für drei Tage. Aber ich sehe schon, dass es dir sehr gut geht und ich dich hier getrost alleine lassen kann."

„Mir ging es schon lange nicht mehr so gut wie jetzt."

„Und richtig braun bist du geworden. Das steht dir ausgezeichnet."

„Danke für das Kompliment, du Schmeichler."

„Das ist nicht geschmeichelt. Das ist die Wahrheit. Deine Haut leuchtet und deine Augen strahlen, blicken funkelnd und interessiert."

„Jetzt ist aber genug", wand sie lachend ein.

„Du hättest schon früher auf mich hören sollen. Habe ich dir nicht gesagt, dass eine Veränderung dir gut tun wird?"

„Du hast ja Recht. Ich gebe mich geschlagen."

Madeleine brachte ihnen ein großes Tablett mit verschiedenen Köstlichkeiten, die sie rasch hergerichtet hatte: kleine Kanapees, frisches Obst und Gemüse, Mineralwasser und Saft. Gero lief das Wasser im Mund zusammen. Er hatte schon ganz vergessen, welch köstliche Speisen Madeleine zaubern konnte.

Typisch französisch eben.

Madeleine war eine Meisterin ihres Fachs.

Während sie sich ihre Mahlzeit munden ließen, genossen sie das Beisammensein. Gero erzählte von seinen Geschäften und Viola von ihren Erlebnissen der letzten Wochen.

„Weißt du, Gero, ich möchte nicht nur Bilder malen, sondern auch ausstellen. Was hältst du davon, wenn ich eine kleine Galerie eröffne, sobald ich wieder zurück bin?"

Gero blickte sie erstaunt und mit großen Augen an.

„Du überraschst und begeisterst mich. Diese Idee finde ich grandios. Soll ich dir schon geeignete Räume suchen?"

„Nein, danke. Dazu ist es noch zu früh. Ich werde erst mal hierbleiben und ausreichend Bilder malen. Es lohnt sich erst, wenn ich genügend Ausstellungsstücke habe. Da muss ich schon noch einiges zusammenstellen."

„Die Liebhaber deiner Kunst werden sich freuen, dass du nach so langer Zeit endlich wieder da bist."

Viola hatte vor dem Unfall ihres Mannes herrliche Bilder gemalt und sich im Laufe der Zeit einen Namen gemacht, obwohl sie die Malerei nur als Hobby betrachtet hatte.

Sie konnte sich der Nachfrage kaum erwehren, was sie damals manchmal erschreckte.

Nach dem Tod ihres Mannes hatte sie einfach aufgehört zu malen, sehr zum Bedauern ihrer Bewunderer.

Immer wieder waren Anrufe und Nachfragen gekommen, die sie aber konsequent abgewiesen hatte.

Die drei gemeinsamen Tage vergingen sehr schnell und Gero verabschiedete sich wieder. Viola war traurig und erlöst zugleich, als er abreiste.

Traurig deshalb, weil sie ihren Bruder über alles liebte und ihr seine Anwesenheit gutgetan hatte.

Erlöst, weil sie Schmerzen hatte und dringend ihren Arzt aufsuchen musste. Dieser konnte Viola aber beruhigen. Er untersuchte sie gründlich und konnte keine

Verschlechterung feststellen.

Natürlich musste sie weiter ihre Schmerzmittel einnehmen, aber es erstaunte auch ihn, dass im Augenblick ein gewisser Stillstand eingetreten war.

Als sie nach Hause kam, zog sich Viola auf ihr Zimmer zurück. Voller Dankbarkeit betete sie und dankte Gott dafür, dass sie wohl noch etwas Zeit hatte, ihrem restlichen Leben einen Sinn zu geben.

In den nächsten Wochen malte und malte Viola. Sie bannte die wundervolle Landschaft aus allen Sichtweisen auf die Leinwand. Auch die pulsierende Stadt hatte es ihr als Motiv angetan.

Wie eine Besessene arbeitete sie, als ob sie von einer fremden Hand geführt würde, ganz automatisch, ohne anzuhalten, ohne nachzudenken. Immer weiter und weiter.

Madeleine begann sich zu sorgen. In ihren Augen arbeitete Viola viel zu viel. Schließlich konnte sie es nicht mehr mit ansehen.

„Willst du nicht endlich eine Pause einlegen?", fragte sie Viola.

„Nein! Mir geht es gut dabei. Warum sollte ich eine Pause machen? Es ist doch wunderschön."

„Du arbeitest wie unter Zwang von frühmorgens bis spätabends. Das kann doch nicht gehen. Was soll das? Jeder Künstler muss sich sammeln. Nur du nicht. Du machst mir Angst."

Madeleine stand mit verschränkten Armen kopfschüttelnd neben Viola und sah sie mit blitzenden Augen an.

Sie wusste, dass sie das zu Viola sagen durfte. Zwischen ihnen herrschte kein übliches Arbeitgeber-Angestellten-Verhältnis.

Madeleine war eine Art Ersatzmutter für Viola und Gero und das schon seit Jahrzehnten.

Sie begegneten einander mit Vertrauen und Respekt.

„Ach, Madeleine, hör auf, dich zu ängstigen. Ich habe Jahre damit zugebracht, nichts zu tun. Und jetzt folge ich meinem Instinkt. Ich habe einfach das Gefühl, einiges versäumt zu haben. Es gibt wirklich keinen Grund zur Sorge. Mir geht es fantastisch. Also lass mich bitte einfach das machen, was mir Freude bereitet."

Madeleine ließ sich aber nicht täuschen. Das war schon besessen und nicht mehr normal.

Am Nachmittag rief sie Gero an und berichtete ihm von ihren Ängsten.

„Wusste ich doch, dass da etwas nicht stimmt!", rief Gero.

„Aber wie du mir das erzählst, können wir gar nichts unternehmen. Sie tut das, was ihr Freude bereitet."
„Ich habe alles versucht", erklärte ihm Madeleine.

„Aber eigentlich kann doch gar nichts passieren. Sie lebt doch ansonsten gesund, oder nicht?"

„Das tut sie. Sie isst und schläft. Aber sie arbeitet eben mehr als zehn Stunden am Tag. Ich finde, sie sieht trotz ihrer Bräune blass und schmal aus. Auch ich habe keine Begründung für meine Angst."

„Wir können nichts weiter tun als auf sie aufzupassen.

Danke, Madeleine, für deine Fürsorge. Rufe mich an, wenn du mich brauchst. Ich kann jederzeit kommen."

Nach dem Telefonat blieb Gero noch eine Weile sitzen und dachte nach. Warum hatte er von Anfang an ein unerklärliches und schlechtes Gefühl gehabt? Natürlich hatte es ihn gefreut, als seine Schwester die Reise angetreten hatte. Für ihn waren aber Violas Sinneswandel und die Veränderung in ihrer Lebensweise viel zu schnell eingetreten. Das war es wohl, was ihm komisch vorkam.

Doch er musste es akzeptieren, ob er wollte oder nicht.

4

Der Abend verlief zwischen Renate und Christian relativ ruhig.

Natürlich war sie früher von ihren Eltern zurückgekehrt als er von der Arbeit. Aber sie nahm es jetzt einigermaßen gelassen hin.

Zähneknirschend hatte er akzeptieren müssen, dass sie kein Abendbrot für ihn vorbereitet hatte.

Nachdem er eine Kleinigkeit aus dem Kühlschrank gekramt hatte, setzte er sich zu ihr ins Wohnzimmer.

„Ich habe noch einmal über unsere Situation nachgedacht", sagte er ziemlich emotionslos, dafür aber mit abwesendem Blick in den Fernseher.

Renate reagierte nicht auf seine Worte.

„Redest du nicht mehr mit mir?", fragte er.

„Was soll ich dazu sagen?"

„Ich habe mich entschieden, bei dir zu bleiben. Aber ich erwarte, dass sich unser Leben ändert.

Ich brauche in Zukunft etwas mehr Freiraum, den ich all die Jahre nicht hatte.

Ich will damit sagen, dass ich mir künftig abends mit Kollegen ein Feierabendbier genehmigen werde. Aber ich möchte nicht, dass du mich täglich darauf ansprichst."

Fragend sah er sie an und wartete etwas ungeduldig auf ihre Reaktion.

„Es steht dir frei, dich mit deinen Kollegen zu treffen. Du kannst machen, was du willst", antwortete sie mit einem desinteressierten Schulterzucken.

„Du redest ziemlich teilnahmslos. Freust du dich denn nicht, dass ich mich letztendlich und schnell für dich entschieden habe?"

Renate schaute ihn mit ruhigem und gelassenen Blick an.

„Ich habe meine Entscheidung noch nicht getroffen, also werde ich mich mit deiner nicht auseinandersetzen. Du solltest jetzt von mir keinerlei Reaktion erwarten, zumal du dir vermutlich wieder alle Türen offengelassen hast und deine Kollegen eher als Alibi benutzt", antwortete sie teilnahmslos.

Wann würde er endlich begreifen, dass er sie nach so vielen Ehejahren nicht mehr so leicht täuschen konnte?

Er hatte sie erneut belogen und versucht sie hinzuhalten, weil er anscheinend immer noch keine Entscheidung getroffen hatte.

Wie primitiv und peinlich das war, was da präsentierte, ohne mit der Wimper zu zucken.

„Du bist aber mit gar nichts zufrieden. Was soll ich denn noch machen? Soll ich vor dir auf den Knien rutschen?"

„Sag mal, für wie dumm hältst du mich eigentlich, Christian? Du hast doch keine ernsthafte Entscheidung getroffen, oder?"

Er erschrak und seine Augenlider flatterten.

„Was unterstellst du mir denn jetzt schon wieder?"

„Ich unterstelle dir, dass du mich anlügst. Du hättest bei einer Rückkehr in unsere Beziehung kein Recht, irgendwelche Forderungen zu stellen. Das ist ja unglaublich! Was fällt dir eigentlich ein?"

„Das stimmt doch gar nicht. Ich habe nicht gelogen. Und Forderungen stelle ich auch nicht. Es ist doch nicht schlimm, wenn ich etwas Freiraum haben möchte. Das möchte schließlich jeder Mann."

„Lass gut sein, Christian. Ich möchte mich nicht weiter unterhalten und nutzlos diskutieren."

„Jetzt willst du nicht mehr reden, weil dir die Argumente ausgehen", stellte er fest.

„Zurück in dein Schneckenhaus, Scheuklappen aufsetzen. Super!"

„Nein, die Argumente gehen mir nicht mehr aus. Wenn ein Mann ernsthaft bedauert, dass er seine Frau betrogen hat, dann versucht er sich zu entschuldigen und sieht ein, dass es falsch war. Aber du versuchst lediglich, mich hinzuhalten. Und deshalb ist unser Gespräch jetzt beendet."

Christian merkte, dass es zwecklos war, weiterzumachen. Er wusste, dass sie ihn durchschaut hatte. Doch einen Versuch war es zumindest wert gewesen.

Zu Renates Verwunderung endete der Abend schweigsam. Er schien eingesehen zu haben, dass er auf diese Art nicht weiterkommen würde. Zu ihrem Erstaunen hatte auch in den letzten Tagen das ewige Telefongeklingel aufgehört.

Gleich am frühen Vormittag des nächsten Tages ging Renate zum Rathaus.
Die Abteilung für städtische Wohnungen hatte sie schnell gefunden, und eine freundliche Frau begrüßte sie.

Nach wenigen Minuten stellte sich heraus, dass Renate wegen ihres niedrigen Einkommens tatsächlich Anspruch auf eine Sozialwohnung hatte.

Und sie hatte unglaubliches Glück. Mitten in der Altstadt, in einer eigentlich teuren Wohnlage, war ein denkmalgeschütztes Objekt der Stadt saniert worden.

Sie bekam eine Zweizimmerwohnung mit Küche, Bad und Balkon angeboten.

Der Mietpreis war für die Gegend sensationell niedrig.

Es reichte Renate völlig, in die Pläne einsehen zu dürfen, denn das Haus kannte sie.

Es lag nur zwei Straßen entfernt von ihrer jetzigen Wohnung und gehörte zu den Gebäuden auf der Rückseite des Palais Hamilton.

Das Palais wurde 1824 vom späteren Großherzog Leopold erworben und ging 1843 auf Großherzogin Stephanie über. Den Namen erhielt das Palais von deren Tochter Marie, die mit dem Herzog von Hamilton vermählt war.

Renate konnte ihr Glück kaum fassen, unterschrieb mit leicht zitternden Fingern den Mietvertrag und nahm stolz die Schlüssel in Empfang.

Voller Dankbarkeit dachte sie an ihre Mutter, die darauf bestanden hatte, dass Renate nicht in die dörfliche Einsamkeit zog. Sie war froh, dass ihre Mutter ihr Geld gegeben hatte.

So konnte sie die Kaution gleich an der Stadtkasse einzahlen. Welch wundervoller und guter Tag!

Zum ersten Mal seit langer Zeit empfand sie wieder mehr als nur Zuversicht.

Blieb nur noch der Gang zum Anwalt. Sie vereinbarte mit ihm, dass er die Scheidung vorbereiten und ihren Unterhaltsanspruch sofort einklagen sollte.

Dank der relativ geringen Miete konnte sie zumindest so lange mit ihrem Arbeitslosengeld auskommen, bis die Unterhaltsfrage geklärt war.

Nun zog es sie mit aller Macht in ihre neue Wohnung. Ihr Herz klopfte, als sie beschwingt in die erste Etage hochstieg. Alles roch neu und nach Farbe.

Sie öffnete die Wohnungstür und stand in einem quadratischen Flur. Zuerst besichtigte sie die Küche, die zwar klein, dafür aber mit neuen Einbaumöbeln ausgestattet war. Selbst die nötigen Elektrogeräte waren vorhanden.

Das Wohnzimmer fand sie wunderschön und großzügig. Sie öffnete die Balkontür und trat hinaus. Ihr Blick schweifte über den begrünten Innenhof. Die Größe des Balkons würde es ihr erlauben, einen kleinen Tisch mit Stühlen unterzubringen.

Ihr Schlafzimmer war winzig, aber für eine Person völlig ausreichend. Und schließlich blieb noch das Bad, das zweckmäßig und hell ausgestattet war.

Sie fasste sich an die Brust, als ob sie ihr wild schlagendes Herz beruhigen müsste. Warum hatte sie so lange gewartet?

Warum hatte sie geglaubt, dass sie alle Demütigungen wegen ihrer finanziellen Situation ertragen müsste? Wie dumm war sie doch gewesen!

Natürlich war sie nicht darauf vorbereitet, gleich am ersten Tag eine Wohnung zu bekommen. Jetzt fehlten ihr Papier und Bleistift, um ihre Einrichtung planen zu können. Aber es ging auch so.

Ihre Vorstellungskraft sortierte schnell die Möglichkeiten. Die Küche war fertig, damit konnte sie das Wichtigste und Teuerste abhaken.

Für das Wohnzimmer brauchte sie eine Sitzgruppe

und einen Tisch. Das wollte sie aus ihrer alten Wohnung mitnehmen. Den Schrank würde sie Christian lassen.

Stattdessen würde sie sich einige Regale kaufen, um ihre Bücher unterbringen zu können. Den Fernseher würde sie für sich beanspruchen.

Dafür konnte er die Küche und das Schlafzimmer behalten. Gerade das gemeinsame Schlafzimmer wollte sie nicht haben. Geschirr und Wäsche würde sie redlich teilen.

Blieben nur noch die persönlichen und lieb gewonnenen Dinge, die sie sich noch aussuchen musste.

Sichtlich zufrieden verließ sie das Haus. Gleich um die Ecke am Leopoldsplatz befand sich ein Café, das draußen bestuhlt hatte.

Der Leopoldsplatz liegt direkt an der Fieser-Brücke, dem wichtigen Oos-Übergang, der von der Altstadt zum Kasino und zu den Kurparkanlagen führt.

Weil die Kolonnaden und die Cafés südländisches, typisches Baden-Badener Flair verströmen, ist der Platz ein bevorzugter Treffpunkt der Einheimischen und der Besucher gleichermaßen.

Nur mit viel Mühe fand Renate an diesem schönen Sommertag einen kleinen Tisch und bestellte sich zur Feier des Tages eine Tasse Kaffee.

Trotz ihres Erfolges empfand sie jetzt, wo sie zur Ruhe gekommen war, eine große innere Traurigkeit.

Noch nie in ihrem Leben war sie allein gewesen. Würde sie zurechtkommen mit ihrem neuen Leben?

Klar, es war besser für ihren Seelenfrieden. Aber was, wenn die Einsamkeit um sich greifen würde?

Und wie sollte sie ihre finanzielle Situation bereinigen?

Wo würde sie wieder Arbeit und Kontakt zu Menschen finden können?

Fragen, auf die die Zukunft ihre Antworten geben würde. Der Anfang war auf jeden Fall gemacht.

Sie blickte sich um, sah an den Nachbartischen fröhliche Menschen, die Eis aßen und Kaffee tranken.

Komischerweise war niemand allein, das bildete sie sich zumindest ein.

Viele, viele Pärchen, Familien und Touristengruppen. Sie alle konnten sich unterhalten, ihre Freude teilen.

Und sie saß an einem erfolgreichen Tag alleine hier und ging dennoch ihren schweren Gedanken nach.

Renate schüttelte die trübsinnigen Überlegungen ab, zahlte und ging die wenigen Schritte nach Hause.

Kaum hatte sie die Tasche abgestellt, rief sie ihre Mutter an und erzählte von ihren erfolgreichen Erlebnissen.

„Stell dir mal vor, Mama, was ich heute für ein Glück hatte. Das kann ich alles noch gar nicht fassen."

„Das kann ich mir nicht vorstellen, das musst du mir schon erzählen", antwortete Mutter Irene lachend.

„Ich habe die schönste Wohnung, die du dir vorstellen kannst. Und weißt du, was ich dafür bezahlen muss? Das wirst du nicht erraten."

„Woher soll ich das wissen. Jetzt erzähle doch mal, aber der Reihe nach, damit ich dir folgen kann. Du bist ja ganz durcheinander."

„Zwei Zimmer mit Küche, Bad und Balkon, mitten in der Stadt, für dreihundertsiebzig Euro. Warmmiete, versteht sich. Ich kann es nicht glauben."

„Wunderbar! Habe ich dir nicht gesagt, dass das der richtige Weg ist?", rief Irene voller Begeisterung.

„Ja, ich bin so froh, dass ich auf dich gehört habe."

„Na, siehst du. Das ist doch schon mal ein Anfang."

„Ich muss mit dir über die Dinge reden, die ich nun für die Einrichtung brauche. Es ist mir aber sehr unangenehm."

„Ach was, ich habe dir doch versprochen, dass ich dir helfe. Papa sagen wir das nicht, das muss er nicht wissen. Der würde stundenlang diskutieren und mir auf die Nerven gehen. Außerdem würde ihn seine Sparsamkeit zerfressen. Es bleibt unter uns, das ist am besten so. Wir Frauen dürfen schon mal ein Geheimnis haben."

„Na gut, wenn du meinst."

Renate schilderte der Mutter, was sie aus der alten Wohnung mitnehmen wollte und was sie unbedingt noch kaufen musste.

„Komme morgen Vormittag. Wir gehen zusammen einkaufen", schlug Irene vor.

„Danke, Mama. Das vergesse ich dir nie."

Wie an jedem Tag saßen Christian und Karin im Biergarten des Restaurants, in dem sie sich immer trafen.

Seit seiner Aussprache mit Renate wartete er auf ein endgültiges Zeichen von Karin.

„Hast du schon nachgedacht, wie es mit uns weitergehen soll? Ich meine, ob und wann du dich von deinem Mann trennst?"

„Warum drängelst du denn so? Ich habe das Gefühl, du treibst mich in die Enge. Irgendwie beeinträchtigt das unser schönes Zusammensein schon sehr."

Christian musste sich jetzt sehr zusammenreißen, dass er nicht wütend wurde.

„Das verstehe ich nicht. Ein paar Monate lang hat uns die Sehnsucht, zusammen sein zu wollen, täglich begleitet. Jeden Tag waren wir kaum in der Lage, uns voneinander zu verabschieden. Und jetzt, wo wir Nägel mit Köpfen machen könnten, brauchst du immer noch Zeit."

„Merkst du denn nicht, dass diese Diskussionen zu nichts führen? Sie verderben uns nur den Abend. Ich habe einfach noch nicht den Mut, mit meinen Kindern zu sprechen. Lass uns nach Hause fahren. Ich möchte nicht, dass wir uns streiten", keifte Karin entnervt und rollte mit den Augen.

Enttäuscht betrat Christian eine halbe Stunde später die Wohnung. Er war so niedergeschlagen und wütend, dass er ungerechterweise Renate die Schuld dafür gab.

Mit raschem Blick sah er, dass sie sich immer noch strikt an ihre Ankündigung hielt: Im Kühlschrank fand er nichts Essbares, und seine schmutzige Wäsche lag neuerdings in einem separaten Korb.

Wie üblich saß Renate auf dem Sofa. Heute aber hatte sie ein Buch neben sich liegen. Es fiel ihm richtig auf. Das kannte er bislang nicht mehr von ihr.

„Was glotzt du mich so an? Ja, ja, ich bin wieder spät. Ich hatte doch gesagt, dass ich mich künftig mit Kollegen treffen werde", blaffte er.

Sein schlechtes Gewissen, stand ihm ins Gesicht geschrieben.

„Ich habe nichts gesagt", antwortete sie kühl.

„Und ich habe dir auch keine Vorwürfe gemacht wegen deiner sogenannten Verspätung. Das ist deine Sache."

„Das wäre ja noch schöner! Schau dich an, wie du wieder aussiehst. Du änderst dich nicht mehr."

„Wie sehe ich denn aus? Meine Kleidung ist in Ordnung und meine Haare sind gepflegt. Natürlich habe ich kein Geld für neue Garderobe. Aber was ist falsch daran, dass ich sparsam und vernünftig bin?", schleuderte sie ihm entgegen.

Jetzt reichte es ihr. Er sollte sie nicht mehr angreifen, sondern einfach in Ruhe lassen.

Renates lautstarker Ausbruch reizte Christian bis aufs Äußerste. Er stürmte auf sie zu, packte sie mehr am Hals als an den Schultern und schüttelte sie heftig.

Renate bekam es mit der Angst zu tun und wehrte sich. Aber je mehr sie dagegenhielt, umso fester drückte er seine Hände um ihre Schultern, stemmte den rechten Unterarm gegen ihren Hals und drückte ihren Körper in Richtung Sofa. Trotz der Schmerzen wehrte sich Renate mit Händen und Füßen.

Als er nach wenigen Minuten endlich von ihr abließ, stand sie schnell atmend und hochaufgerichtet vor ihm.

Ihr Blick war erstarrt und ihr Gesicht wechselte die Farbe von leichenblass zu krebsrot.

So etwas war ihr noch nie passiert. Christian schien ja völlig durchgedreht zu sein!

Mit großen Augen und leiser, aber sehr bestimmter

Stimme sagte sie: „Tu das nie wieder. Fasse mich nie wieder an. Noch nie hat mich ein Mann geschlagen und ich werde das auch in Zukunft nicht zulassen."

Tief enttäuscht verließ sie das Zimmer.

Christian ließ sich in den Sessel fallen und schlug die Hände vor das Gesicht.

Was hatte er nur getan? Er hatte seine Wut unberechtigterweise an Renate ausgelassen.

Hoffentlich konnte sie ihm verzeihen. So weit wollte er doch nicht gehen.

Am nächsten Morgen fuhr Renate nach Karlsruhe.

Zusammen mit ihrer Mutter betrat sie das größte Möbelhaus der Stadt. In aller Ruhe suchten sie ein schönes Schlafzimmer aus mit einem großen, bequemen Bett und einem Spiegelschrank mit Schiebetüren, der den kleinen Raum optisch vergrößern sollte.

Sie kauften Decken und Kissen in bunten, fröhlichen Farben, die sich von der weißen Wand abheben sollten. Danach suchten sie Regale für das Wohnzimmer und einige hübsche Kleinmöbel, Gardinen und Lampen.

Mutter Irene war geradezu in einem Kaufrausch. Sie wusste genau, was sie wollte und was für ihre Tochter gut war, also ging sie voran in die Elektroabteilung.

„Was willst du denn hier, Mama? Wir haben doch alles."

„Wir kaufen jetzt noch eine Musikanlage, damit du auch ein Radio hast und deine geliebten CDs hören kannst."

„Aber das ist doch nicht nötig. Wir haben zwei Radios. Da kann ich eines mitnehmen."

„Die sind zu alt. Lass sie stehen."

Irene duldete keinen Widerspruch.

„So, jetzt gehen wir noch in die Hobbyabteilung und anschließend einen guten Kaffee trinken."

„Was sollen wir denn in der Hobbyabteilung?"

Irene antwortete nicht. Schnell hatte sie gefunden, wonach sie suchte. Eine Staffelei wollte sie kaufen sowie Zubehör und Farben für die Ölmalerei.

Sie bat die Verkäuferin, den Einkauf der gesamten Lieferung beizufügen, die gleich am nächsten Tag erfolgen sollte. Darauf legte sie großen Wert.

„Du sollst doch nicht so viel Geld für mich ausgeben", protestierte Renate mit Tränen in den Augen.

„Sei still und komm jetzt mit ins Café."

In Irenes Augen war der letzte Einkauf fast noch wichtiger als die Möbel.

Ihr war bewusst, wie schwierig die kommende Zeit für Renate werden würde.

Sie würde an langen, einsamen Tagen dringend eine Ablenkung brauchen.

Hätte sie eine Arbeit gehabt, wäre das nicht ganz so schlimm gewesen. Aber weil Renate keine Aufgabe hatte, sorgte sich Irene um ihr Seelenleben.

Renates finanzielle Schwierigkeiten waren enorm und

würden sie in der Zukunft fast erdrücken. Da sie ihre Tochter nicht davon befreien konnte, was sie gerne getan hätte, wollte sie wenigstens dafür sorgen, dass sie nicht so viel grübeln und nachdenken konnte.

Im Café fanden die beiden Frauen schnell einen Tisch und freuten sich, alles erledigt zu haben. Renate erzählte von Christians tätlichem Übergriff und von ihrer Angst, dass dies nochmals geschehen könnte, wenn er sich nicht unter Kontrolle hatte.

Irene war entsetzt und versuchte, Renate zu beruhigen: „Noch so eine Gelegenheit wird Christian kaum bekommen. Morgen Vormittag erhältst du deine Möbellieferung. Mit deinem Bruder Ulrich habe ich abgesprochen, dass er dir in der Mittagspause Kartons bringt, die du im Keller versteckst. Übermorgen kommt er gegen Mittag mit einem kleinen Auto. Du musst dich also beeilen und vormittags deine Habseligkeiten innerhalb von vier Stunden einpacken. Ein Kollege von ihm wird mitkommen, sodass ihr die Sachen schnell rausbringen könnt. Du wirst sehen, bis Christian nach Hause kommt, bist du weg und hast endlich deine Ruhe."

Renate musste lächeln. Sie bewunderte die Energie und Tatkraft ihrer Mutter. Was hätte sie nur ohne sie getan? Sie musste unendlich dankbar sein für so viel persönliche und finanzielle Unterstützung.

Es kam alles so, wie ihre Mutter es geplant hatte. Die Möbel kamen pünktlich und Ulrich brachte Kisten und Kartons. Am nächsten Vormittag packte sie konzentriert ihre Sachen, dabei wurde es wesentlich mehr, als sie gedacht hatte. Nicht große Dinge, nein, Kleinigkeiten, Erinnerungsstücke an ihre gemeinsamen Jahre, an die Kindheit ihres Sohnes.

Immer wieder setzte sie sich und kramte in Schachteln und Körbchen. Sie fand Bilder von Kinderhand gemalt, kleine Basteleien und viele Fotos aus ihrem Leben.

Wehmut stieg in ihr auf und Tränen benetzen ihr Gesicht, aber es blieb nicht viel Zeit für solche Rührseligkeiten.

Ulrich kam mit zwei Kollegen, und innerhalb kurzer Zeit hatten sie ihre Sachen hinausgeräumt und in der neuen Wohnung abgestellt. Zum Schluss spendierte sie den Männern noch ein Bier und einen kleinen Imbiss.

Als sie wieder alleine war und zwischen den Kisten und der üblichen Unordnung eines Umzuges umherwanderte, spürte sie zunächst Frieden in ihr Herz einziehen.

Der größte Schritt war getan, niemand konnte ihr mehr wehtun, niemand konnte ihr mehr körperliches und seelisches Leid aus persönlichen Gründen zufügen.

Wie sie aber mit der Trennung und dem Verlust ihrer Liebe fertig werden würde, wusste sie immer noch nicht.

Schweren Herzens ging sie zum Telefon.

Es war an der Zeit, ihrem Sohn Bescheid zu sagen. Glücklicherweise hatte sie genau an diesem Tag ihren neuen Anschluss bekommen.

„Hallo, Jan. Wie geht es euch?"

„Mama! Schön, dass du anrufst. Uns geht es gut. Und euch? Wir haben ja einige Zeit nicht mehr telefoniert."

„Leider habe ich keine so gute Nachricht. Ich habe mich von deinem Vater getrennt, eine neue Wohnung bezogen und werde die Scheidung einreichen. Ich bin einerseits sehr traurig, anderseits aber erleichtert."

Jan antwortete nicht gleich.

„Du merkst an meinem Schweigen, ich finde keine Worte. Was ist geschehen?"

Renate berichtete ausgiebig von den letzten Wochen.

„Warum hast du uns nicht angerufen und alles mit dir alleine ausgemacht? Wie konnte er dir das antun?"

„Ich war überhaupt nicht alleine. Deine Oma hat mir sehr geholfen. Und du darfst kein Urteil über ihn fällen, er hat dich immer geliebt und respektiert. Du solltest nicht Partei ergreifen. Bewahre dein gutes Verhältnis zu ihm. Er ist und er bleibt dein Vater, egal was zwischen ihm und mir passiert."

„Das muss ich erst mal verdauen. Vielleicht hast du ja Recht. Aber seine neue Frau werde ich wahrscheinlich noch nicht sehen wollen, glaube ich. Sollen wir kommen?"

„Du weißt, dass ich mich immer freue, wenn ihr kommt. Aber ich denke, du solltest noch etwas warten. Lass uns Zeit, unser Leben neu einzurichten. Notiere dir meine neue Telefonnummer und Adresse. Tu mir aber bitte den Gefallen und gib sie deinem Vater nicht. Ich will in nächster Zeit keinen Kontakt mit ihm."

„Das kann ich verstehen. Wird natürlich versprochen. Aber melde dich, ja?"

„Mache ich. Grüße mir deine Familie, Jan. Bis bald."

„Mach es gut, Mama. Kopf hoch."

Erleichtert legte Renate auf. Sie war froh, dass Jan ihr keinerlei Vorwürfe machte und sie stark genug war, seinen Vater nicht bei ihm schlecht zu machen. Kein Rosenkrieg, das war ihr wichtig.

Renate war stolz auf ihren Sohn. Er hatte eine Ausbildung zum Immobilienkaufmann absolviert und sich inzwischen bei einer großen Firma einen Namen gemacht, war zum Abteilungsleiter aufgestiegen, verdiente gutes Geld und hatte eine sehr nette Frau.

Eigentlich fehlten nur noch Enkelkinder.

Sie wusste, dass die beiden sich Kinder wünschten und über kurz oder lang die Familienplanung in diese Richtung gehen würde.

Christian kam spät nach Hause. Schon als er die Tür aufschloss, wunderte er sich. Es war so still. Der Fernseher lief nicht, der Flur sah komisch aus. Irgendwie war es anders als sonst. Er blickte sich um. Da fehlten Bilder an der Wand. Der Schuhschrank war weg. Verschiedene Dekorationsstücke auf der Kommode fehlten. Er ahnte Entsetzliches.

Mit schnellen Schritten betrat er das Wohnzimmer.

Sein Gesicht wurde blass, als er die Veränderungen erkannte. Die Sitzgruppe und der Tisch waren nicht mehr da. Die Bücher waren weg, der Fernseher auch.

Aus dem Schrank fehlten Geschirrteile und verschiedene andere Dinge. Einige Ordner waren verschwunden. Der Computer stand auch nicht mehr an seinem Platz.

Er rannte ins Schlafzimmer. Da war nichts verändert. Hastig riss er die Schranktüren auf. Aus Renates Fächern sprang ihm gähnende Leere entgegen. Die Küche mit den Geräten war noch da, lediglich das Kochgeschirr war nicht mehr vollständig. Im Bad fehlten die Waschmaschine und Renates Fläschchen und Töpfchen auf der Ablage.

Er schlich ins Esszimmer. Wenigstens das war noch komplett. Müde ließ er sich auf einen Stuhl fallen.

Renate hatte ihre Ankündigung also wahr gemacht, und er hatte nichts davon bemerkt. Wie trostlos und kahl die Wohnung war! Die fehlenden Bilder hatten hässliche Ränder auf der hellen Wand hinterlassen. Auf dem Wohnzimmerteppich konnte er nur noch die Abdrücke der Möbel sehen.

Er durfte ihr keinen Vorwurf machen. Sie hatte nicht viel mitgenommen, es hätte ihr mehr zugestanden. Auf ihn würden jetzt schwere Zeiten zukommen.

Ganz sicher würde er in nächster Zeit einen Brief von ihrem Anwalt bekommen, der ihn zu einer Unterhaltszahlung aufforderte. Er schüttelte sich und wusste gar nicht, wie ihm geschah.

Schlimmer aber war, dass sie ihn verlassen hatte und nicht umgekehrt. Er war sich sicher gewesen, dass sie ihm aufgrund ihrer finanziellen Situation auf Gedeih und Verderb ausgeliefert sein würde.

Und nun hatte sie den Spieß umgedreht. Jetzt war das eingetreten, vor dem er sich gefürchtet hatte und das er hatte vermeiden wollen. Wenn überhaupt, dann hatte er derjenige sein wollen, der Schluss machte. Sie hatte ihn einfach überrascht.

Als er so in der Stille saß, fragte er sich, wie sie das wohl gemacht hatte. Zu ihren Eltern konnte sie nicht gezogen sein. Dorthin hätte sie keine Möbel mitnehmen können.

Außerdem war die Wohnung zu klein.

Aber ihre Mutter hatte ihr sicher geholfen. Er konnte seine Schwiegermutter sehr gut einschätzen, sie hatte Renate immer unterstützt. Also hatte sie sicher ihrer Tochter beigestanden und ihr Sparbuch geplündert.

War Renate ohne ein Wort gegangen oder hatte sie ihm eine Nachricht hinterlassen?

Wie ein angeschossenes Reh lief er jetzt durch die Wohnung und suchte nach einem Zettel, nach irgendeinem Hinweis.

Tatsächlich: Auf dem Sekretär stand ein Briefumschlag. Mit zitternden Fingern nahm er ihn in die Hand, riss ihn hastig auf und begann zu lesen:

„Christian, nun ist unser gemeinsamer Lebensweg zu Ende. Ich habe mir das bei Gott nicht gewünscht und hätte nie gedacht,

dass unsere lang währende Liebe eines Tages zu Ende gehen würde.

Aber es war dein Wunsch und der soll dir nun erfüllt werden.

Du wirst jetzt erleichtert sein, dass meine finanzielle Not dich nicht mehr belasten wird.

Allerdings wirst du in Kürze einen Brief von meinem Anwalt bekommen. Ich werde die Scheidung einreichen und selbstverständlich auch Unterhalt beanspruchen.

Natürlich bemühe ich mich weiter um eine Arbeit. Aber bis dahin bin ich auf Unterhalt angewiesen, und ich glaube, dass ich in den siebenundzwanzig Jahren so viel für dich getan habe, dass mir das auch zusteht. Ich wünsche dir viel Glück und ein friedvolles Leben mit deiner neuen Liebe.

Bitte habe Verständnis, dass ich keinen persönlichen Kontakt mit dir wünsche.

Wir können alles über meinen Anwalt klären. Du kennst ihn ja. Alles Gute. Deine Renate. "

Nun liefen ihm doch ein paar Tränen über die Wangen, warum auch immer er so emotional auf diese Worte reagierte.

Ein großer Teil seines Lebens war nun ausgelöscht und weg. Die Tränen aber waren nicht unbedingt ehrlich, nicht wegen der Trennung, dies spürte er selbst. Renate hatte ihm seine Bequemlichkeit genommen und seiner Zwiespältigkeit ein Ende gesetzt.

Nun musste seine Liebe zu Karin funktionieren. Sein Ego, nicht derjenige sein zu dürfen, der geht, hatte Renate schwer angekratzt.

Er erhob sich, um seinen Sohn anzurufen. Den wollte er jetzt auf seine Seite ziehen. Wenn sie schon ging, sollte sie alles verlieren.

„Jan! Wie geht es bei euch?"

„Hallo, Vater! Danke, gut."

„Ich muss dir was erzählen."

„Was denn?"

„Deine Mutter ist einfach ausgezogen und hat einen Großteil der Möbel mitgenommen, ohne mit mir darüber zu reden. Ich empfinde das als unverschämt. Sie ist doch schuld, dass es uns so schlecht ging, und nun soll ich auch noch Unterhalt zahlen. So geht das nicht! Hast du ihre Telefonnummer?"

„Du hast vielleicht Nerven. Hast du nicht eine neue Frau an deiner Seite und dich freiwillig von Mama abgewandt?"

Er erschrak. Auch hier hatte sie anscheinend Nägel mit Köpfen gemacht.

„Ja, das stimmt. Aber ich bin da nur hineingeschlittert, weil mit deiner Mutter nicht mehr zu reden war. Ich hatte sie gebeten abzuwarten, bis ich weiß, was die Zukunft bringen wird."

Jan lachte hart.

„Hast du nicht Mama gesagt, dass du dich entschieden hast zu bleiben? Du hattest dir also doch noch alles offen gelassen. Hör zu! Es macht keinen Spaß zu wissen, dass man nicht mehr so einfach zu den Eltern fahren kann. Es ist aber eine persönliche Sache zwischen euch. Ich für meinen Teil kann dein Verhalten nicht gut heißen.

Du hättest für eine saubere Lösung und eine ehrliche Trennung sorgen müssen. Das hat Mama nicht verdient.

Sie hatte einfach nur Pech mit ihrem Geschäft. Und du hast sie nun auch noch belastet. Also mache, was du willst. Wir können den üblichen Kontakt haben. Aber bitte lass Mama in Ruhe."

„Du stellst dich auf ihre Seite?"

„Ich stehe auf meiner Seite. Solange du sie in Frieden lässt, können wir normal miteinander umgehen. Wenn du unfair bist, hast du auch mich gegen dich. Haben wir uns verstanden?"

„Ja, ja, ist ja schon gut."

Enttäuscht und geknickt legte Christian auf. Er hatte auf mehr Verständnis bei seinem Sohn gehofft. Nun musste er vorsichtig sein. Mit ihm wollte er es sich nicht auch noch verscherzen.

Am nächsten Morgen rief Christian Karin an und erzählte ihr aufgeregt von Renates schneller Aktion.

„Ich brauche dich jetzt in meiner Nähe. Verstehst du, dass ich dich und deine Liebe brauche wie die Luft zum Atmen?"

„Mein Mann hat gestern zum ersten Mal Verdacht geschöpft", antwortete sie, ohne sich auf seine Probleme einzulassen.

Sie war noch nicht einmal verwundert über das, was er ihr gerade erzählt hatte.

„Wieso das denn?", fragte er sie desinteressiert, weil ihn seine eigenen Probleme mehr vereinnahmten als ihre.

„Wie du weißt, muss ich ja öfters mal länger im Büro

bleiben. Aber in den letzten Wochen hat er schon bemerkt, dass dies nun ständig der Fall war. Und dazu noch habe ich mich ihm mit irgendwelchen Ausreden verweigert. Das hat er natürlich auch bemerkt."

„Bei ihm auch? Wieso denn das?"

„Höre auf zynisch zu sein, Christian!"
Er ging aber gar nicht darauf ein.
„Und nun? Was willst du tun?"
„Ich habe ihm für heute Abend eine Aussprache zugesagt. Wir können uns also nicht sehen. Abhängig davon, wie das Gespräch verläuft, werde ich meine Entscheidung treffen."

„Was meinst du damit?"

„Nimmt mein Mann es einigermaßen ruhig auf, dann werde ich mich eventuell von ihm trennen. Wenn er psychisch nicht damit klarkommt, muss ich das bis auf weiteres verschieben."
„Das verstehe ich nicht. Meine Frau musste doch auch damit fertig werden."
„Die wusste aber schon länger davon. Außerdem hat sie sich ihr armseliges Leben selbst ausgesucht. Das ist nicht so wichtig."

Christian schluckte eine Antwort hinunter. Er fand es nicht gut, wie Karin mit Renate umsprang. Es stand ihr eigentlich nicht zu und ihm wäre lieber gewesen, sie hätte sich zurückgehalten.

„Auf jeden Fall kannst du zu mir kommen, wenn du nicht mehr bei deinem Mann bleiben willst. Meine Wohnung reicht für uns beide", antwortete er.

„Abwarten! Wir sprechen spätestens morgen weiter."

Den ganzen nächsten Tag hatte Christian mit einer inneren Unruhe zu kämpfen. Nur sehr schwer konnte er sich auf seine Arbeit konzentrieren, sie ging ihm nicht sonderlich gut von der Hand.

Gleich nach Feierabend würde er nach Hause fahren und auf Karins Nachricht warten.

Als er den Briefkasten öffnete, fand er den befürchteten Brief von Renates Anwalt. Hastig riss er ihn auf, und nachdem er sich gesetzt hatte, las er ihn sorgfältig.

Der Anwalt teilte Christian mit, dass ab sofort das Trennungsjahr laufe, und forderte ihn auf, jeweils am Ersten des Monats dreihundertvierzig Euro an Renate zu überweisen. Hinzu kam die Mitteilung, dass Renate seine Vollmacht für ihr Konto zurückgezogen hatte.

Wut, Zorn und Enttäuschung stiegen in Christian hoch. Renate hatte anscheinend alles von langer Hand vorbereitet. Er hatte ihre Vollmacht für sein Konto noch nicht zurückgezogen. Und so viel Geld? Er nahm sich ein Blatt Papier und rechnete seine Miete, die Versicherungen, sein Auto und den Unterhalt zusammen. Es würden ihm gerade mal dreihundert Euro übrigbleiben.

Welch fatale Situation! Renate würde mehr haben als

er. Er wusste, wie viel Arbeitslosengeld sie bekam, und insgesamt würde sie sich besserstellen als er. Wie sollte er die Wohnung halten? Und wie sollte er für sich und Karin ein einigermaßen vernünftiges Leben gestalten?

Da war das Recht auf den Kopf gestellt. Renate war schuld an allem und er hatte mehr darunter zu leiden als sie.

Dass Renate weiterhin von ihren Gläubigern gedrückt würde, daran dachte er in seinem Egoismus nicht. Hätte er jetzt Renates Telefonnummer gehabt, hätte er sie angerufen und ihr Worte der Wut entgegengeschleudert.

Er konnte sich nicht mehr beruhigen, zumal er nicht wusste, was sich bei Karin zu Hause seit dem Vorabend abgespielt hatte.

Kurz vor zweiundzwanzig Uhr klingelte es an seiner Wohnungstür. Blass und verstört stand Karin vor ihm. Er zog sie schnell in seine Arme und schloss die Tür.

„Was ist passiert?", fragte er erschrocken.

Wie eine Sturzflut rannen Tränen aus ihren Augen. „Er hat mich hinausgeworfen! Einfach hinausgeworfen!", rief sie völlig aufgelöst. Sie weinte so sehr, dass sie kaum noch sprechen konnte.

„Aber das ist doch nicht so schlimm. Wir wollten doch so oder so zusammen sein. Wir lieben uns doch."

„Bist du so naiv oder tust du nur so?", schrie sie mit bebender Stimme.

„Das Haus behält er. Die Kinder müssen auch bei

ihm bleiben, und da der Bau noch nicht abbezahlt ist, verlangt er für die Kinder Unterhalt. Das heißt, dass ich mehr als die Hälfte meines Geldes abgeben muss.

Der setzt sich durch! Darauf kannst du dich verlassen. Weißt du, wie und wovon wir beide in Zukunft leben sollen?"

Christian senkte den Kopf.

„Es wird nicht ganz einfach für uns, denn ich muss auch zahlen, aber wir werden es schaffen. Ich habe schon gerechnet, wenn ich die Miete und die festen Unkosten abziehe, bleiben mir dreihundert Euro. Und wenn du auch noch ein wenig zum Leben beisteuern kannst, kommen wir zurecht."

Karin rannte durch die Wohnung und sah sich um. Die kahlen Wände und das fast leere Wohnzimmer lösten Panik in ihr aus. Im Schlafzimmer schüttelte sie sich angewidert. Sie stieß ein hartes, kaltes und zynisches Lachen aus.

„Toll, soll ich mich etwa in das Bett deiner Frau legen? Wie willst du die Wohnung renovieren und einrichten? Was ist das für ein Leben, nur noch hier in diesem Loch sitzen zu müssen?"

Sie fuchtelte mit den Armen und hatte sich so in Rage geredet, dass sie Christian gar nicht mehr wahrnahm.

„Kein Geld für Kleidung! Mein wöchentlicher Friseurbesuch ist auch futsch! Kein Urlaub, kein Vergnügen! Das halte ich nicht aus! Da gehe ich kaputt!"

Christian stand da mit hängenden Armen und weit

aufgerissenen Augen. Diese Frau war nicht seine Karin, nicht die Frau, die er über alles liebte. Das war ein Ungeheuer. Dass eine Frau derart unkontrolliert ausrasten konnte, wäre ihm nie in den Sinn gekommen.

„Machst du mich für die Entscheidung deines Mannes verantwortlich? Wollten wir nicht zusammen unsere Liebe leben?"

„Ich weiß es nicht. Ich wollte ein schönes und freies Leben, meiner langweiligen Ehe entfliehen, eine einzigartige und spannende Zeit haben. Stattdessen kommt ein trostloses und armseliges Leben auf mich zu. Ich wünschte, wir hätten uns nie kennen gelernt. Aber jetzt müssen wir uns ertragen. Du wirst für mich sorgen müssen, ob du das willst oder nicht. Ich kann dir nur sagen, sieh zu, wie du das anstellst."

Christian war entsetzt.

Was hatte er da nur angerichtet! Schon seit längerer Zeit hatte er befürchtet, dass Karin und er nicht gut zusammenpassten. Jetzt wusste er auch, warum. Wie hatte er nur so leichtsinnig sein können?

Er sah Renate vor sich, anspruchslos, mit wenig zufrieden, genügsam und traurig. Und was hatte er ihr angetan! Wie sehr hatte er sie gedemütigt und ihre Gefühle mit Füßen getreten.

Er war ein Trottel und hatte jetzt ein Problem, ein richtiges Problem. Ihm graute vor der Zukunft, die jetzt vor ihm lag.

In nur wenigen Monaten war er vom vermeintlichen Gewinner zum absoluten Verlierer geworden.

Er würde vom Regen in die Traufe kommen, und er war auch noch selbst schuld daran!

5

Viola malte und malte und das seit Wochen ohne Unterlass. Voller Stolz bewunderte sie täglich ihre Werke. Nebenbei suchte sie regelmäßig ihren Arzt auf, der jedes Mal verwundert feststellte, dass sich ihr Zustand nicht weiter verschlechtert hatte und sie keine stärkeren Medikamente brauchte.

Voller Dankbarkeit fand sie während eines Gebetes im Matthäus-Evangelium den passenden Ausspruch Jesu: *„Kommet her zu mir alle, die ihr mühselig und beladen seid; ich will euch erquicken."*

Ihre Seele hatte Frieden geschlossen mit der Krankheit, sie war ruhig und ohne Angst. Eher schon neugierig, was sie erwarten würde, wenn sie erst diese Welt verlassen hatte. Sie freute sich in ihren Vorstellungen auf die Eltern und ihren geliebten Mann und glaubte fest daran, endgültig „nach Hause" zu kommen.

Madeleine brachte ihr das Telefon in den Garten.

„Gero! Schön, dass du anrufst. Wie geht es zu Hause?"

„Danke, gut. Viel wichtiger ist aber, wie es dir geht."

„Fantastisch. Ich komme gut voran und denke, dass ich in Kürze genügend Bilder haben werde."

„Schön, dann kommst du sicher bald zurück, oder?"

„Das ist mein Problem. Um ausstellen zu können, muss ich zurück nach Hause. Aber ich fühle mich hier so wohl, so beschwingt, dass ich eigentlich lieber bleiben würde."

„Ach, herrje, was machen wir da bloß?", sagte er und lachte.

„Du hast gut lachen. Was denkst du?"

„Ich finde, du musst nichts überstürzen. Genieße dein Leben in Nizza und male noch eine Weile. In wenigen Wochen ist der Sommer vorbei, dann kommst du zurück und kümmerst dich um deine Galerie."

„Wie immer hast du Recht. So werde ich das machen."

„Versprich mir aber, dass du jetzt etwas langsamer vorgehst. Schließlich hast du genug gearbeitet und solltest die restliche Zeit nutzen, um dich zu schonen."

„Versprochen, lieber Bruder."

Gero war zufrieden. Seine Schwester war aufgeräumt und fröhlich. Madeleine hatte ihm bestätigt, dass ihr die viele Arbeit wohl guttat und sie nicht belastete, wie er befürchtet hatte.

Ende September ließ Viola ihre Gemälde verpacken und mit einer Spedition nach Baden-Baden schicken. Sie selbst blieb noch drei Tage in Nizza, drei Tage der Erholung und der Beschaulichkeit.

Den letzten Tag nutzte sie für einen ausgiebigen Bummel über die Promenade des Anglais.

Tief sog sie die milde Luft ein, es war noch schöner

als auf den Ansichtskarten. Elegante, fröhliche Menschen flanierten an ihr vorbei. Das Wetter war noch sehr schön, die Luft warm, die Sonne strahlte, das blaue Meer leuchtete und die sanften Wellen schaukelten im Wind.

Als sie am Casino Ruhl ankam, entschloss sie sich spontan, das Restaurant zu besuchen.

Die Promenade befand sich oberhalb der hohen Mauer. Steile Steinstufen führten nach unten zum Strand.

In den Mauernischen, den Katakomben, hatten sich die Strandrestaurants eingerichtet. Generell gehörte eine Terrasse dazu, an deren Ende der Strand begann. So auch im Restaurant Ruhl.

Es war wahrscheinlich das schönste und eleganteste Restaurant an diesem scheinbar unendlich langen Strand.

Viola stieg hinab und ließ sich vom Kellner an einen der freien Tische führen. Er rückte ihr den gepolsterten Sessel zurecht, und mit großer Vorfreude wählte sie ein Menü.

Während sie auf ihr Essen wartete, beobachtete sie die Menschen, die sich in den vielen aufgestellten Liegen der Sonne erfreuten.

Im Wasser tummelten sich Kinder und Erwachsene gleichermaßen.

Fröhliche Stimmen drangen unentwegt zu ihr und ließen sie teilhaben an ihrer Lebensfreude. Es war so schön, dass sie auch nach dem Essen noch lange sitzen blieb und die heitere Situation genoss.

Warum hatte sie nicht eher diese Schönheit in sich

aufgenommen? Nun tat es ihr leid, dass sie sich in den vergangenen Jahren so in ihrem Schmerz vergraben hatte.

Jetzt, wo ihre Zeit knapp wurde, erkannte sie, was sie versäumt hatte. Mit einem tiefen Seufzer verdrängte sie diese bittere Erkenntnis. Sie wollte dankbar sein für das, was ihr noch bleiben würde.

Erst am späten Nachmittag konnte sie sich loslösen und fuhr zurück in die Villa. Den Abend verbrachte sie mit Madeleine, die traurig war, dass ihre „Kleine" schon wieder abreiste. Die Zeit war viel zu schnell vergangen.

„Wann kommst du wieder?"

„Ich weiß nicht, Madeleine. Ich kann dir das nicht sagen."

„Versprich mir, dass du im Frühjahr wiederkommst."

„Das kann ich dir beim besten Willen nicht versprechen. Aber ich werde es versuchen."

Es schmerzte Viola, dass sie der guten Madeleine nicht die Wahrheit sagen konnte. Doch diese konnte sie Madeleine nicht zumuten. Sie würde ihr das Herz zerreißen.

„Ich werde dich sehr vermissen, meine Kleine. Weißt du, dass wir sehr einsam sind, wenn sich niemand von eurer Familie hier aufhält? Jahrelang hat sich keiner von euch mehr hier sehen lassen. Die anstehenden Entscheidungen für das Haus habt ihr uns überlassen. Es war nicht immer ganz einfach, das kannst du mir glauben."

Viola strich Madeleine über den Arm.

„Das verstehe ich. Ich werde Gero sagen, dass auch

er öfter hier Urlaub machen muss. Das muss sich ändern, aber du siehst auch, welch großes Vertrauen wir in euch haben. Wir wissen, dass bei euch alles in besten Händen ist und dass wir euch vertrauen können seit vielen, vielen Jahren."

Madeleine ging nicht darauf ein. Seit Violas und Geros Eltern nicht mehr lebten und Violas Mann zu Tode gekommen war, war nichts mehr wie vorher. Sie hatte die Hoffnung aufgegeben: Die schönen Zeiten waren vorbei und würden nicht mehr wiederkommen. Davon war sie überzeugt.

„Aber du musst mir versprechen, wenn du schon nicht im Frühjahr wiederkommst, dass es dennoch nicht mehr Jahre dauern wird."

Viola fühlte sich erneut schlecht und wusste nicht, was sie darauf antworten sollte, ohne zu einer Notlüge greifen zu müssen.

„Ich verspreche dir, dass ich mich bemühen werde", sagte sie schließlich beinahe tonlos.

Lange noch saßen die beiden Frauen in der lauen Nacht beisammen und gaben sich ihren Abschiedsgedanken hin.

Gegen Mittag des nächsten Tages landete die Maschine mit Viola auf dem Flughafen Stuttgart.

Mit großer Vorfreude erwartete sie Gero am Flugsteig. Er hatte sie unter den vielen Reisenden schnell ausgemacht und ging ihr entgegen.

„Du siehst aber gut aus. Braun gebrannt und richtig erholt", begrüßte er sie und zog sie in seine Arme.

„Ja, ich habe mich wirklich gut erholt und bin mit Wehmut gegangen", antwortete sie mit einem strahlenden Lächeln.

„Warum bist du dann nicht deinem Gefühl gefolgt und noch eine Weile geblieben?"

„Ich habe mir eine berufliche Aufgabe gestellt und die möchte ich in Angriff nehmen, das weißt du doch."

„Das verstehe ich. Aber du hättest auch zu deinem Vergnügen malen können, dann hättest du beides gehabt."

„Stimmt. Aber ich möchte mich noch einmal beweisen."

„Wie du willst. Komm, lass uns nach Hause fahren."

Geschickt steuerte Gero den großen Wagen aus der Parklücke und fuhr auf die nahe Autobahn.

Eine knappe Stunde brauchten sie bis Baden-Baden. Viola wurde zusehends unruhig. Trotz der schönen

Landschaft mit den Bergen und dem lieblichen Oos-Tal kam ihre Traurigkeit nun mit Macht zurück. Hier war der Ort, wo sie in unverminderter Stärke um ihren Mann trauerte.

Hier hatte sie die unwiderrufliche und schreckliche Nachricht von seinem Unfall erhalten.

Hier hatte man ihr mit wenigen Worten das rasche Ende ihres eigenen Lebens vorhergesagt.

Ihr Atem ging plötzlich schwer, ihre Kehle zog sich zusammen und panische Angst machte sich in ihr breit.

Am liebsten hätte sie ihren Bruder gebeten, sofort umzukehren und sie zum Flughafen zurückzubringen, damit sie die nächste Maschine nach Nizza nehmen konnte.

„Du bist ja so still, Viola. Was ist los mit dir?"

„Nichts, gar nichts. Ich schaue mich nur um."

„Aber so lange warst du doch auch nicht weg. Du wirkst bedrückt."

„Da irrst du. Ich bin nur etwas müde von der Reise. Die war doch anstrengend."

„Das glaube ich dir. Schau, wir sind da. Am besten ruhst du dich gleich etwas aus."

Gemeinsam betraten sie die Villa. Gertraud begrüßte sie herzlich und brachte ihre Koffer nach oben. Viola schickte sie sofort weg. Sie wollte nur noch alleine sein.

Unfähig, die Reisekleidung auszuziehen, legte sie sich aufs Bett. Endlich konnte sie ihren Tränen freien Lauf lassen. Wo sollte sie die Kraft hernehmen, das alles durchzustehen? Was würde jetzt auf sie zukommen und was würde ihr die Krankheit abverlangen?

Wie sollte sie Gero diese innere Not ersparen?

Wäre es nicht doch besser, sich ihrem Bruder anzuvertrauen und ihn um moralische Unterstützung zu bitten?

Tat sie sich wirklich selbst einen Gefallen, ihren schweren Weg alleine gehen zu wollen? Ohne sich entschieden zu haben, sank sie völlig erschöpft in einen unruhigen Schlaf.

Erst gegen Abend erwachte sie mit Kopfschmerzen.

Zunächst blieb sie noch ein wenig liegen und überlegte weiter. Sie wusste einfach nicht, was das Richtige war.

Genau mit ihrer Rückkehr waren sie wieder da, die dunklen Schatten ihres Lebens.

Wie sollte sie mit ihnen umgehen und mit ihnen fertig werden?

Würde Gero verstehen, dass sie ihn hatte schonen wollen? Eines Tages würde er den Tatsachen ins Auge sehen müssen.

Lieber Gott, hilf mir, flehte sie stumm.

Sie erhob sich langsam mit schweren Gliedern und blickte lange und traurig aus dem Fenster auf die Stadt.

Die Oos schlängelte sich in ihrem kleinen Flussbett friedlich dahin. Uralte Bäume säumten ihren Weg. Die Blätter verfärbten sich langsam und deuteten auf den nahenden Herbst hin.

Der Herbst kommt, dachte Viola. Die Natur würde sich

nun zurückziehen, aber war der Herbst nicht auch bunt und schön?

Zu keiner Jahreszeit strahlten die Blätter mit solcher Kraft.

Zugegeben, am Ende gingen sie unwiderruflich, dennoch waren sie stark und kräftig in ihrer Aussage.

Sie fielen nicht einfach vom Baum. Nein, sie zeigten sich in leuchtenden Farben.

Und nach ihnen?

Im Frühjahr würden viele neue Blätter kommen, ganz zart und grün, einfach nur grün, die heranwachsen und denselben Weg gehen würden.

Es war ein Kommen und Gehen, bei der Natur und bei den Menschen.

Und wo war sie? Sie war auch im Herbst ihres Lebens. Noch einmal würde sie kraftvoll leuchten, dann würde auch sie gehen.

„Danke, Herr! An ganz einfachen Beispielen der Natur zeigst du mir, wie es sein muss", flüsterte sie.

Gelassen kleidete sie sich aus, ließ Badewasser einlaufen und glitt in die Wanne.

Sanft wurde ihre Haut vom Wasser umspült. Der Duft ihres Badeöls umschmeichelte ihre Sinne, und nach dem ausgiebigen Bad hatte sie wieder die Ruhe, die sie dringend brauchte, um Gero gegenübertreten zu können.

Ausgeglichen und ruhig betrat Viola etwas später das Büro ihres Bruders, der noch über seinen Akten saß. Schwungvoll ließ sie sich ihm gegenüber in einen Sessel fallen. Voller Zuneigung sah sie ihn an und lächelte ihm zu.

„Gero, kannst du mir einen Tipp geben, wo gerade Ladengeschäfte vermietet werden? Ich denke, du bist auf dem Laufenden, was in der Stadt gerade frei ist."

„Ich habe mir schon Sorgen gemacht. Du hast dich mehrere Stunden zurückgezogen und nicht am Mittagessen teilgenommen. Geht es dir gut?", wollte er wissen, ohne auf ihre Frage einzugehen.

Aufmerksam und fragend blickte er sie an. Sie sah erschöpft aus.

„Natürlich geht es mir gut. Entschuldige, dass ich mich solange zurückgezogen habe. Aber ich brauchte den Schlaf und die Erholung, wahrscheinlich hat mir die Luftveränderung zugesetzt. Doch jetzt bin ich ausgeruht und voller Energie."

„Schön. Dann bin ich beruhigt. Natürlich weiß ich über freistehende Immobilien Bescheid. Wer, wenn nicht ich?", fragte er mit einem Lächeln.

„Ich habe da etwas für dich. Du weißt, dass wir nicht weit vom Palais Hamilton am Leopoldsplatz ein Haus haben?"

„Selbstverständlich weiß ich das. Auch ich habe ein wenig Ahnung."

„Das ist das große Ladengeschäft gleich links vom Eingang. Vor zwei Monaten hat der Mieter das Geschäft aus gesundheitlichen Gründen aufgegeben. Natürlich habe ich gleich an dich gedacht. Ich wusste doch, was du vorhast. Kurz und gut, ich habe nicht wieder vermietet. Du kannst also deine Räume im eigenen Haus beziehen."

„Ich kann mich sogar einigermaßen an die Räumlich-keiten erinnern. Das ist ideal, im Erdgeschoss die Ausstellung und oben die Büros. Und die Lage ist erstklassig. Ich bin begeistert! Meine Güte, Gero, was für ein Glück!"

„Alle Besucher der Stadt kommen da vorbei. Das ist so wunderbar! Ich danke dir für deine Weitsicht. Du bist der Allerbeste!", rief Viola begeistert.

Schnell huschten ihr die Bilder durch den Kopf: direkt am Leopoldsplatz, auf den die wichtigen Geschäftsstraßen zuliefen, die Gernsbacher Straße mit ihren Fassaden der Gründerzeit und dann direkt angrenzend die Sophienallee mit ihren vielen Kastanienbäumen und den Geschäftshäusern.

Im Haus Nr. 5 lebte einst der russische Übersetzer, Dichter und Zeichner Shukowsky, der Goethe und Schiller ins Russische übersetzte, bis zu seinem Tod 1852. Gleich in der Nähe lag noch der Reiherbrunnen zwischen den Alleebäumen.

Viola hätte springen können vor Freude. Der Laden

war ein Juwel, ein Diamant unter den Geschäften.

„Du musst mir doch nicht danken. Es ist auch dein Haus", antwortete Gero verwundert.

Viola strahlte über das ganze Gesicht. Diesen Zufall konnte sie fast nicht glauben. Kaum ein Mieter gab in einer solchen vorzüglichen Geschäftslage auf.

In ihren kühnsten Träumen hätte sie dies nicht zu hoffen gewagt. Sie war davon ausgegangen, in die weniger attraktiven Stadtteile ausweichen zu müssen.

Nun standen ihr alle Wege offen.

„Sind denn meine Bilder schon angekommen?", wollte sie wissen.

„Natürlich sind sie da, was denkst du denn? Ich habe sie im Anbau einlagern lassen. Es ist dir doch recht so?"

„Nichts habe ich gedacht, entschuldige. Selbstverständlich ist mir recht, dass du sie im Anbau untergebracht hast."

Gero gab Viola die Schlüssel für ihr neues Geschäft und beobachte ihre stille Freude. Warum nur beschlich ihn immer wieder dieses merkwürdige Gefühl? Warum nur?

In diesem Moment klopfte Gertraud an und bat die Geschwister zum Abendessen.

Am nächsten Morgen kam Viola schon kurz nach sieben Uhr zum Frühstück, zum großen Erstaunen von Gertraud. Sie hatte sich für den Tag sehr viel vorgenommen.

Ihr erster Weg führte sie zu Dr. Fuller. Er begrüßte

sie freundlich und fragend zugleich.

„Schauen Sie nicht so skeptisch, Dr. Fuller. Mir geht es richtig gut."

Sie überreichte ihm die Unterlagen des Arztes in Nizza.

Nachdem Dr. Fuller die Akten ausgiebig studiert und Viola untersucht hatte, schüttelte er überrascht den Kopf.

„Sie sehen mich etwas irritiert, es hat sich tatsächlich nichts verändert oder verschlechtert. Eine medizinisch einleuchtende Erklärung habe ich dafür aber nicht. In Anbetracht dieser doch positiven Situation rate ich Ihnen jetzt erst recht zu einer Behandlung in der Klinik. Ihre Krankheit verlief bislang entgegen aller medizinischen Erfahrungen. Warum sollte deshalb eine Behandlung nicht zu unserer Überraschung Gutes bewirken?"

Viola schüttelte den Kopf.

„Nein, das möchte ich nicht. Lassen Sie mich ohne Qual mein Leben weiterleben. Wenn Gott will, darf ich auch ohne Behandlung auf dieser Welt bleiben."

„Seien Sie nicht unvernünftig. Sie hätten nach menschlichem Ermessen schon längst behandelt werden müssen."

„Aber Sie und auch der Arzt in Nizza haben mir gesagt, dass ich nur eine Verlängerung, aber keine Heilung erreichen könnte. Diese Verlängerung hat sich jetzt anscheinend ganz ohne Eingriffe ergeben. Nun sagen Sie mir: Warum soll ich diese schwierige Behandlung voller Schmerzen und Belastungen auf mich nehmen?"

Viola musste erst einmal Luft holen, ehe sie weitersprechen konnte.

„Natürlich sollte ich kämpfen, mich stellen und alle Kraft einsetzen, um die Krankheit abzuwehren. Natürlich ist das nicht gerade vorbildlich, wie ich mich entschieden habe. Ich habe mir das dennoch nicht leichtgemacht und sorgfältig abgewogen, ob ich nicht doch gegen die Krankheit kämpfen soll.

Aber Tatsache ist auch: Ich habe nun einmal nach menschlichem Ermessen keine Heilungschance, also warum, warum sollte ich das tun? Es gibt Menschen, die nicht bis zur letzten Minute kämpfen wollen, und auch die haben ein Recht auf Respekt gegenüber ihrer Entscheidung. Viele warten in einem Hospiz auf ihr Ende und ich, ich darf malen. Ist das nicht schön?“

„So können Sie mir diese Fragen nicht stellen! Und Ihren Antworten kann ich auch nicht unumwunden zustimmen. Ich bin ein Mediziner, der alles Menschenmögliche tun will und muss, um Leben zu retten, Krankheiten zu lindern und zu erleichtern. Das ist meine Aufgabe als Arzt. Ich kann Ihre Beweggründe nachvollziehen, aber ...“

„Aber hier entscheide ich. Deshalb erinnere ich Sie nochmals an Ihre Schweigepflicht und bitte Sie, meine Entscheidung zu respektieren. Wie bisher werde ich selbstverständlich regelmäßig zur Kontrolle kommen. Ich möchte lediglich bei Bedarf und zur Schmerzlinderung Ihre Hilfe in Anspruch nehmen.“

Dr. Fuller zuckte hilflos die Schultern. Er hatte mehrmals versucht sie umzustimmen, doch es war zwecklos.

„Ich beuge mich Ihrem Entschluss nur widerwillig und hoffe sehr, dass Sie sich doch noch anders entscheiden."

Freundlich, aber entschlossen verabschiedete sich Viola von Dr. Fuller, der etwas ratlos zurückblieb.

Erleichtert ging Viola die wenigen Schritte zu ihrem neuen Laden und blieb vor dem Gebäude stehen.

Hier, wo einst das Beuerner Tor stand, der Stadtgraben und die Stadtmauer eine Biegung machten, entstanden 1830 ein Platz und ein Straßenkreuz: der Leopoldsplatz.

Die Stadt Baden-Baden hat ihrem Großherzog Leopold ein Denkmal gesetzt. So gibt es in Baden-Baden neben der Leopoldsstraße auch noch die Leopoldshöhe und den Leopoldsplatz.

Ehrfürchtig blickte Viola an der Fassade des Hauses nach oben. Früher war es einmal das Hotel Victoria, nach der englischen Queen benannt, die ein Landhaus in Baden-Baden hatte. Zu den Hotelgästen gehörten unter anderem der Fürstenmaler Franz Xaver Winterhalter, König Maximilian von Bayern und der ägyptische Prinz Mustafa-Pascha.

Der historische Altbau und die halbrunden, bogenförmigen Schaufenster boten den idealen Rahmen für Violas Galerie. Mit einem Seufzer schloss sie die Ladentür auf und betrat ihre Geschäftsräume. Gewissenhaft machte sie sich an die Pläne für die Umgestaltung. Über die geschwungene Wendeltreppe ging sie nach oben in die erste Etage. Dort befanden sich zwei wunderschöne und sehr große Zimmer, die sie als Büros einrichten wollte. Sie maß die Räume aus und machte sich eifrig Notizen, was sie noch würde einkaufen und planen müssen.

Den Nachmittag verbrachte sie an ihrem Schreibtisch in der Villa. Sie bestellte einen Maler, einen Tischler, einen Büroausstatter und beantragte einen Telefonanschluss.

Zwischendurch schaute Gero bei ihr vorbei.

„Na, so fleißig?", fragte er.

„Es macht mir viel Freude zu planen und zu organisieren. Es ist schon so lange her. Ich habe ganz vergessen, wie schön und befriedigend das ist."

„Braucht meine Schwester meine Hilfe?"

„Nein, vielen Dank. Ich komme sehr gut zurecht."

Nur zwei Wochen später stand Viola voller Stolz in

ihrer Galerie. Alles war fertig renoviert und eingerichtet.

Die Bilder hingen an ihrem Platz und stilvolle Lampen strahlten sie vorteilhaft an.

Die Schaufenster waren dekoriert, und auserlesene Grünpflanzen, vorwiegend Palmen, die das Flair der Stadt widerspiegelten, lockerten die Ausstellung auf.

Auch ihr Büro hatte sie geschmackvoll eingerichtet. Bei einem Antiquitätenhändler hatte sie einen opulenten Schreibtisch aus dem achtzehnten Jahrhundert mit einem passenden Sessel gefunden, mit dem der Besprechungstisch und die Stühle mit ihren verschnörkelten Beinen vorzüglich harmonierten.

Der Aktenschrank hingegen war modern und erfüllte alle Erfordernisse eines Büros.

Noch eine Nacht und dann kam der große Tag der Eröffnung. Viola hatte viele Einladungen verschickt. Außerdem hatte ihr Gero eine lange Liste mit Namen von Geschäftspartnern gegeben.

Sie selbst hatte noch Adressen von Kunstliebhabern, die schon vor vielen Jahren an ihren Bildern interessiert gewesen waren. Natürlich hatte sie die Presse informiert und eine Anzeige geschaltet.

Für die Bewirtung der Gäste hatte sie einen exklusiven Partyservice bestellt. Sie setzte sich an ihren Schreibtisch und ging noch einmal ihre Liste durch. Zufrieden stellte sie fest, dass sie nichts vergessen hatte. Alles war vorbereitet, das Ereignis konnte stattfinden. Sie stellte die Alarmanlage an und verschloss sorgfältig die Tür.

Vorsorglich hatte sie sich bei Dr. Fuller angemeldet.

Sie wusste, dass der nächste Tag sehr anstrengend werden würde und es besser war, sich noch einmal untersuchen zu lassen. Unter keinen Umständen wollte sie ein Risiko eingehen.

Es hatten sich so viele Besucher angekündigt, dass sie es sich nicht leisten konnte, schwach zu werden.

„Sind Sie zufrieden mit mir?", fragte Viola Dr. Fuller nach der Untersuchung.

„Ich glaube, diese Frage können Sie sich selbst beantworten. Sie ahnen doch sicher, dass ich nicht zufrieden bin, oder sehen Sie das anders?"

Viola senkte den Kopf.

„Sie haben Recht. Ich fühle mich schlapp und müde, es war doch viel Arbeit in den letzten Wochen und ziemlich anstrengend. Aber ich habe mir meinen Wunsch erfüllt. Es musste sein. Der liebe Gott mag wissen, warum."

„Das ist nicht nur der Grund. Ihre Werte haben sich verschlechtert. Darf ich nochmals die Behandlung ansprechen?"

„Nein. Ich gehe nicht in die Klinik, auf gar keinen Fall. Sagen Sie mir lieber, ob Sie mir Medikamente geben können."

„Ich kann Ihnen weiterhin nur Schmerzmittel geben. Sie müssen aber wissen, dass ich jetzt sowohl die Dosis als auch die Stärke immer weiter erhöhen muss. Es lässt sich leider nicht vermeiden."

„Wie lange halte ich noch durch? Und wie wird es sein, wenn ich nicht mehr durchhalte?"

Ihre Stimme zitterte etwas. Sie spürte, dass es nun ernst wurde.

„Das kann ich nicht sagen. Wir wissen nicht, ob vielleicht wieder ein erneuter Stillstand eintritt. Und wie es sein wird? Das wird sich erst zeigen, wenn es soweit ist."

„Ich sehe schon, Sie wollen es mir nicht sagen, Sie wollen mich schonen. Geben Sie mir bitte die Medikamente und sagen mir die Dosierung."

„Sie bringen mich in große Schwierigkeiten. Ihr Bruder wird mich eines Tages lynchen, weil ich nicht alles Menschenmögliche unternommen habe, um Ihnen zu helfen."

Dr. Fuller wagte sich das gar nicht vorzustellen.

Er wusste, dass er es mit einem der reichsten Männer der Stadt zu tun haben würde, der über alle Möglichkeiten verfügte, weltweit die besten Ärzte zu konsultieren.

Zwar hatte er selbst vorsorglich und zu seiner eigenen Beruhigung viele Spezialisten befragt. Dennoch fühlte er sich nicht wohl in seiner Haut. Es wäre ihm lieber gewesen, mit Gero zusammenzuarbeiten.

„Keine Sorge, ich habe einen Brief in meinem Schreibtisch. Der wird Sie entlasten. Sagen Sie das meinem Bruder, falls ich es nicht mehr selbst kann."

Langsam schlenderte Viola die Bäderstraße hinauf auf den Florentiner Berg. Dann wanderte sie zum Neuen Schloss. Ihr Weg führte sie in den Schlosspark, dessen Ruhe sie für eine Weile genoss.

Die Bauten entstanden gegen Ende des 14. Jahrhunderts unter Rudolf VII., dem bei der Teilung mit seinem Bruder Bernhard I. die Stadt und die Burg Hohenlohe zugefallen waren.

Seine typische bauliche Gestaltung erhielt das Schloss Ende des 16. Jahrhunderts. Nach dem Stadtbrand 1689, bei dem die Residenz stark zerstört wurde, und nach seinem Sieg über die Türken verlegte Markgraf Ludwig Wilhelm seine Residenz nach Rastatt.

Der Wiederaufbau des Schlosses vorwiegend im barocken Stil dauerte lange.

Viola genoss den verträumten Schlosspark mit seinen seltenen Gehölzen und seinem herrlichen Ausblick über die Stadt und die angrenzenden Berge. Von hier aus war es nicht weit zur Stiftskirche.

Mehr als zwei Stunden blieb Viola dort, um zu beten, die Nähe des Herrn zu spüren und die Ruhe der Kirche in sich aufzunehmen.

Die Eröffnung der Galerie war ein voller Erfolg und unvergesslich. Mehr als die Hälfte der Bilder fand einen Käufer. Viola hatte den Tag gut überstanden, wenn auch mit großer Anstrengung. Sie machte sich Sorgen, wie sie es schaffen sollte, die große Nachfrage zu befriedigen.

Am nächsten Morgen beim Frühstück sprach sie mit ihrem Bruder über ihre Bedenken.

„Das schaffe ich nicht, Gero. Ich müsste so viel malen, dass das Ganze einer Fließbandproduktion gleichkäme. So kann ich mit der Kunst nicht umgehen. Das wäre unseriös und völlig abwegig. Ich kann mit meinen Bildern die Nachfrage nicht befriedigen, das ist Fakt."

„Das ist wahr. Du kannst nicht in der Galerie sein und gleichzeitig viele Bilder malen. Abgesehen davon, dass Masse nicht dein Geschäft ist. Da könntest du ja gleich Poster und Drucke verkaufen. Nein, das ist nicht dein Stil."

„Was rätst du mir?"

Gero grübelte.

„Du solltest junge Künstler fördern und unterstützen. So hättest du genügend Bilder und könntest dich etwas zurücknehmen. Außerdem könntest du mit deinem Gespür für die Kunst heranwachsende Talente fördern und ihnen zu einem Namen oder zu einer Karriere verhelfen."

„Das ist ein guter Gedanke. Aber wo finde ich diese Talente?"

„Fahre doch einmal nach Karlsruhe zur Kunsthochschule."

„Das ist eine sehr gute Idee."

„Ja, die ist plausibel und gut", antwortete er zufrieden.

„Wenn ich dich nicht hätte! Du hast immer so einfache Lösungen. Jetzt bin ich beruhigt. Also werde ich nach Karlsruhe fahren."

„Aber bitte überstürze nicht gleich alles. Du musst dich nicht zwölf Stunden am Tag abrackern."

„Tu ich gar nicht. Du bist wie eine Krankenschwester. Ich bin doch fit", sagte sie und lachte ihn verschmitzt an.

„Ich weiß, dass ich dich nicht abhalten kann. Aber du unterschätzt die enorme Belastung, der du dich mit deinem Vorhaben aussetzt. Du machst nicht mehr nur eine kleine Galerie. Du bist schon wieder dabei, ein großes Geschäft aufzubauen."

„Entschuldige, Gero, ich muss jetzt los. Vergiss deine Sorgen."

Rasch verabschiedete sich Viola, sie wollte nicht weiterreden. Unbewusst erinnerte sie ihr Bruder an ihre körperliche Schwäche und das gefiel ihr nicht.

Gero wusste gar nicht, wie nah an der Wahrheit er mit seinen Befürchtungen war. Sie wertete dies als ein Zeichen ihrer großen inneren Verbundenheit.

6

Mittlerweile hatte sich Renate in ihrer neuen Wohnung einigermaßen eingelebt und es ging ihr einigermaßen gut. Natürlich schmerzte sie die Trennung von
Christian.

Tagsüber verging die Zeit schnell, denn jeden Vormittag suchte sie voller Elan nach einer Arbeitsstelle.

An den Nachmittagen saß sie auf ihrem Balkon und
malte. Diese kreativen Stunden genoss sie ganz besonders. Alle Wünsche, Sehnsüchte und auch ihre innere
Zerrissenheit fanden sich in ihren Bildern wieder.

Doch an den Abenden wurde es schwierig, wenn sie
die schleichende Einsamkeit quälte. Weder der Fernseher
noch ihre geliebten Bücher konnten sie ablenken.

Abend für Abend überkam sie ein nie gekanntes Gefühl von Leere und Verlassenheit.

Natürlich besuchte sie regelmäßig ihre Eltern und telefonierte mit ihrem Sohn. Sie konnte sich auf ihre Familie verlassen, die stets bemüht war, ihr seelisch und moralisch beizustehen.

Dennoch verirrten sich ihre Gedanken immer wieder
zu Christian, dem sie entgegen aller Befürchtungen bisher nicht begegnet war. Sie vermisste ihn und lebte in

Bildern der gemeinsamen Vergangenheit.

Es fiel ihr schwer, ohne einen Partner und ohne eine auch nur noch so kleine zärtliche Geste zurechtzukommen und das, obwohl die Phase vor ihrem Auszug schon auch keine harmonischen Momente mehr hatte.

Sie fragte sich oft, wie es Christian wohl erging. Ob er glücklich war und das gefunden hatte, was er sich vorstellte?

Seine Unterhaltszahlungen leistete er pünktlich, ihre Ängste und Zweifel waren also völlig unbegründet gewesen.

Sie hätte Jan fragen können, ob er Näheres über seinen Vater wusste. Aber das ließ ihr Stolz nicht zu. Sie wollte Geduld haben, bis Jan ihr etwas erzählte. Das allerdings hatte er bislang noch mit keiner einzigen Silbe getan.

An diesem Tag war Renate zeitig aufgestanden. Sie saß noch im Wohnzimmer und trank ihren Kaffee.

Um zehn Uhr hatte sie einen Vorstellungstermin, und bis dahin blieb ihr noch reichlich Zeit, den Tag anzugehen.

Nachdem sie sich ungefähr vier Wochen zuvor bei der Kunststofffirma beworben hatte, war nun endlich der erhoffte Anruf gekommen.

Zugegeben, es war kein Traumjob, es war nicht das, was ihrer Qualifikation entsprach. Aber das war nicht wichtig, sie hatte keine großen Ansprüche mehr und musste zufrieden sein, wenn sie überhaupt jemand einstellte. Sie musste nehmen, was übrigblieb.

Sie machte sich sorgfältig zurecht und fuhr mit ihrem

Auto hinaus in das Industriegebiet am Rande der Stadt.

Das Firmengelände fand sie sehr schnell. Nachdem sie geparkt hatte, stand sie vor dem Eingang und bekam langsam feuchte Hände.

Sie wünschte sich so sehr, endlich wieder einer regelmäßigen Arbeit nachgehen zu können. Doch sie würde bestimmt nur eine unter vielen Bewerberinnen sein. Und am Ende würde doch eine Jüngere den Vorzug bekommen.

Verschüchtert und mit einem flauen Gefühl im Magen betrat sie das Gebäude und meldete sich am Empfang.

Die Empfangsdame beschrieb ihr den Weg zur Personalabteilung, wo eine ältere Sekretärin sie freundlich empfing. Kurze Zeit später wurde sie zum Personalchef vorgelassen, der schon auf den ersten Blick sympathisch wirkte.

„Nehmen Sie bitte Platz, Frau Bauer", sagte er und zeigte auf den freien Stuhl vor seinem Schreibtisch.

„Danke."

Es war das einzige Wort, das ihr in der Aufregung über die Lippen kam. Jetzt galt es, ihre Erregung zu verbergen und einen entschlossenen Eindruck zu vermitteln. Das war aber alles leichter gesagt als getan.

Es kostete sie fast unmenschliche Anstrengungen, ihre Nervosität zu verbergen. Innerlich fühlte sie sich wie zur Salzsäule erstarrt.

„Wir haben Sie eingeladen, weil wir für unsere Versandabteilung eine berufserfahrene und zuverlässige Kraft brauchen.

Allerdings habe ich in Ihrem Lebenslauf gelesen, dass

Sie selbstständig waren. Warum haben Sie Ihre Selbstständigkeit aufgegeben?"

Also doch. Es ging sofort los mit den unangenehmen Fragen, die sie am liebsten ausgeblendet hätte. Ihre Gedanken überschlugen sich in dem Bestreben, die richtigen Antworten zu finden und nicht gleich alles kaputt zu machen. Das war eine verdammt heikle Situation.

„Stimmt, ich habe aufgegeben. Gerne erkläre ich Ihnen die Zusammenhänge. Nachdem mein alter Arbeitgeber das Unternehmen abgewickelt hatte, fand ich vermutlich wegen meines Alters lange Zeit keine neue Stelle. Daher gründete ich nach reiflicher Überlegung meine eigene kleine Firma."

„Was für ein Unternehmen hatten Sie?"

„Ich hatte im Internet einen Shop eröffnet und verkaufte modernes Computerzubehör. Ich bin ja Kauffrau und hatte geglaubt, im Trend der Zeit zu liegen."

„Verstehe", sagte er und nickte ihr aufmunternd zu.

„Im Laufe der Zeit musste ich feststellen, dass mein Konzept doch nicht so schnell vom Markt angenommen wurde, und die Banken verweigerten mir ihre Unterstützung. Ich war wohl etwas zu früh dran für das Internet."

„Ja, das höre ich immer wieder", antwortete er.

Mutig fuhr Renate fort: „Ich habe noch eine ganze Zeit versucht durchzuhalten. Doch das war ein großer Fehler. Hätte ich gleich aufgegeben, wäre ich einigermaßen gut aus der Sache herausgekommen. So aber häuften sich die laufenden Kosten, die ich nicht mehr decken konnte. Ich bin selbst sehr wütend auf mich, dass ich das nicht richtig erkannt und eingeschätzt habe. Ich habe meine Kampfkraft zu lange, viel zu lange eingesetzt."

„Wie ist jetzt Ihre persönliche und finanzielle Lage?"

Renate richtete ihren Oberkörper auf und beugte sich etwas vor. Jetzt galt es, die richtigen Worte zu finden, das fühlte sie.

„Wissen Sie, diese Fehleinschätzung hat mich persönlich und finanziell ganz viel, man könnte sagen, fast alles gekostet.
Meine Ehe ist nach fast drei Jahrzehnten zerbrochen und finanziell durchlebe ich eine schwere Zeit. Aber meine Eltern und mein Anwalt unterstützen mich sehr. Ich habe eine schöne Wohnung in der Altstadt gefunden, mein Anwalt wird verhandeln und alles für mich regeln."

Renate versuchte zuversichtlich zu lächeln.
„Was mir jetzt fehlt, ist eine Arbeit, damit ich leben und meine Schulden abzahlen kann. Wenn mir das gelänge, hätte ich wieder eine gute Zukunft und könnte in etwas ferner Zukunft meine Situation bereinigt haben."
Sie machte eine kleine Pause, denn das Herz bummerte gegen ihre Rippen.
„Ich bitte Sie um Ihr Vertrauen und bin bereit, meine Arbeitskraft mit höchstem Einsatz einzubringen. Meine persönliche Lage wäre keine Belastung für Ihr Unternehmen, weil ich die wichtigsten Punkte in die richtigen Bahnen lenken konnte. Ich verspreche, dass ich besonders motiviert bin, denn nur so kann ich meine Fehler korrigieren und mich rehabilitieren."

Krampfhaft hielt sie sich an ihrer Handtasche fest.

„Ein wichtiger Aspekt für mich ist auch, unbedingt wieder in eine Gemeinschaft integriert zu sein. Ich wünsche mir den täglichen Kontakt zu Menschen. Und ich wünsche mir, endlich wieder gebraucht zu werden."

Renate hatte geredet und geredet. Hoffentlich hatte sie jetzt nicht zu viel gesagt, schoss es ihr durch den Kopf.

„Ihre Ausführungen kann ich gut verstehen", antwortete der Personalchef.

„Aber fühlen Sie sich nicht überqualifiziert für diese Arbeit? Glauben Sie, dass Sie auf Dauer damit zufrieden sein können? Wir waren uns nicht ganz sicher, bevor wir Sie angerufen haben. Aber Sie haben ein Leben lang gearbeitet, verfügen über Erfahrung und Ausdauer. Das waren auch die wichtigsten Gründe, weshalb wir Sie kennen lernen wollten."

Sie schüttelte den Kopf.

„Jeder anständigen Arbeit sollte man respektvoll begegnen. Ganz sicher werde ich zufrieden sein, auch mit der Arbeitsstelle, die Sie anbieten. Immerhin haben Sie wunderschöne Produkte, die jede Frau ansprechen dürften. Außerdem hätte ich in den nächsten Jahren genügend Gelegenheit und Zeit, mich in Ihrem Betrieb zu beweisen. Bitte schenken Sie mir Ihr Vertrauen. Ich werde Sie nicht enttäuschen."

Mit großen, fragenden Augen sah Renate ihn an.

Der Personalchef hatte ihren Erklärungen aufmerksam gelauscht. Normalerweise hätte er einer Einstellung nicht zugestimmt. Die Frau hatte einen Bruch in ihrem Lebenslauf, der sich auch noch finanziell auswirkte.

Da waren zu viele persönliche Probleme, die ihre Leistung hemmen und der Firma schaden könnten. Aber in seinem eigenen Umfeld spielte sich gerade etwas Ähnliches ab.

Eine Bekannte, eine studierte Betriebswirtin, stand im Moment auch durch eine misslungene Selbstständigkeit außerhalb der Gesellschaft.

Selbst mit seinen Beziehungen konnte er ihr nicht helfen. In anderen Chefetagen vertrat man wohl dieselbe Meinung, die er bislang auch innegehabt hatte.

Doch nun fand er es langsam beschämend, dass Menschen wegen einer Fehlentscheidung so abqualifiziert und ausgegrenzt wurden. Dabei waren gerade sie standhaft, flexibel und zuverlässig.

„Gut, Frau Bauer, Sie haben mich überzeugt. Ich werde Sie einstellen. Meine Sekretärin bereitet den Arbeitsvertrag vor und schickt Ihnen diesen dann zu. Sie können am nächsten Ersten beginnen.“

Renate konnte kaum die aufsteigenden Freudentränen zurückdrängen. Gerührt bedankte sie sich und verließ erleichtert das Büro. Während sie zu ihrem Auto ging, konnte sie ihr Glück noch gar nicht fassen.

Da es eine Tätigkeit im Schichtdienst war, war das Gehalt sehr gut. Sie erhielt sogar ein zusätzliches Monatsgehalt und etwas Urlaubsgeld.

Nun konnte sie auf den Unterhalt von Christian verzichten, konnte von ihrem Anwalt die vorbereiteten Vergleiche Monat für Monat abtragen lassen.

Und ihr selbst blieb immer noch etwas mehr zur Verfügung als bisher. Da sie alle etwaigen Zahlen im Kopf gespeichert hatte, konnte sie schnell überschlagen, dass sie in etwa fünf Jahren ein freier Mensch sein würde.

Welch ein Tag! Renate beschloss, ihn ausgiebig zu feiern. Es war nur schade, dass sie dies alleine tun musste. In Windeseile stellte sie ihr Auto auf dem gewohnten Parkplatz ab und lief die wenigen Straßen zum Café König, dem schönsten und bekanntesten Café der Stadt.

Wie an jedem Tag waren dort nahezu alle Tische besetzt. Sie fand nur einen einzigen Stuhl an einem Tisch, an dem schon ein Herr saß und in eine Zeitung vertieft war. Etwas verlegen und unsicher blieb sie vor dem leeren Stuhl stehen.

„Entschuldigen Sie bitte, ist der Platz noch frei?"

Gero blickte auf, als er angesprochen wurde. Eigentlich wäre er lieber alleine und ungestört geblieben. Aber seine Höflichkeit verbot es ihm, einfach grundlos abzulehnen.

„Selbstverständlich, bitte nehmen Sie Platz", sagte er und zeigte auf den Stuhl, während er sich wieder seiner Zeitung widmete.

„Danke. Das ist sehr freundlich."

Renate setzte sich und bestellte einen Kaffee und ein Mineralwasser. Da sie es inzwischen gewohnt war, immer alleine zu sein, hatte sie grundsätzlich ein Buch in ihrer Tasche. Es half ihr, nicht ständig in fröhlich plaudernde Gesichter blicken zu müssen.

Gerade wenn sie nicht alleine am Tisch saß, konnte sie sich damit beschäftigen und kam nicht in Versuchung, ihre Tischnachbarn zu beobachten.

Also griff sie auch dieses Mal sofort in die Tasche nach dem Buch, das sie schon fast bis zur Hälfte gelesen hatte.

Inzwischen hatte Gero die Zeitung zusammengefaltet. Es war langsam an der Zeit, nach Hause zu fahren.

An diesem Vormittag hatte er Viola in der Galerie besucht, und da diese nur wenigen Schritte vom Café König entfernt war, gönnte er sich hier einen kleinen Zwischenstopp.

Aus den Augenwinkeln musterte er die Frau, die an seinem Tisch Platz genommen und sich in ein Buch vertieft hatte.

Sie erschien ihm unauffällig, nicht gerade hübsch mit der etwas zu großen Nase. Die blonden Haare waren nicht unbedingt perfekt geschnitten und ihrer Kleidung konnte er die einfache Herkunft ansehen.

Eigentlich beobachtete er sonst seine Gegenüber nicht so intensiv, schon gar nicht, wenn sie so unscheinbar waren.

Aber irgendetwas an dieser Frau faszinierte ihn. Er musste sie immer wieder ansehen, worüber er sich selbst ärgerte.

Obwohl sie ihren Kopf gesenkt hielt, bemerkte er, dass ihre Augen traurig blickten. Ihre Körperhaltung war etwas steif und gezwungen, und in ihrem Gesicht konnte er Sorgenfalten und persönlichen Kummer ausmachen.

Auch Renate spürte den Blick des Mannes, der ihr gegenübersaß. Sie war verunsichert, konnte sich nicht mehr richtig auf ihr Buch konzentrieren und fühlte sich beobachtet.

Die Situation gefiel ihr nicht, sie passte überhaupt nicht zu dem schönen Ereignis, das ihr zuvor widerfahren war. Sie klappte das Buch zu und verstaute es in ihrer Tasche. Während sie rasch ihren Kaffee austrank und sich aufmachte zu gehen, schaute sie auf und direkt in die blau blitzenden Augen des Mannes.

Für einen Moment hielten sich ihre Blicke fest. Dann erhob sich Renate, ohne auf die Bedienung zu warten. Sie zahlte am Tresen und verließ das Café.

Zu Hause angekommen telefonierte Renate nacheinander mit ihren Eltern und ihrem Sohn und berichtete freudig, ausgiebig und wie ein sprudelnder Springbrunnen von ihrer neuen Arbeitsstelle.

„Du hast eine richtige Glückssträhne, eine lange und richtig gute Glückssträhne, seit du ausgezogen bist", meinte Mutter Irene.

„Fast könnte man glauben, dass es so ist, Mama."

„Ich habe dir ja gesagt, dass jeder Mensch mal einen Fehler machen und hinfallen darf. Aber man muss immer wieder aufstehen und unentwegt und beständig an der Zukunft arbeiten. Wo ein Wille ist, ist immer auch ein Weg. Das darfst du nie vergessen."

Renate musste lächeln.

„Woher nimmst du nur die Kraft, so positiv zu denken, Mama?"

„Ach, Mädchen! Wir haben den Krieg mitgemacht und danach ein hartes und armseliges Leben führen müssen, bis es uns wieder besser ging.

Und die Ehe mit deinem Vater war alles andere als leicht. Ihr Frauen heutzutage hättet so einen Macho und Starrkopf schon längst verlassen. Ich habe es mehr als vierzig Jahre mit ihm ausgehalten. Inzwischen ist auch er ruhiger geworden und pflegt seine Krankheiten. Das hört sich jetzt sicher einfacher an als es in Wirklichkeit war."

„Da hast du Recht. Wenn ich daran denke, wie oft er dich zusammengebrüllt und manchmal auch geschlagen hat, wenn er getrunken hatte, dann verstehe ich nicht, warum du bei ihm geblieben bist."

„Weißt du, er hätte mich überall gefunden, wenn ich gegangen wäre. Und er hätte mich aus Wut totgeschlagen. Was wäre dann aus euch Kindern geworden? Und nun ist es ja schon lange vorbei. Seit er krank ist, ist Ruhe, sein Jähzorn etwas verraucht. Und die Kraft, mich zu schlagen, hat er schon lange nicht mehr."

„Trotzdem frage ich mich, wie du das ausgehalten hast. Ich hätte das nicht geschafft."

Irene ging nicht mehr darauf ein.

„Du darfst nie aufgeben und sollst immer an das Gute glauben. Du musst eisern durchhalten und dein Leben meistern.

Und als Hilfe gibt es eine alte Weisheit: Wenn du denkst, es geht nicht mehr, dann kommt von irgendwo ein Lichtlein her. Hast du mich verstanden?"

„Ja."

„Den Spruch merke dir. Wenn ich mal nicht mehr da bin, dann soll er dir helfen, wenn du Zweifel hast. Denke immer daran."

7

Für Christian war sein neues Leben alles andere als schön.

Es war beileibe nicht das, was er sich von seiner neuen und noch frischen Liebe erhofft hatte. Mehr noch, er war fast am Verzweifeln. Karin lebte inzwischen in seiner Wohnung. In Sachen Renovierung und neuer Einrichtung hatte sich noch nichts Nennenswertes getan.

Karin hatte sich von Anfang an geweigert, im gemeinsamen Schlafzimmer zu übernachten, da sie noch keine neuen Möbel hatten anschaffen können. Sie zog es vor, im Wohnzimmer auf dem billig erstandenen Sofa zu schlafen.

Seit drei Monaten waren sie nun zusammen, und nach wie vor lehnte sie es ab, mit Christian eine sexuelle Beziehung einzugehen. Sie waren beide noch nicht geschieden, und dies brachte Karin permanent als Begründung für ihre Ablehnung vor, was Christian inzwischen mehr als wütend machte.

Auch der Alltag gestaltete sich recht schwierig. Bei Renate war in all den Jahren der Haushalt geregelt gewesen. Als sie beide noch berufstätig gewesen waren, hatte sich natürlich auch Christian an der Hausarbeit beteiligt und am Wochenende den Einkauf mit übernommen.

Doch jetzt fand er morgens kommentarlos einen Zettel vor, auf dem alles notiert war, was er besorgen sollte.

Karin fragte nicht, ob er ausreichend Geld hatte, um alle ihre Wünsche erfüllen zu können. Es interessierte sie nicht, wie er zurechtkam. Sie bestand darauf, dass er für die Unkosten im Haushalt aufkam.

Dies wurde zusehends zu einem Problem für ihn. Nachdem er schon die Miete und die festen Ausgaben leisten musste, war er schlichtweg überfordert. Karin behielt ihr Geld einfach für sich und steuerte keinen einzigen Cent zum gemeinsamen Leben bei.

Aus ihrer Sicht war es die Pflicht eines Mannes, so viel zu verdienen, dass die Partnerschaft reibungslos funktionieren konnte. Christian verstand natürlich, dass sie sehr gekränkt war.

Ihr Mann hatte seine Ankündigungen war gemacht: Die Kinder waren bei ihm geblieben und Karin musste kräftig Unterhalt für sie zahlen, sodass von ihrem Gehalt nicht mehr viel übrigblieb. Aber sie hatte immer noch mehr als Christian, und er fand es nicht gerecht, dass sie so stur war und nichts beisteuern wollte.

Auch sonst war mit Karin alles anders als mit Renate.

Durch Karins ewige Überstunden gab es kaum ein gemeinsames Abendessen, die Wäsche stapelte sich und die Wohnung wurde auch nur sporadisch aufgeräumt und geputzt.

So etwas war Christian bislang völlig fremd gewesen.

Außerdem spürte er in letzter Zeit, dass er immer eifersüchtiger wurde. Immer öfter fragte er sich, ob die vielen Überstunden nur als Ausrede herhalten mussten. Schließlich lebten sie nach der kurzen Zeit, wie zwei Fremde miteinander. Der Benebelung der zwei Verliebten, war verflogen.

Konnte es nicht sein, dass Karin von ihm schon wieder genug hatte und sich einem anderen Mann zuwandte.

Christian saß im Wohnzimmer mit einem Blatt Papier und einem Bleistift. Er hatte wieder eingekauft und war gerade dabei, einen Kassensturz durchzuführen. Es war erschreckend: Noch nicht einmal der halbe Monat war vorüber und er hatte nur noch sehr wenig Geld. Unter keinen Umständen würde er die übrige Zeit finanzieren können.

Enttäuscht blickte er aus dem Fenster, der Regen trommelte gegen die Scheiben und es dämmerte schon.

Bald würde Weihnachten sein, und das erste Mal würde er ohne seine Familie feiern. Voller Wehmut und Schmerz dachte er an vergangene Zeiten, als noch die ganze Familie am Tisch gesessen hatte.

Wochenlang war Renate mit den Vorbereitungen beschäftigt gewesen. Es hatte natürlich selbstgebackene Kekse und Kuchen gegeben. Stets wurden an diesen Tagen mehrgängige Menüs gezaubert, die zum stundenlangen Schlemmen einluden.

Selbst als sie wenig Geld hatten, war es Renate gelungen, etwas Gutes auf den Tisch zu bringen.

Natürlich durfte auch der Weihnachtsbaum niemals

fehlen. Richtig schöne Familienfeiern waren das gewesen. Die Erinnerung daran schmerzte ihn. Wieder einmal ärgerte er sich, dass er das alles aufgegeben hatte. Was für ein Dummkopf war er doch gewesen!

Von Karin hörte er nichts dergleichen. Sie erweckte nicht den Eindruck, dass sie an Weihnachtsvorbereitungen interessiert war. Bisher hatte sie mit keinem Wort erwähnt, wie sie sich Weihnachten mit ihren Kindern vorstellte.

Wut und Enttäuschung stiegen in ihm auf. Was hatte er nur getan! Wie konnte er nur so dumm gewesen sein!

Das Schicksal schien nun mit den gleichen Waffen zurückzuschlagen. Alles, was er Renate zugefügt hatte, musste er jetzt auch durchmachen. Jetzt erst erkannte er, wie demütigend das war.

Er sah Renate vor sich, wie sie Abend für Abend zusammengesunken und traurig in der Wohnung gesessen hatte.

Und er hatte sie auch noch angegriffen, ihr absichtlich verbalen und auch körperlichen Schmerz zugefügt.

Wie sehr musste sie gelitten haben unter seinen Attacken und Beleidigungen!

Ein paar Briefe lagen noch neben ihm. Er hätte sie am liebsten gar nicht geöffnet; es waren bestimmt nur Rechnungen und Mahnungen. Desinteressiert sah er sie durch und legte sie von einer Seite auf die andere. Einzig ein Brief von Renates Rechtsanwalt weckte seine Neugier, aber auch seine Angst, womöglich noch mehr Unterhalt zahlen zu müssen.

Mit zitternden Fingern öffnete er den Umschlag und las das Schreiben.

Der Anwalt teilte ihm mit, dass er seine Unterhaltszahlungen einstellen könne, da Renate eine Arbeit gefunden hatte. Die Erleichterung überwältigte ihn.

Welche Größe und Charakterstärke von Renate! Wie versprochen hatte sie weiter nach Arbeit gesucht und entlastete ihn durch ihren Erfolg jetzt sehr.

Er lehnte sich zurück. Nun musste er nachdenken. Karin würde er nichts davon erzählen. War es jetzt nicht an der Zeit, eine klare Linie zu ziehen?

Würde es für ihn nicht besser sein, die Beziehung, die eigentlich gar keine war, zu beenden? Was sollte er mit einer Frau, die ihn nur benutzte?

Denn war es nicht so, dass sie ihn nur benutzte? Es schien nicht die Liebe zu sein, die sie zusammengeführt hatte. Es war Abenteuerlust und Begierde, Begierde ohne Vollendung.

Die Wohnungstür ging. Eingehüllt in eine Wolke Parfum betrat Karin das Wohnzimmer und ließ sich in den Sessel fallen.

„Wieso sitzt du hier im Dunkeln?“

„Zum Nachdenken brauche ich kein Licht.“

Karin streifte ihre Schuhe ab und rieb sich die Beine.

„Hast du alles eingekauft, was ich aufgeschrieben hatte?“

Christian antwortete nicht.

„Wir müssen reden, so geht es nicht weiter. Ich denke, wir sollten uns trennen. Wir belasten uns gegenseitig, und das ist nicht gut."

Karin riss die Augen so weit auf, dass sie ihr beinahe herausfielen.

„Wie stellst du dir das vor? Deinetwegen habe ich meine Familie verlassen, und jetzt glaubst du, du wirst mich so einfach wieder los?", schrie sie mit einem hässlichen Lachen.

„Nicht nur meinetwegen! Auch du bist fremdgegangen und hast deinen Mann betrogen. Na ja, nicht richtig fremdgegangen, nur halb. Aber aus freien Stücken. Und wenn du ehrlich bist, wärst du wegen seines Geldes bei ihm geblieben, wenn er dich nicht erwischt hätte."

„Und du? Du wolltest mich doch nur wegen meines Geldes. Du hattest doch gemerkt, dass du mit deiner Alten nicht mehr weiterkommst und sie dir nichts mehr bieten kann!"

„Du kannst mich mit deinem Geschrei nicht sehr beeindrucken. Rücksichtslos hast du mich vom ersten Tag an ausgenutzt und mich zahlen lassen. Und du wolltest keine wirkliche Beziehung haben. Du warst berechnend, nicht ich!", rief er.

„Aber das kann ich doch auch verlangen, schließlich bist du ja der Mann im Haus. Du wusstest doch, dass ich gewisse Dinge wie Kleidung, Friseur und Kosmetik brauche. Es ist doch selbstverständlich, dass ich darauf nicht verzichten kann. Ich muss schließlich auf mein

Äußeres achten, denn ich habe ja einen Job. Bei mir geht das nicht wie bei deiner Ollen, dass ich mich gehen lassen kann."

„Bei mir zählen inzwischen andere Werte, und das hier ist meine Wohnung. Bis ich morgen Abend nach Hause komme, bist du ausgezogen, sonst stelle ich dir deinen Koffer vor die Tür."

Hektisch sprang Karin auf.

„Wo soll ich denn hingehen? Das kannst du nicht machen! Ich lasse mir das nicht gefallen!"

„Und wie ich das kann! Gehe zu deinen Eltern oder zu deinem Mann. Ich sage dir noch einmal: Bist du morgen nicht weg, stehen deine Sachen unten auf der Straße. Gegen fünf Uhr lasse ich das Schloss austauschen. Ende der Vorstellung."

„Können wir nicht noch einmal darüber reden? Und wenn ich hundert Euro beisteuere? Wärst du dann zufrieden?"

„Du hast nichts kapiert. Bei dir dreht sich alles nur ums Geld. Aber darum geht es nicht. Ich brauche Liebe und Gefühle, Gemeinsamkeit und Zuneigung. Ich brauche Vertrauen und Verständnis. Ich fühle, dass wir uns das nicht geben können. Also ist es besser, es ist hier und heute zu Ende."

„Du bist vielleicht ein Jammerlappen! Ich frage mich wirklich, ob dein ganzes Gelaber von damals ernst gemeint war. Vermutlich hatte deine Frau überhaupt keine

Schuld."

„Das kannst du nicht beurteilen!", keifte er.

„So langsam schon. Du erwartest alles und willst nichts geben. War es nicht so, dass du dich beschwert hast über ihre Kleidung und ihre schlechte Frisur?"

Als ihn Karin daran erinnerte, lief Christian rot an.

„Das ist doch Schwachsinn! Du bist gefühllos und egoistisch und das war meine Frau nie!"

„Und wenn schon. Sie hat das Richtige getan. Du bist es nicht wert, dass man sich um dich kümmert."

„Spar dir deine Speerspitzen, du kannst mich nicht mehr treffen. Sieh zu, dass du verschwindest!", schrie er.

Sein Gesicht lief krebsrot an vor Zorn. Nur mit aller Mühe konnte er seine Arme stillhalten. Er war kurz davor, ihr eine zu scheuern.

Karin spürte, dass sie keine Möglichkeit mehr hatte, ihn umzustimmen. Sie wusste, dass sie überzogen hatte, dass sie hätte vorsichtiger sein und ein paar Zugeständnisse machen müssen.

Durch ihre eigene Dummheit hatte sie alles verspielt. Er war eigentlich bequem zu handhaben.

Sie konnte kommen und gehen, wann sie wollte. Er hatte bisher alles bezahlt, und sie hatte mehr Geld zur Verfügung, als er ahnte.

Sie erhob sich. Nachdem die Situation nun einmal nicht zu ändern war, konnte sie gleich ihre Koffer packen. Seit ein paar Wochen hatte sie wieder losen Kontakt zu ihrem Mann.

Sie würde ihre Sachen bei ihren Eltern abstellen und versuchen, ihre Ehe zu reparieren, denn sie hegte die leise Hoffnung, ihren Mann erneut um den Finger wickeln zu können.

Eine Stunde später legte sie Christian die Schlüssel auf den Tisch und verließ ihn ohne ein Wort des Abschieds.

Er aber lehnte sich erleichtert zurück und war mit sich sehr zufrieden. Ihm fiel nicht nur ein einzelner Stein vom Herzen, nein, ein ganzer Steinbruch plumpste da hinunter. Es würde eine Weile dauern, sein Leben alleine einzurichten. Aber es würde auf jeden Fall besser werden.

Seit zwei Monaten arbeitete Renate nun in der Versandabteilung. Sie war nicht mehr wiederzuerkennen und sogar richtig aufgeblüht. Ihre Arbeit teilte sie sich mit neun Frauen und Männern. Sie hatten ein wunderbares Arbeitsklima, und ihr Chef war hochzufrieden mit ihr und lobte sie.

Ihre Kollegin Christa war zwei Jahre jünger als sie und auch erst seit kurzem geschieden. Durch diese Gemeinsamkeit kamen sich die beiden näher und es entwickelte sich eine nette Freundschaft.

Hinzu kam, dass sie die gleichen Hobbys und Interessen hatten. Abends saßen sie regelmäßig zusammen und verbrachten ihre Zeit mit Büchern und Zeichnungen. An den Samstagabenden standen eine gemütliche Bar, ein stadtbekannter Treffpunkt oder auch einmal Theater und Kino auf dem Programm. An den Sonntagen, wenn das Wetter mitspielte, wanderten sie durch die Berge.

Und so war es auch an diesem Sonntag. Es war der zweite Advent, die Sonne strahlte vom Himmel, und es war kalt, eisig kalt. Renate und Christa hatten sich in warme Flanellhosen und dicke Jacken gepackt. Sie wollten auf den Merkur und fuhren mit dem Auto bis zum Merkurbahnhof.

Der Merkur ist der Hausberg von Baden-Baden und mit seinen 668 Metern der höchste Berg der Stadt. Er ist benannt nach dem altrömischen Gott des Handels und des Gewerbes.
Bis zur Entdeckung eines römischen Weihesteins für den Gott Merkur im 17. Jahrhundert hieß er „Großer Staufen".
Renate und Christa hatten sich vorgenommen, mit der Bergbahn hinauf zu fahren und den Rückweg zu Fuß zu gehen.

„Eigentlich könnten wir ja beides zu Fuß machen, findest du nicht?", fragte Renate, während sie ihr Auto parkte.
„Du spinnst ja! Das ist mir bei der Kälte zu weit." Christa lachte und blieb stehen.
„Aber das wäre es doch! Da wüssten wir heute Abend wenigstens, was wir getan haben", beharrte Renate.
„Das muss nicht sein, es reicht auch so. Lass uns mal

hochfahren, der Weg nach unten tut es auch."

Die Sicht war klar und die Luft rein. An solch einem Tag hier oben sein zu können, war ein Geschenk. Nicht nur der Blick über Baden-Baden, den Fremersberg, die Yburg und die Badener Höhe war herrlich.

Man konnte an diesem Tag auch den Odenwald, das Haard-Gebirge und das Murgtal sehen, sogar Straßburg war ganz in der Ferne auszumachen.

Renate atmete die frische Luft tief ein.

„Ist es nicht wunderschön? Das war die beste Idee für den heutigen Tag."

„Ja, ich bin auch froh, dass wir uns dafür entschieden haben. Wollen wir noch etwas trinken hier oben?", fragte Christa.

„Selbstverständlich, jetzt nehmen wir einen schönen Kaffee und ein riesengroßes Stück Schwarzwälder Kirschtorte."

„Du bist verrückt! Das ist ja eine Wahnsinnskalorien-bombe", sagte Christa lachend und zwinkerte Renate zu.

„Das macht nichts, unsere Figur ist sowieso verhunzt,

sonst hätten uns unsere Männer nicht verlassen", stellte Renate mit gespielter Ironie fest.

„Außerdem laufen wir die Torte wieder ab, wenn wir den Weg nach unten antreten."

„Du willst wohl damit nicht ernsthaft andeuten, dass wir die Torte gleich wieder abarbeiten bei unserem Fußmarsch? Als ob wir sie nie gegessen hätten?"

„Ja, genau so."

Während Christa die Tür zur Gaststätte öffnete, fragte sie: „Dann erklär mir mal, warum wir das schöne Geld ausgeben sollen, wenn wir anschließend nichts auf den Rippen haben?"

Beide mussten laut loslachen über die kleine makabre Diskussion, die sie gerade geführt hatten.

Viele Gäste drehten sich nach ihnen um; die beiden Freundinnen blickten sich an und waren nun doch etwas peinlich berührt, so aufgefallen zu sein. Also wählten sie einen freien Tisch und benahmen sich wie gesittete Frauen reiferen Alters.

Der Nachmittag war wunderschön und der Weg nach unten zum Auto gar nicht so schlimm.

Gegen sechs Uhr war Renate wieder in ihrer Wohnung und lümmelte sich gemütlich auf dem Sofa.

Sie war richtig zufrieden, denn die frische Luft hatte ihr gutgetan.

Voller Dankbarkeit über die Wendung in ihrem Leben hatte sich Renate angewöhnt, an jedem Sonntagmorgen in die Kirche zu gehen. Aber nicht nur sonntags hatte sie ihr Leben neu ausgerichtet.

Sie war überzeugt, dass ihre vielen verzweifelten Gebete erhört worden waren. So ließ sie diesen Sonntag noch einmal an sich vorbeiziehen, der sowohl ihrer Seele, als auch ihrem Körper geboten hatte, was ein würdevolles und zufriedenes Leben ausmachte.

Weihnachten war friedlich und schön. Den Heiligen Abend verbrachte sie bei ihren Eltern, ihr Sohn war gekommen, und an einem der Feiertage besuchte Jan auch Christian.

Am letzten Tag vor seiner Abreise erzählte er Renate, dass sein Vater nicht mehr mit Karin zusammenlebte und dass es ihm alleine nicht besonders gut ging.

„Das hat aber nicht lange gehalten", stellte Renate trocken fest.

„Dabei muss er sich doch einiges davon versprochen haben, wie ich den Eindruck hatte."

„Er hat mir nicht viel erzählt über diese Beziehung."

„Das würde ich auch nicht. So etwas ist doch peinlich", überlegte Renate.

„Oder findest du nicht?"

„Sei nicht so gemein zu ihm, Mama."

„Nein, das bin ich nicht. Aber immerhin hat er mich sehr gekränkt für diese Frau. Dann müsste es doch was ganz Besonderes gewesen sein. Und nun ist er allein. Also, ich kann ihn nicht bedauern, beim besten Willen nicht."

„Wir wissen ja nicht, was vorgefallen ist. Er wollte nicht ausführlich mit mir darüber reden. Sie hat ihm wohl kein Geld für den Haushalt gegeben und ihn ausgenutzt."

„Das hat er sich selbst ausgesucht, Jan. Das hätte er nicht tun müssen, wenn ihm etwas an unserer Ehe gelegen wäre."

„Es wäre vielleicht gut, wenn du dich mit ihm treffen würdest", meinte Jan.

Doch Renate lehnte dies ab. Zu sehr hatte er ihr wehgetan, und jetzt, da sie einigermaßen ihren Frieden gefunden hatte, wollte sie die alten Wunden nicht wieder aufreißen. Natürlich liebte sie ihren Mann noch, aber der Schmerz überwog. Sie konnte nicht vergessen und wohl auch nicht mehr verzeihen, was er ihr angetan hatte.

Mitte Februar rief Renates Mutter an und erzählte ihr von ihren gesundheitlichen Problemen. Sie hatte einen kleinen Knoten am Hals entdeckt und war sofort zum Arzt gegangen. Dieser hatte eine Gewebeprobe entnommen und sie untersucht. Mit der einfachen Erklärung, dass sie noch eine zweite Probe in der Klinik entnehmen lassen müsste, hatte er sie mit einer Überweisung weggeschickt.

„Hat er dir denn sonst nichts gesagt? Warum er das will oder ob er etwas festgestellt hat?"

„Nein, das hat er nicht. Ich habe mir jetzt einen Termin geholt und fahre morgen ins Krankenhaus."

„Ich begleite dich. Ich möchte selbst sehen, was da los ist. Wann hast du den Termin?"

„Morgen Nachmittag um drei."

„Gut, ich bin rechtzeitig da und hole dich ab."

Renate ging mit ins Sprechzimmer. Sie wollte von Anfang an bei der Untersuchung dabei sein. Das kam ihr doch alles etwas seltsam vor.

Der Arzt tastete den Hals ihrer Mutter ab und das gleich mehrmals.

„Für ein paar Tage müssen wir Sie stationär aufnehmen. Sie haben mehrere Knoten, und wir müssen einen oder zwei davon operativ entfernen, um das Gewebe untersuchen zu können. Möglicherweise ist es auch nichts Schlimmes. Wir müssen sehen und abwarten."

Er machte ein sehr ernstes Gesicht und blickte Renate merkwürdig an, als ob er ihr etwas sagen wollte, aber nicht konnte. Ihre Mutter merkte in ihrer Aufregung nichts. Sie hörte nur das Wort Operation. Das war für sie schon schlimm genug. Den drohenden Unterton in der Stimme des Arztes registrierte nur Renate.

Schweigsam verließen sie das Krankenhaus, nachdem Irene gleich für den übernächsten Tag ihren Aufnahmetermin bekommen hatte.

„Das ist bestimmt keine große Sache, Mama. In drei Tagen ist das erledigt, du wirst sehen", sagte Renate.

Sie war nicht wirklich überzeugt von ihren eigenen Worten und glaubte selbst nicht, was sie gerade gesagt hatte. Aber der Arzt hatte sich wirklich nicht geäußert, hatte alles im Raum stehen lassen, voller Hoffen und Bangen.

Eigentlich hatte er noch nicht einmal ausgesprochen, dass es auch etwas Schlimmes sein könnte. Und dennoch war Renate seltsam berührt durch die Körperhaltung, den Gesichtsausdruck und das Verhalten des Arztes. Sie bekam eine Gänsehaut.

„Natürlich gehe ich nicht gerne ins Krankenhaus und eine Operation möchte ich schon gar nicht. Was soll das? Das kleine Ding kann man doch auch ambulant entfernen. Das ist bestimmt nur ein kleiner Kalkpfropfen oder so etwas."

Irene hielt kurz inne.

„Wieso muss das im Krankenhaus gemacht werden, wenn es etwas Harmloses ist? Da stimmt etwas nicht, Renate! Sag auch mal etwas!"

„Was sein muss, muss eben sein. Ich werde dich jeden Tag besuchen."

„Hast du eigentlich mitbekommen, was ich habe? Als ich das Wort Operation gehört hatte, habe ich gar nicht mehr aufgepasst."

Irene überlegte und versuchte, das Arztgespräch noch einmal nachzuvollziehen.

„Das kann er noch nicht sagen, Mama. Erst muss der Knoten untersucht werden. Das kann wirklich völlig harmlos sein. So hat er es zumindest angedeutet."

Renate setzte ihre die Mutter zu Hause ab und erzählte Vater Eberhard von der Untersuchung. Als Irene einmal kurz die Küche verließ, berichtete Renate von ihren Bedenken und den Sorgen, die sie sich jetzt machte.

Eberhard fasste sich an den Kopf und tippte sich an die Stirn.

„Du spinnst doch, das hätte der Arzt doch gesagt, wenn da was wäre. Das ist bestimmt nur eine Entzündung und die wollen halt auf Nummer Sicher gehen."

Das war typisch. Was nicht sein durfte, das konnte auch nicht sein! Niemals in seinem Leben hatte er sich um den Haushalt kümmern müssen. Die Aussicht, dass Irene ernsthaft krank sein könnte, verdrängte er tunlichst, was ihm bei seiner Haltung auch nicht wirklich schwer fiel.

Renate antwortete nicht. Was hätte sie auch sagen sollen. Sie verabschiedete sich und versprach, am Operationstag wiederzukommen.

Drei Tage später fuhr Renate voller Sorge nach Feierabend in die Klinik. Die Operation war vorbei und Irene hatte sie gut überstanden. Sie war gespannt, was ihre Mutter zu berichten hatte.

„Hast du schon ein Ergebnis?", fragte Renate, als sie ihre Mutter begrüßt hatte.

„Nein, so schnell geht das nicht. Ich habe Angst, Renate. Ich habe das Gefühl, die reden um den heißen Brei herum." Irene blickte ihre Tochter traurig an.

„Jetzt mache dir mal keine Sorgen. Es geht bestimmt alles gut aus", versuchte Renate ihre Mutter zu trösten.

„Die verflüchtigen sich einfach in Ausreden. Die verbiegen sich im Nichts-Sagen. Und die Argumente gehen hin und her, zwischen gutartig und bösartig. Verstehst du das?"

„Ja, beides ist möglich. Aber wir wollen erst einmal davon ausgehen, dass es nicht bösartig ist. Und selbst wenn es so wäre, du bist ja sofort zum Arzt gegangen, da kann man heutzutage gut behandeln."

„Meinst du?" Erwartungsvoll hingen Irenes Augen an

Renates Lippen.

„Ja, Mama. Das meine ich. Du wirst sehen."

Mehr als eine Woche dauerten die Untersuchungen, die eine Diagnose bringen sollten. Weil man versehentlich bei der ersten Operation zu wenig Gewebe entnommen hatte, musste man nochmals nachoperieren. Und so warteten sie ungeduldig.

Zehn Tage danach war Renate gerade von der Arbeit nach Hause gekommen, als das Telefon klingelte.

„Renate, es ist bösartig!", rief ihre Mutter weinend in den Hörer, noch bevor Renate sich gemeldet hatte.

„Bist du sicher? Hast du alles richtig verstanden?"

„Ja! Der Arzt hat mir das Untersuchungsergebnis auf dem Flur an den Kopf geworden. Einfach so!"

„Das ist aber jetzt nicht dein Ernst, oder?"

„Wenn ich dir das sage, kannst du das glauben."

„Ich bin in einer halben Stunde da", sagte Renate knapp. Sie warf den Hörer auf die Gabel und lief zu ihrem Auto.

Noch bevor sie ihre Mutter aufsuchte, trommelte sie so lange im Schwesternzimmer die ganze Station zusammen, bis endlich der Arzt zu sprechen war.

„Sind Sie denn noch ganz bei Trost? Haben Sie gar kein Feingefühl?", polterte sie und blickte den Arzt wütend an.

„So beruhigen Sie sich doch erst einmal! Worum geht es denn überhaupt?"

„Wie können Sie meiner Mutter so taktlos gegenübertreten und ihr im Vorbeigehen auf dem Flur eine so folgenschwere Mitteilung machen? Ich kann gar nicht glauben, dass es so etwas gibt. So geht man nicht mit Patienten um. Was fällt Ihnen ein!"

„Entschuldigen Sie, dass ich vielleicht nicht ganz korrekt gehandelt habe, aber wir hatten heute so viel zu tun. Ihre Mutter wird morgen ins Haupthaus verlegt, dort beginnen wir mit der Chemotherapie und erklären ihr vorher alles. Das Aufklärungsgespräch wird dort von den Kollegen und Spezialisten geführt."

Renate traten Tränen in die Augen. Ein weiterer Arzt gesellte sich zu ihnen, und als er sie so aufgelöst sah, bot er ihr seine Hilfe an. Er besorgte sich die Krankenakte und sah sie aufmerksam durch.

„Ich bin der Oberarzt. Leider muss ich Ihnen sagen, dass jetzt eine sehr schwere Zeit auf Ihre Mutter zukommen wird. Sie hat Lymphknotenkrebs, einen Hotschkin, und zwar von der übelsten Sorte, die es gibt."

Mitleidsvoll und abwartend zugleich blickte er Renate an.

„Hat sie eine Chance? Kann sie behandelt und wieder gesund werden?", flüsterte Renate mit rauer Stimme.

„Stehen Sie ihr bei", antwortete er nur.

Die Familie war schockiert; sie musste damit fertig werden, dass die Mutter an Krebs erkrankt war. Es folgte eine monatelange Odyssee zwischen Hoffen und Bangen, zwischen Niedergeschlagenheit und Erleichterung.

Es war schrecklich, mit ansehen zu müssen, wie Mutter Irene unter der Chemotherapie und später unter den Bestrahlungen leiden musste. Vielmals wechselte sie zwischen der Klinik und ihrer Wohnung hin und her. Doch auch diese Zeit standen sie gemeinsam durch, und als wieder drei Monate später die erste Nachuntersuchung anstand, glaubten sie, den Kampf gewonnen zu haben.

Aber nur eine Woche später gab es einen Rückschlag. Er war so schlimm, dass die Familie einsehen musste, dass es kein gutes Ende nehmen würde.

Mittlerweile hatten sich Metastasen im Gehirn gebildet, und fast zwei Wochen lang wusste Mutter Irene nicht mehr, wer sie war und wo sie sich befand. Sie verhielt sich wie ein kleines Kind, hatte das Kurzzeitgedächtnis verloren und bewegte sich in ihrer Kinderzeit. Ein letztes Mal erholte sie sich noch. Renate wagte schon zu hoffen, dass ihre Mutter den Kampf gewonnen hatte und nun alles gut werden würde.

Doch der Zusammenbruch kam schlagartig. Irenes eigener Körper zerstörte ihr Blut. Die Ärzte konnten es gar nicht so schnell zuführen, wie der Körper es vernichtete.

Renate war der Verzweiflung nahe. Täglich pendelte sie zwischen ihrer Arbeit und dem Krankenhaus oder der Wohnung ihrer Eltern hin und her. Nun war es schreckliche Gewissheit, dass sie ihre Mutter bald verlieren würde. Sie musste sogar dafür beten, dass Irene gehen durfte, um ihr weiteres Leid zu ersparen.

An einem Sonntag Ende Juli wachte Renate schweißgebadet auf. Müde, als ob sie in einem Steinbruch gearbeitet hätte, stand sie auf und kochte sich einen Kaffee. Eine innere Unruhe trieb sie durch die Wohnung, Tränen rannen über ihr Gesicht. Sie sah ihre Mutter neben sich stehen, deutlich und klar, ganz real. Sie stand nur da, sagte nichts, blickte sie nur an.

Und das Bild blieb, egal ob Renate auf die Regale oder aus dem Fenster sah. Wohin sie sich auch wendete, ihre Mutter war schon da.

Es war eine unheimliche Situation. Renates Herz klopfte bis zum Hals. Im Wohnzimmer suchte sie wie unter Zwang das Kirchengesangbuch.

Entschlossen schlug sie eine Seite auf, die ihre Mutter schon vor Jahrzehnten markiert hatte. Es war Irenes Buch und ihr Lieblingslied, das sie wiederum von ihrer Mutter Luise übernommen hatte.

„Ich bete an die Macht der Liebe, die sich in Jesus offenbart ... ", hieß es dort.

Renate wurde von Schmerz geschüttelt, sie faltete ihre Hände und betete, der kalte Schweiß stand ihr auf der Stirn.

„Ja, ich verspreche dir, dass ich das Lied spielen lasse. Das ist es doch, was du willst. Warum sonst solltest du mich ans Regal geschickt haben? Hast du mich eigentlich dahin geschickt?"

Sie erschrak vor sich selbst, als sie sich sprechen hörte. Was war nur los mit ihr? Sie musste so fertig sein mit den Nerven, dass sie nicht mehr in der Lage war, klar zu denken. Wieso tat sie sonst Dinge, die sie nicht steuern konnte? Das war doch nicht normal, grübelte sie und wanderte weiter rastlos durch die Wohnung.

„Mama, ich weiß, warum du so fühlbar in diesem Raum bist. Du rufst mich, denn du möchtest gehen. Ich bete für dich von ganzem Herzen, dass diese Schmerzen aufhören. Aber ich brauche dich noch, ich wünschte mir, du könntest noch bleiben. Mama, bleib bei mir!", schrie sie innerlich in ihrer Not.

Etwas später, als sie sich wieder gefasst hatte, machte sie sich in aller Eile auf den Weg in die Klinik. Vor dem Eingang traf sie auf Ulrich, der zur selben Zeit angekommen war. Renate war aufgewühlt und bekam kaum noch Luft. Sie erzählte ihm, was passiert war und dass ihre Mutter sie wohl heute verlassen würde. Doch er schüttelte nur den Kopf und meinte, dass wohl ihre Nerven zu sehr strapaziert seien.

Als sie gemeinsam das Krankenzimmer betraten, realisierten sie sofort, dass Renate die richtige Nase hatte.

„Du bist mir unheimlich", sagte Ulrich verwundert. „Wie kann es sein, dass du eine Vorahnung hattest?"

„Das kann ich dir auch nicht erklären. Mama war heute Morgen so präsent, ich konnte beinahe ihren Atem spüren. Ich denke, sie hat mich gerufen. Wir waren immer sehr eng, Mama und ich. Weißt du, es gibt Dinge zwischen Himmel und Erde, die wir uns nicht erklären können, aber sie sind da."

„Erzähle doch nicht so einen Quatsch, du verunsicherst mich ja mit deinen eigenartigen Sprüchen", antwortete Ulrich.

Renate sagte nichts mehr dazu. Wer sich nicht öffnete, nicht auf seine Seele hörte, war nicht zugänglich, der konnte das nicht erleben und tat diese Erlebnisse und Gefühle als Spinnerei ab. Also musste jeder selbst seinen Weg gehen.

Bis in die Nacht wachten sie gemeinsam am Bett der Mutter, die gegen elf Uhr ihren letzten Atemzug machte. Renate bemerkte, dass Irene dabei ein kleines Lächeln über das Gesicht huschte und gleichzeitig eine einzelne Träne aus ihren geschlossenen Augen hervortrat.

Dann schrie Renate auf vor Schmerz. Er beherrschte ihren Körper, und sie brauchte Minuten, bis sie sich wieder einigermaßen beruhigt hatte.

Vier Wochen später, nachdem die Formalitäten erledigt waren und ihre Mutter beigesetzt war, dachte Renate ruhig und demütig zurück an diesen Abend. Sie wusste, ihre Mutter hatte ihnen mit ihrem Lächeln gezeigt, dass sie froh war, jetzt ohne Schmerzen sein zu dürfen. Und mit der Träne wollte sie ihnen sagen, wie sehr sie sich gefreut hatte, in diesem Augenblick nicht alleine sein zu müssen.

So interpretierte Renate diesen Abschied. Natürlich vermisste sie ihre Mutter sehr, sie hatte eine große Leere in ihr hinterlassen. Aber Renate wusste sie nun gut aufgehoben und glaubte fest daran, dass sie immer in ihrer Nähe war.

8

Viola hatte den Winter und den Frühling einigermaßen gut überstanden, so glaubte sie zumindest.

Dr. Fuller sah das natürlich völlig anders. Im Laufe der Monate hatte er die Dosis der Schmerzmittel immer weiter erhöhen müssen. Ihre Werte wurden nun ständig schlechter, und es war nur noch eine Frage der Zeit, bis Viola ihre Krankheit nicht mehr verbergen konnte.

Ihre Galerie hatte Viola zum Erfolg geführt. Mittlerweile stellte sie nur noch Bilder von Studenten der Kunsthochschule aus. Sie hätte zwar gerne selbst auch weiter gemalt, doch sie hatte einsehen müssen, dass sie dazu nicht mehr in der Lage war.

Nach wie vor beobachtete Gero seine Schwester kritisch. Er bildete sich ein, eine unnatürliche Blässe bei ihr auszumachen. Fühlte sie sich unbeobachtet, erweckte sie den Eindruck, müde und geschafft zu sein. Gero glaubte zu erkennen, dass ihre Schritte schwer und mühevoll waren.

„Viola, was ist los mit dir?", fragte er eines Tages bei einem Besuch in der Galerie.

„Es ist nichts. Ich bin heute nur ein wenig müde, ich schätze, dass mir die Hitze des Sommers zu schaffen macht."

„Die Hitze allein lässt einen nicht so schlecht aussehen, Viola. Das kannst du mir nicht erzählen."

„Mich schafft sie schon. Außerdem habe ich die letzten Monate sehr hart gearbeitet. Das war doch etwas ungewohnt für mich."

Gero stöhnte. Violas Erklärungen waren für ihn nicht plausibel und stachelten sein Misstrauen noch weiter an.

„Hör zu, ich möchte, dass du zu Dr. Fuller gehst und dich gründlich untersuchen lässt. Du gefällst mir nicht."

„Ja, das werde ich tun, damit du endlich zufrieden bist."

Gero verabschiedete sich. Doch anstatt zu seinem Auto zu gehen, lief er über die Brücke zur Trinkhalle.

Er nahm die bauliche Schönheit nicht wahr, sondern ging in Gedanken versunken den neunzig Meter langen Wandelgang entlang, der von 16 korinthischen Säulen getragen wird. Natürlich würdigte er auch die vierzehn Fresken, die Szenen aus der Sagenwelt zeigen, nicht mit einem einzigen Blick. Seine Gedanken kreisten unablässig um Viola, und seine Füße trugen ihn zur Lichtentaler Allee.

Voller Stolz hatte er stets jedem seiner Besucher die Geschichte der Allee erzählt: Die linke Seite der Oos soll flussaufwärts 1655 angelegt worden sein.

Der älteste Teil war mit Eichen bepflanzt und reichte vom Kurhaus bis zur Kettenbrücke.

Um 1850 wurden rechts und links Anlagen geschaffen, in denen neben einheimischen Pflanzen auch seltene exotische Sträucher und Bäume ihren Platz gefunden hatten. Auf der Allee wandelten einst berühmte Persönlichkeiten wie Kaiser Wilhelm I., Kaiserin Augusta, Kaiser Napoleon III., Theodor Storm, Mark Twain und Richard Wagner.

Doch an diesem Tag hatte er keinen Sinn für diese Schönheit.

Nachdem er ein ganzes Stück gegangen war, setzte er sich auf eine der zahlreichen Parkbänke. Krampfhaft überlegte er, warum er den Erklärungen Violas keinen Glauben schenken konnte.

Wenn er es genau überlegte, konnte er sogar starke Veränderungen bei ihr feststellen. So saß sie nicht einen einzigen Abend mehr mit ihm zusammen. Oft zog sie sich sofort in ihre Räume zurück, ohne am Abendessen teilzunehmen. Sie war durchscheinend blass und hatte auffallend dunkle Augenränder. Ihr Körper war gebeugt und das Gehen fiel ihr schwer. Das alles konnte nicht nur an der Arbeit und an der Hitze liegen.

Noch heute würde er Dr. Fuller anrufen und ihn bitten, sich um seine Schwester zu kümmern.

Neben ihm auf der Bank raschelte es. Er hob den Kopf und entdeckte eine Frau mit einem Zeichenblock. Bei näherem Hinsehen fiel ihm auf, dass er sie schon einmal gesehen hatte, allerdings konnte er sich nicht mehr daran erinnern, wann und wo dies gewesen war.

Renate hingegen hatte ihn sofort erkannt: Er war ihr Tischnachbar vom Café König. Sie hörte auf, an ihrer Zeichnung zu arbeiten; sie konnte nicht arbeiten, wenn ihr jemand dabei zusah. Also begann sie, alles in ihrer Tasche zu verstauen.

Gero blickte auf den Block und betrachte die Zeichnung. Sie stellte einen großen Baum dar, unter dem eine

Bank stand. Auf der Bank saß eine Frau, die andächtig und traurig dreinblickte. Daneben stand eine Kapelle mit einem Kreuz, und ganz dezent im Hintergrund war ein Friedhof zu sehen.

„Darf ich mir Ihr Bild einmal genauer ansehen?"

Renate blickte ihn an.

„Ungern. Ich male nur zu meinem Vergnügen und bin nicht so gut, dass Fremde meine einfachen Bilder betrachten sollten."

„Aber ich bitte Sie! Schon von hier kann ich erkennen, dass Ihr Bild sehr eindrucksvoll ist, obwohl es sich nur um eine Zeichnung handelt."

„Sind Sie Kunstexperte?"

„Ein wenig schon. Eher aber meine Schwester Viola, die selbst eine gute Malerin ist und eine Galerie in der Stadt hat. Sagen Sie, Sie kommen mir so bekannt vor. Sind wir uns schon einmal begegnet?"

„Nur ganz kurz. Vor längerer Zeit haben wir zufällig im Café König am selben Tisch gesessen."

„Stimmt, jetzt erinnere ich mich. Also, darf ich mir das Bild mal ansehen?"

Nur zaghaft reichte Renate ihm die Zeichnung. Gero sah sie sich sehr lange an, dann meinte er: „Die Frau sieht sehr traurig aus, finde ich. Warum sitzt sie in der Nähe des Friedhofs?"

„Ich bin im Moment in etwas trauriger Stimmung. Vor kurzem erst habe ich meine Mutter zu Grabe getragen. Ich vermisse sie sehr und suche oft auf dem Friedhof ihre Nähe. Deshalb werden meine Bilder wohl etwas traurig anmuten. Aber ich habe auch heitere und fröhliche Bilder."

„Ich verstehe."

„Sie sehen aber auch nicht gerade zufrieden aus."

„Stimmt. Ich mache mir Sorgen um die Gesundheit meiner Schwester. Sie behauptet zwar, dass es ihr gut geht. Ich sehe das aber anders und weiß nicht, was ich tun soll."

Gero machte eine kleine Pause.

„Sie drücken Ihre Gefühle in Ihren Bildern aus und ich suche mein Heil in der Ruhe dieses wunderschönen Parks."

Renate wusste nicht, was sie antworten sollte. So schwiegen beide gedankenverloren.

Schließlich war es Gero, der die Stille durchbrach: „Ich muss mich jetzt verabschieden. Aber schauen Sie doch einmal mit ein paar Bildern bei meiner Schwester vorbei. Ich denke, auch sie wird sie gut finden. Vielleicht können Sie das eine oder andere bei ihr ausstellen. Die Galerie ist nicht weit vom Eiscafé am Leopoldsplatz entfernt. Selbstverständlich werde ich meiner Schwester von Ihnen berichten."

Er erhob sich und gab Renate zum Abschied die Hand.

„Alles Gute für Sie", sagte er und ging mit schweren Schritten davon.

Am späten Nachmittag kam Viola überraschend zeitig nach Hause. Sie hatte die Galerie früher geschlossen und war ausgesprochen müde. An diesem Tag hatte sie eine

Stellenanzeige in der Tageszeitung aufgegeben. Sie suchte eine Mitarbeiterin, die Kunst studiert hatte und der sie die Aufgaben in der Galerie anvertrauen konnte. Schweren Herzens hatte sie eingesehen, dass sie die Arbeit nicht mehr den ganzen Tag alleine bewältigen konnte.

Zum Glück war Gero noch nicht zu Hause und konnte ihr so keine misstrauischen Fragen stellen.

Bis zum Abendessen hatte sie sich wieder einigermaßen erholt und konnte ihm gefasst gegenübertreten.

„Warst du schon bei Dr. Fuller?", fragte er gleich zu Beginn.

„Morgen habe ich einen Termin."

„Sehr gut."

„Gero, ich habe heute ein Stellenangebot aufgegeben. Ich brauche Unterstützung, denn die Galerie erfordert große Zuwendung."

„Das ist eine gute Idee. Ich hoffe, dass du schnell jemanden findest. Übrigens saß heute im Park eine Frau mit einem Zeichenblock neben mir."

„Und was hast du gesehen?"

„Ich glaube, das ist eine verkannte Künstlerin. Sie scheint aus einfachen Verhältnissen zu kommen, malt gerade an einer etwas düsteren Zeichnung mit Kapelle, Friedhof und einer traurigen Frau auf einer Bank. Ihre Mutter ist vor kurzem gestorben, aber das Bild ist sehr ausdrucksvoll. Jedenfalls nach meiner Meinung."

„Warum hast du sie nicht gleich in die Galerie mitgebracht? Du weißt doch, dass ich immer auf der Suche nach neuen Künstlern bin."

„Ich habe sie schon gebeten, mit einigen Bildern bei

dir vorbeizuschauen. Jetzt allerdings denke ich, dass es besser gewesen wäre, ich hätte sie gleich in die Galerie mitgenommen. Sie hält nämlich nicht sehr viel von ihrer eigenen Arbeit. Zumindest nicht so viel, dass sie glaubt, jemand könnte sich dafür interessieren. Das war nicht sehr schlau von mir."

„Hast du wenigstens ihren Namen?"

„Nein, den habe ich leider nicht."

„Das ist aber nicht gut."

„Das sehe ich jetzt auch ein. Entschuldige, dass ich nicht gleich daran gedacht habe, aber vielleicht fasst sie sich ein Herz und kommt bei dir vorbei."

„Das wäre schön, denn leider erhalten namenlose Künstler kaum eine Chance, und genau die liegen mir sehr am Herzen."

Am nächsten Tag besuchte Viola Dr. Fuller. Nach der Untersuchung blickte er sie sehr ernst an.

„Sie müssen jetzt aufhören zu arbeiten. Nun beginnt eine schwere Phase, die Sie nur in völliger Ruhe angehen können."

„Ist es schon so weit?"

„Sie fragen mich zu viel. Sagen wir einmal, es wird jetzt schwieriger. Niemand weiß, wie langsam oder wie schnell es gehen wird. Ich muss die Dosis der Schmerzmittel weiter erhöhen, und das wird Ihren Körper sehr belasten."

„Gut, dann werde ich kürzertreten."

„Das alleine reicht jetzt nicht mehr. Wollen Sie nicht endlich Ihrem Bruder die Wahrheit sagen? Sie brauchen nun dringend einen Menschen an Ihrer Seite."

„Nein, noch nicht."

„Verzeihen Sie mir, dass ich mich einmische, aber ich finde das nicht fair von Ihnen. Ihr Bruder sollte Zeit haben, sich an die Situation zu gewöhnen. Sie können ihn doch nicht so vor den Kopf stoßen."

„Nur noch ein paar Tage. Ich muss noch meine Geschäfte regeln, dann sage ich ihm die Wahrheit."

„Bitte, tun Sie das. Ich habe sonst ein schlechtes Gewissen."

„Danke, ich werde Ihren Rat befolgen."

Langsam machte sie sich auf den Weg. Von der Praxis aus schlenderte sie die Lange Straße entlang und stieg die Jesuitenstaffeln empor. Doch an diesem Tag hatte sie keinen Blick für das Denkmal von Fürst Otto von Bismarck.

Oben angelangt erreichte sie die Steinstraße.

Das Kopfsteinpflaster und die barocken Fassaden spiegelten immer noch das biedermeierliche Straßenbild von einst wider. Doch Viola konnte sich an diesem Tag nicht daran erfreuen. Über die Staffeln ging sie zum Marktplatz am Jesuitensaal vorbei.

Die Jesuiten sind mit Geschichte der Stadt eng verbunden. Neben den Klosterfrauen und den Kapuzinermönchen waren sie früher der wichtigste Orden.

Dann gelangte sie zur Stiftskirche. Müde und erschöpft von dem beschwerlichen Aufstieg setzte sie sich in der Kirche auf eine Bank.

Es dauerte sehr lange, bis sie sich erholt hatte. Mehr als eine halbe Stunde später ging sie wie üblich zum Kruzifix.

Diesmal fielen ihr die feine Ausarbeitung und der duldsame Ausdruck im Gesicht des Heilands, seine dicken Haarlocken und die gewaltige Dornenkrone besonders auf.

„Es ist jetzt wohl bald so weit", sprach sie ihn leise an.

„Bitte hilf mir, dass ich das Leid gut und würdevoll überstehe. Und lass mir noch ein paar Tage, um meine Vorbereitungen zu treffen", bat sie ihn inständig.

Lange noch stand sie so da und betete. Sie besprach alles mit ihm, was ihr auf dem Herzen lag.

Am Nachmittag hatte Viola einige Damen zum Bewerbungsgespräch gebeten und hoffte inständig, eine gute Mitarbeiterin zu finden.

Auch Gero hatte in der Stadt zu tun. Gerade als er in seinem Wagen steigen wollte, erblickte er Dr. Fuller auf der anderen Straßenseite. Rasch ging er ihm entgegen. Es traf sich gut, dass er ihm begegnete. Er hatte ihn ohnehin anrufen wollen.

„Dr. Fuller! Schön, dass ich Sie treffe. Ich wollte fragen, ob meine Schwester schon bei Ihnen war?"

„Grüße Sie, Gero." Da er Gero schon seit seiner Kindheit kannte, sprach er ihn beim Vornamen an. Aber als Gero erwachsen geworden war, war er respektvoll zum Sie übergegangen. „Lange nicht gesehen. Wie geht es Ihnen?"

„Danke, sehr gut. War meine Schwester bei Ihnen?"

„Ja, ich hatte sie heute Morgen in der Praxis."

„Und ist alles in Ordnung mit ihr?"

Dr. Fuller lächelte verlegen.

„Sie wissen doch, dass ein Arzt seinen Patienten gegenüber eine Schweigepflicht hat, über die er sich nicht hinwegsetzen darf."

„Das weiß ich schon. Sie sind seit unserer Kindheit unser Arzt, und ich glaube nicht, dass meine Schwester etwas dagegen hat, wenn Sie mit mir darüber sprechen."

„Trotzdem, fragen Sie sie bitte selbst nach ihren Untersuchungsergebnissen. Ich halte mich an meinen Eid."

„Also doch! Wusste ich doch, dass es ihr nicht gut geht! Sie ist so müde und so blass. Was hat sie?"

„Sie können aus meinen Worten nicht auf eine Krankheit schließen. Ich habe nur gesagt, dass ich keine Auskunft über meine Patienten gebe", antwortete Dr. Fuller sichtlich verlegen.

Gero tat ihm leid, er wusste um die Liebe und die starke Bindung zwischen den Geschwistern. Es würde ein großer Schock für Gero werden, wenn er die Wahrheit erfuhr.

„Dr. Fuller! Ich bitte Sie inständig, sagen Sie mir: Fehlt meiner Schwester etwas Ernsthaftes? Ich sehe doch Ihre Verlegenheit. Wenn sie gesund wäre, würden Sie doch entspannt lächeln. Aber Sie schauen mir nicht in die Augen. Da stimmt doch etwas nicht!"

„Bitte, Gero, verstehen Sie meine Situation. Fragen Sie Ihre Schwester, sie kann Ihnen selbst berichten."

Gero spürte, dass dunkle Wolken am Horizont aufzogen, und wie von einer eisernen Hand umklammert zog sich sein Herz zusammen.

Mit nach unten gebeugtem Kopf nickte er Dr. Fuller

einen kurzen Gruß zu und ging seines Weges. Er überlegte kurz, ob er noch in die Galerie gehen sollte, verwarf
aber den Gedanken sofort wieder. Das Büro war nicht
der Ort, um ein intimes Gespräch mit Viola zu führen.
Er würde einen endlos langen Nachmittag auf seine
Schwester warten müssen.

Währenddessen führte Viola unter großer Anstrengung ihre Bewerbungsgespräche. Schließlich entschied
sie sich für eine reifere Frau.

Diese wollte, nachdem ihre Kinder erwachsen waren,
wieder einer Beschäftigung nachgehen. Ihre Qualifikati-
onen stimmten, und es störte Viola nicht, dass die Frau
so lange pausiert hatte.

Sie hatte sich auf dem Laufenden gehalten und das
zählte neben den fachlichen Kenntnissen und ihrer Le-
benserfahrung. Die beiden Frauen wurden sich schnell
einig und besiegelten den Vertrag.

Viola bereitete Frau Ahlers, ihre neue Mitarbeiterin,
darauf vor, dass sie selbst nur noch die nächsten paar
Tage stundenweise in der Galerie sein konnte. Danach
würde sie für eine längere Zeit in die Klinik gehen. Mehr
Informationen wollte und konnte sie ihr im Moment
nicht geben. Frau Ahlers verstand und versicherte Viola,
sie könne sich auf sie verlassen.

Gegen Abend fuhr Viola nach Hause. Völlig ausge-
pumpt schlich sie sich in ihre Räume. Sie nahm ihre Medikamente und ließ sich auf das Bett fallen. Schon nach
wenigen Minuten schlief sie ein.

Gero hatte in seinem Büro den Motor von Violas

Wagen gehört. Er lauschte auf ihre Schritte und hoffte, dass sie noch bei ihm hereinschauen würde.

Doch sie tat es nicht. Ein untrügliches Zeichen, dass sie nicht in Ordnung war. Sonst hätte sie ihm in ihrer Begeisterung für ihre Arbeit erzählt, wie der Tag verlaufen war.

Gegen sieben Uhr servierte Gertraud das Abendessen. Sie berichtete Gero, dass sie Viola zum Essen hatte rufen wollen, diese aber eingeschlafen sei. Gero wollte Viola auch nicht stören, also setzte er sich alleine an dem großen Tisch des Speisezimmers.

Nach dem Essen nahm er in der Bibliothek seinen Kaffee und eine Zigarre. Lustlos blätterte er in einer Zeitschrift und wartete ungeduldig auf Viola. Als sie gegen neun Uhr immer noch nicht nach unten gekommen war, konnte und wollte er nicht mehr warten.

Mit schnellen Schritten lief er über die Treppe nach oben. Ohne anzuklopfen öffnete er die Tür zu Violas Räumen. Nirgendwo brannte Licht, alles war dunkel und gespenstisch leise.

Ohne zu zögern schritt er in ihr Schlafzimmer und drückte auf den Schalter der Stehlampe. Im Nu wurde das Zimmer von einem warmen Licht beleuchtet. Er sah Viola auf dem Bett liegen und schlafen. Während er sich auf die Bettkante setzte, strich er ihr zärtlich über die Stirn. Erschrocken zog er seine Hand von dem fiebrigen Körper. Er rannte zum Telefon und wählte die Nummer von Dr. Fuller.

„Dr. Fuller!", rief er aufgeregt ins Telefon.

„Meine Schwester hat hohes Fieber. Schnell, kommen

Sie schnell! Was soll ich nur tun?"

„Kühlen Sie ihre Beine, ich bin sofort da."

Gertraud stand leichenblass neben Gero und wedelte aufgeregt mit den Armen.

„Kann ich Ihnen helfen?"

„Holen Sie Tücher und kaltes Wasser, wir müssen Wadenwickel machen. Der Doktor kommt gleich."

Kurze Zeit später zog Dr. Fuller eine Spritze auf und gab damit ein Medikament in einen Zugang, den er blitzschnell in Violas Arm gelegt hatte. Aus dem Auto holte er einen Ständer für Infusionsflaschen, den er in weiser Voraussicht mitgebracht hatte.

Dr. Fuller hatte alles getan, was in dieser Situation nur getan werden konnte. Er nickte Gero zu und bat ihn, ihm zu folgen. Gertraud forderte er auf, an Violas Bett sitzen zu bleiben.

Die beiden Männer setzen sich in die Bibliothek. Gero goss zwei Gläser Cognac ein, um die unerwartete Aufregung hinunterzuspülen.

„Was ist los, Doktor Fuller? Jetzt aber bitte heraus mit der Sprache!"

„Eigentlich darf ich es immer noch nicht. Ihre Schwester wird sich jetzt erholen und kann Ihnen dann selbst berichten. Aber ich werde mich in Anbetracht der Situation über ihre Anweisung hinwegsetzen. Sie wird mir hoffentlich verzeihen."

„Was für eine Anweisung? Wovon reden Sie?"

„Ihre Schwester hat mich schon vor vielen Monaten gezwungen, meine ärztliche Schweigepflicht strengstens zu beachten. Sie ist an Krebs erkrankt und hat nicht mehr lange zu leben. Ich hatte sie oft gebeten, mit Ihnen zu reden.‟

Gero wurde weiß wie eine Wand und sprang aus seinem Sessel. Wie ein gehetztes Tier rannte er durch den Raum.

„Wieso weiß ich das nicht? Das kann doch nicht das letzte Wort gewesen sein? Warum glaubt ihr alle, dass ihr nicht mehr geholfen werden kann? Habt ihr denn alles, wirklich alles nur Mögliche versucht?‟

„Ich habe viele Male versucht, sie zu einem Krankenhausaufenthalt zu bewegen. Mit einer Operation und einer Chemotherapie hätten wir vielleicht einen gewissen Erfolg haben können.‟

Gero blieb abrupt stehen, starrte den Arzt an und schüttelte den Kopf. Er begriff das alles nicht.

„Und wieso ist das nicht geschehen?‟

„Ich kann die Entscheidung Ihrer Schwester verstehen, auch wenn ich die Behandlung gerne vorgenommen hätte. Aber dies wäre eine riesige Belastung und Tortur für Ihre Schwester gewesen. Und erreicht hätten wir höchstens eine Verlängerung. Die Chance auf Heilung hingegen war gleich null, dafür wurde die Erkrankung leider viel zu spät festgestellt. Es tut mir sehr leid.‟

„Hätte ich das gewusst, hätte ich ihr noch zureden können. Ich bin ihr Bruder, auf mich hätte sie gehört‟, flüsterte er.

„Nicht einen Tag hätten wir verschenkt.‟

„Nein, das glaube ich nicht. Ich habe sie so oft gebeten, mit Ihnen zu sprechen. Aber ihre Entscheidung war fest und unumstößlich."

„Hätten wir nicht jede auch noch so aussichtslose Möglichkeit nutzen müssen? Woher wollt ihr diese Sicherheit nehmen?", stöhnte Gero in seiner Verzweiflung.

„Natürlich habe ich mich mit Kollegen beraten und mir deren Einschätzung und Rat geholt. Aber letztendlich hat Viola selbst über ihren Körper und ihr Leben entschieden."

Gero konnte das alles nicht begreifen. Die halbe Nacht lief er durch das Zimmer, immer hin und her, immer auf und ab. Er haderte mit dem Schicksal und wollte die Endgültigkeit einfach nicht wahrhaben.

Jetzt fügte sich alles zusammen wie ein Puzzle. Deshalb war Viola nach Nizza gefahren, und er Tölpel hatte geglaubt, sie hätte sich besonnen. Sie hatte sich verstecken wollen, verhindern wollen, dass er etwas merkte. Er hätte auf sein Inneres hören müssen. Die ganze Zeit hatte er geahnt, dass etwas nicht stimmte.

Erst als der Morgen graute, beruhigte er sich langsam. Er respektierte, wie sich Viola entschieden hatte, wenn es ihm auch noch so schwerfiel. Mehr konnte er ohnehin nicht tun, wenn er sie nicht unnötig belasten wollte.

Viola erholte sich erstaunlich schnell. Dr. Fuller kam mehrmals am Tag, um nach ihr zu sehen. Gero wich nicht mehr von ihrer Seite. Er konnte sie auch nicht mehr zu einer Behandlung überreden. Seine zarten Überredungsversuche erstickte sie im Keim.

„Gero, du musst nicht den ganzen Tag hier sitzen. Es geht mir wieder besser. Morgen darf ich sogar aufstehen. Wir müssen zur Normalität übergehen."

„Du darfst nicht zu schnell aufstehen."

„Das werde ich nicht, aber bitte tue mir einen Gefallen: Ich möchte keinesfalls wie eine Porzellanpuppe behandelt werden. Du weißt, dass ich meine Krankheit akzeptiert habe, und du weißt auch, dass ich bald gehen muss. Es wird gut für mich sein, meinen geliebten Mann und unsere Eltern wiederzusehen. Und wenn ich nicht mehr da bin, sollst du dich mit mir freuen und nicht traurig sein. Bis dahin möchte ich soweit wie möglich ein normales Leben führen. Ein ganz normales Leben."

Gero hatte Mühe, die aufsteigenden Tränen zu unterdrücken. Sein Blick war unendlich traurig.

„Einverstanden. Ich werde mir Mühe geben, deine Wünsche zu erfüllen, wenn es mir auch schwerfällt."

„Dann gehe jetzt an deine Arbeit, bitte."

Gero drückte sie noch einmal zärtlich und verließ ihr Zimmer. In seinem Büro angekommen, ließ er seinen Tränen freien Lauf, sein Körper brannte vor Schmerz.

Er hatte keine Ahnung, wie er diesem schleichenden Abschied begegnen konnte und sollte. Alle Kraft würde er aufbringen müssen, um Viola nicht ständig weinend gegenüberzutreten.

9

Renate verlebte ihre Tage geordnet und gleichmäßig. Die Arbeit machte ihr trotz der Einfachheit viel Spaß.

An diesem Tag war sie mit dem Bus zur Arbeit gekommen, weil sie ihr Auto in die Werkstatt gebracht hatte. Als die Spätschicht zu Ende war, hatte ihr Kollege Horst angeboten, sie nach Hause zu fahren. Erleichtert hatte sie seinen Vorschlag angenommen, denn sie war nicht gerne so spät noch mit dem Bus unterwegs.

Zu ihrer Verwunderung fuhr Horst aber nicht den direkten Weg nach Baden-Baden hinein, sondern nahm einen Umweg, der über zwei Dörfer oberhalb der Stadt führte. Ihr war es sofort unheimlich, und sie fragte Horst, warum er diesen Weg fuhr. Ohne zu antworten, hielt er auf einer Lichtung an und beugte sich langsam immer weiter zu ihr hin.

Trotz der schummrigen Beleuchtung des Innenraums konnte Renate seine gierig dreinblickenden Augen und sein verschwitztes Gesicht erkennen.

„Was soll das? Was willst du hier in dieser verlassenen Gegend? Fahre mich bitte sofort nach Hause", presste sie voller Angst heraus.

„Ich habe mir gedacht, wir verbringen noch eine nette Stunde zusammen. Bestimmt hast du auch mal wieder Lust auf einen Mann. Du lebst doch wie eine Nonne. Das ist nichts für eine Frau."

„Spinnst du? Ich habe kein Interesse an dir, fahre mich sofort zurück!", rief sie panisch.

„Stelle dich nicht so an, es wird dir gefallen."

Er umklammerte sie mit beiden Armen, sodass sie kaum noch Luft bekam.

Hektisch versuchte sie, sich zu befreien, was ihr natürlich nicht gelang, da Horst viel stärker war als sie. Mit der einen Hand fuhr er an ihrem Bein entlang unter ihren Rock, mit der anderen versuchte er, ihre Bluse zu öffnen. Dabei presste er ungestüm seinen Mund auf ihre Lippen.

Unsäglicher Ekel stieg in ihr auf. Sein Atem roch nach Alkohol, und seine Finger gruben sich kraftvoll in ihren Körper.

Mit letzter Energie zog sie ihre Hand unter seinem Körper durch und krallte ihre Fingernägel in sein Gesicht. Während er schreiend von ihr abließ, gelang es ihr, ihn mit dem Knie in den Unterleib zu treten. Er stöhnte erneut auf vor Schmerz, und aus seinen Augen sprühte blanker Hass.

Renate riss die Tür auf und stürzte in die Nacht hinaus. Wütend und mit schmerzverzerrter Stimme schrie er ihr nach: „Das wirst du mir büßen, du Miststück!"

Renate aber rannte und rannte querfeldein, über Wiesen und Äcker, weiter und immer weiter. Irgendwann verließ sie die Kraft, und ihre Beine trugen sie nicht mehr. Sie sah sich um, anscheinend war er ihr nicht gefolgt. Also ließ sie sich einfach fallen.

Sie musste sich orientieren, sehen, wo sie war. Zunächst aber weinte sie bitterlich vor Erschöpfung und Enttäuschung. Nie hätte sie gedacht, dass dieser bislang so nette und zuvorkommende Kollege sich so daneben benehmen würde.

Völlig entkräftet blickte sie sich um und sah hinunter in die Stadt. Weiter unten konnte sie im Schein der Straßenbeleuchtung ein paar Häuser erkennen. Mit schmerzenden Gliedern schleppte sie sich langsam den Hügel hinab. So wie sie aussah, wollte sie unter keinen Umständen in einen Bus einsteigen.

Nachdem sie mehr als eine Stunde zu Fuß unterwegs gewesen war, kam Renate endlich zu Hause an. Sie ließ sie sich sofort ein Bad ein. Durch Horsts Umklammerung hatte sie am ganzen Körper rote Flecken bekommen. Außerdem fühlte sie sich stark beschmutzt.

Was sollte sie nur tun? Eigentlich müsste sie ihn ja wegen versuchter Vergewaltigung anzeigen. Aber wie würde man bei ihrem Arbeitgeber reagieren? Und wenn er alles abstritt? Sie kam zu keinem klaren Ergebnis.

Nachdem sie über eine Stunde in der Wanne gelegen hatte, griff sie zur Seife und schrubbte ihren Körper geradezu penibel ab. Dann stieg sie schwerfällig aus der

Wanne und wickelte sich in ein Badetuch. Zum Schluss streifte sie ihren Bademantel über, schleppte sich ins Schlafzimmer und ließ sich auf das Bett fallen. An Schlaf konnte sie jedoch nicht denken.

Nach stundenlangem Grübeln entschied sie sich, zunächst mit Christa zu sprechen. In dieser Nacht weinte Renate noch lange, erst laut und verzweifelt, später leise und wimmernd wie ein verstoßenes Kind, bis sie endlich in einen Schlummer hinüberglitt.

Es war ein unruhiger, wirrer Schlaf, und als sie mit dem anbrechenden Tag erwachte, fühlte sie sich zerschlagen. Ihre Glieder waren lahm und schwer, ihr Kopf schmerzte, und als sie in den Spiegel sah, stellte sie fest, dass ihre Augen von Tränen rot und verschwollen waren.

Sie wusch sich das Gesicht mit kaltem Wasser und legte sich Kompressen auf die Augen. Danach sah sie ein wenig besser aus, aber immer noch erbarmungswürdig genug. Trotzdem fühlte sie sich erlöst, auf eine grausame und schlimme Art erlöst. Ihr war, als hätte es der Tränenstrom vermocht, den Ekel in ihrem Inneren zwar nicht zu löschen, aber doch weit weg zu spülen.

Wo am Abend noch Angst, Panik und Widerwillen geherrscht hatten, spürte sie nun nichts als eine kalte, tote Leere. Und das war besser so. Sie wusste jetzt, dass alles vorbei war. Er hatte sie nicht besiegen und nicht Besitz von ihrem Körper ergreifen können. Das war gut so. Mit dem Rest würde sie hoffentlich fertig werden.

Erst gegen zehn Uhr ging sie in die Küche und füllte Kaffee und Wasser in die Maschine. In der Zwischenzeit wusch sie sich gründlich und beendete ihre Morgentoilette. Sie riss die Balkontür weit auf und sog die frische Luft in tiefen Zügen ein. Lange stand sie so da und sah den Menschen zu, die den Innenhof der Wohnanlage durchquerten.

Schwerfällig schlurfte sie zurück in die Küche, nahm eine Tasse und füllte sie mit Kaffee. Schließlich griff sie noch nach dem Aschenbecher und der Zigarettenschachtel und trug alles ins Wohnzimmer, wo sie sich auf die Couch setzte. Sie war unfähig, sich zu entscheiden, wie sie Horst später bei der Arbeit gegenübertreten sollte.

Etwas später erhob sie sich lustlos. Sie holte sich frische Wäsche aus dem Schrank, einfache Unterwäsche, unzählige Male sehr sorgfältig gestopft. Manierliche Unterwäsche hätte sie schon brauchen können, aber irgendetwas in ihr widersetzte sich dem Wunsch, Geld für Dinge auszugeben, die andere doch nicht sehen konnten.

Sie hatte in der Vergangenheit lernen müssen, sparsam zu sein. Dann zog sie ein sportliches Kleid aus englischer Wolle über, das schon einige Jahre alt war, und überprüfte im Spiegel den Sitz. Schließlich ging sie ins Bad, um sich dezent zu schminken und die Haare zu bürsten.

Nach einem letzten Blick auf die Uhr war es an der Zeit, loszugehen, das Auto aus der Werkstatt abzuholen und dann gleich zur Arbeit zu fahren.

Dort angekommen betrat sie mit gemischten Gefühlen ihre Abteilung. Die meisten Kollegen waren schon da, auch Christa. Sie begrüßten sich herzlich.

Zunächst hatte Renate keine Zeit, mit der Freundin ein paar Worte zu wechseln. Sie musste bis zur Pause warten. Horst grinste sie frech an, und aus seinem Blick sprach Rache.

Renate lief ein Schauer über den Rücken. Sie konnte kaum die erste Pause erwarten, bis sie sich mit Christa aussprechen konnte. Nur mit viel Mühe konnte sie sich auf ihre Arbeit konzentrieren. Besonders unangenehm war, dass sie ihre Pakete an Horst weitergeben musste. Er kritisierte sie an diesem Tag auffallend oft vor allen Kollegen und beschimpfte und beschuldigte sie, zu langsam zu arbeiten.

Inzwischen ahnte sie, was er vorhatte.

Endlich war die ersehnte Pause gekommen. Zusammen mit Christa ging Renate in die Cafeteria und bat sie um ein vertrauliches Gespräch etwas abseits der anderen.

Christa blickte sie fragend an.

„Was ist los mit dir, Renate? Du wirkst bedrückt."

„Du glaubst nicht, was mir gestern Abend passiert ist. Das wirst du auf keinen Fall glauben."

Renate fiel es schwer, der Freundin zu berichten. Jetzt bei Tag und mit gewissem Abstand, fand sie die ganze Angelegenheit unwirklich und beschämend.

Stockend erzähle sie Christa haarklein von ihren Erlebnissen.

„Was soll ich tun? Ich müsste ihn eigentlich anzeigen, fürchte mich aber vor der Reaktion hier im Haus. Und wenn er alles abstreitet? Ich habe keine Zeugen und kann es nicht beweisen."

„Was für eine komplizierte Geschichte! Lass uns nachdenken. Das will wirklich gut überlegt sein."

„Ich glaube, es ist egal, was ich mache. Ich bin in jedem Fall die Dumme."

„Nun warte doch erst mal ab."

„Hast du nicht sein Verhalten heute bemerkt? Zeige ich ihn an, wird er mich als Lügnerin hinstellen. Lasse ich es auf sich beruhen, wird er mich mobben und meine Arbeit schlechtmachen. Das konntest du doch schon in den wenigen Stunden heute feststellen, oder nicht?"

„Stimmt. Ich bin auch etwas ratlos. Und wenn du zum Betriebsrat gehst? Die müssen dir helfen."

„Aber am Ende läuft es auf dasselbe hinaus. Der einzige wäre vielleicht in letzter Not der Personalchef. Ich denke, er ist ein verständnisvoller Mann. Trotzdem werde ich wohl erst einmal abwarten und versuchen, mit Horst zu reden. Ich möchte ihn zur Vernunft bringen, schließlich haben wir bisher immer gut zusammengearbeitet. Das muss doch funktionieren."

„Das ist wohl das Beste. Tut mir leid, dass ich dir nicht helfen kann. Ich werde aber, wenn es darauf ankommt, für dich sprechen", tröstete sie Christa.

„Danke für deine moralische Unterstützung. Komm, lass uns gehen, wir müssen wieder an die Arbeit."

Als Renate später über ihr Gespräch nachdachte, fiel ihr auf, dass Christa kein Wort über Horst verloren hatte.

Sie hätte sich doch wenigstens über sein Verhalten wundern müssen. Irgendwie fand Renate dies merkwürdig.

Die Schicht ging weiter, wie sie begonnen hatte: mit Angriffen von Horst. Renate verschloss sich immer mehr und wurde zunehmend unsicher. Als endlich Feierabend war, ging sie auf Horst zu, der im Gesicht ein großes Pflaster hatte, um die Kratzspuren abzudecken. Den anderen Kollegen hatte er erzählt, er habe sich mit dem Rasiermesser geschnitten.

„Horst, kann ich dich kurz sprechen?"

„Wir haben nichts zu besprechen", sagte er und wand sich ab.

„Verschwinde und geh mir aus den Augen!", rief er ihr über die Schulter zu.

„Aber das geht so nicht. Du hattest kein Recht, mit mir ins Feld zu fahren. Das war ja eine versuchte Vergewaltigung! Siehst du nicht ein, dass du das nicht hättest tun dürfen?", rief sie ihm aufgeregt zu.

„Was bist du nur für ein Mensch! Ich habe dir doch keinen Anlass gegeben, so über mich herzufallen."

„Dann beweise mir erst einmal, dass ich dich belästigt habe."

„Aber wenn ich schweige, könnten wir doch wenigstens ein neutrales und kollegiales Verhältnis haben. Wir müssen doch zusammenarbeiten."

„Das müssen wir eben nicht, dafür werde ich schon sorgen. Worauf du dich verlassen kannst", giftete er.

Er straffte die Schultern und verschränkte die Arme.

Renate gab auf. Sie wusste, dass sie keine Chance gegen ihn hatte. Sie würde bald mit dem Personalchef sprechen müssen. Immerhin musste sie unter allen Umständen versuchen, ihren Arbeitsplatz zu behalten.

Nach Schichtende fuhr sie sofort nach Hause und kuschelte sich in die Ecke ihrer Couch.

Bisher hatte sie geglaubt, es einigermaßen geschafft zu haben. Seit Monaten war sie jeden Tag mit großer Freude zur Arbeit gegangen. Ihrem Anwalt konnte sie an jedem Ersten Geld überweisen, um ihre Schulden abzutragen.

Nur ganz wenige Dinge hatte sie sich geleistet, zum Beispiel einige Besuche beim Friseur und ein paar günstige Kleidungsstücke im Ausverkauf. Doch sie war zufrieden mit ihrem neuen Leben.

Und nun? Sollte schon wieder alles vorbei sein? Sollte Horst es tatsächlich schaffen und sie ihren Arbeitsplatz verlieren? Dann würde sie über Wochen kein Arbeitslosengeld bekommen. Christian zahlte keinen Unterhalt mehr und ihre Mutter war tot.

„Oh Gott, was soll ich nur tun? Warum darf ich nicht in Frieden leben?", flüsterte sie.

Doch dies war nicht alles. Zwei Tage später meldete sich ihr Bruder Ulrich bei ihr. Er hatte einen Anruf bekommen, dass Vater Eberhard ins Krankenhaus eingeliefert worden war. Renate versprach, gleich nach Arbeitsschluss zu kommen. Zum Glück hatte sie Frühschicht und konnte sich schnell auf den Weg machen. Sie fand ihren Vater in einem sehr schlechten Zustand vor.

Am Tag zuvor hatte sie noch mit ihm telefoniert. Nur

mit viel Mühe konnte sie daher ihr Entsetzen verbergen und konsultierte zusammen mit Ulrich den behandelnden Arzt.

Dieser erklärte ihnen, dass noch nicht alle Untersuchungen abgeschlossen seien und noch keine Diagnose gestellt werden könne.

Der Vater lag entkräftet im Krankenbett, klagte über massive Schmerzen und äußerte den Wunsch, nicht mehr leben zu wollen. Es hätte ohnehin alles keinen Sinn mehr für ihn, seit die Mutter nicht mehr da war.

Renate und Ulrich sprachen ihm Mut zu und versicherten ihm, am nächsten Tag wiederzukommen.

Sie setzten sich in die kleine Kneipe neben der Klinik und sprachen bei einem Kaffee die abwechselnden Krankenbesuche ab. Müde und enttäuscht fuhr Renate über die Autobahn nach Hause. Ohne das Licht einzuschalten, saß sie im Wohnzimmer. Lediglich ein wenig Mondlicht schimmerte durch das Fenster.

Sie wusste nicht, wie lange sie so gesessen hatte in ihrer plötzlich so kalt und verlassen wirkenden Wohnung. Sie hatte einfach dagesessen, die Hände im Schoß gefaltet. Sie wusste nicht, ob sie geträumt oder nachgedacht hatte.

Alles in ihr war so verworren. Ein Schock war es gewesen, ein schrecklicher Schock. Wie konnte das sein, jetzt auch ihr Vater, noch dazu so kurz hintereinander, wie war das möglich?

Sie war wieder an einem Punkt angekommen, an dem ihr alles über den Kopf wuchs, an dem sie nicht wusste, wie sie alles bewältigen sollte.

Und auch diesmal merkte sie, dass sie niemanden hatte, an den sie sich anlehnen konnte, der für sie da war und sie tröstete. Sie dachte an ihre Mutter. Was würde sie sagen?

Und wenn du denkst, es geht nicht mehr ...

Genau das hatte sie ihr mit auf den Weg gegeben. Es würde weitergehen, und sie würde eine Lösung für ihre Probleme und Kraft für ihren Vater finden. Seit Mittag hatte sie nichts mehr gegessen, und sie war müde, unerträglich müde und leer.

Sie wagte einen Blick auf ihre Uhr, die neben dem Fernseher stand, und schüttelte den Kopf.

Mit einem Stöhnen stellte sie fest, dass sie Jan jetzt nicht mehr anrufen konnte, um ihm von der Erkrankung seines Großvaters zu erzählen.

Schade, es hätte ihr gutgetan, wenigstens über ihn reden zu können. Schwerfällig entkleidete sie sich und schleppte sich ins Bad, um sich notdürftig für die Nacht vorzubereiten.

Als sie fertig war und in ihr Schlafzimmer kam, blieb sie nicht wie sonst einen Augenblick lang an der Tür stehen, um sich am Anblick des hellen, kleinen Raumes, der ihr ganzer Stolz war, zu weiden.

Nein, sie fiel einfach auf das Bett und starrte unentwegt zur Decke.

Die nächsten Tage verliefen stressig und anstrengend. Am Arbeitsplatz war die Lage unverändert.

Horst führte seinen Kleinkrieg mit unverminderter Stärke weiter und Renate hatte kaum Kraft, sich dagegen aufzulehnen. In der Mittagspause saß sie mit Christa draußen im Hof, wo die Firmenleitung Bänke aufgestellt hatte. Vor einigen Wochen hatte sie die Pause hier noch genossen.

„Du siehst schlecht aus, Renate!"

„Ja, mir geht es wirklich nicht sonderlich gut."

„Was ist los mit dir? Das ist doch nicht nur wegen Horst."

„Mein Vater liegt im Krankenhaus. Nun muss ich jeden zweiten Tag hinfahren und ihn besuchen."

„Was ist passiert, was hat er?"

„Das wissen wir noch nicht. Wir haben noch keine Diagnose. Es geht ihm aber sehr schlecht."

„Kann das nicht dein Bruder übernehmen, der wohnt doch viel näher dort als du?"

„Das tut er. Aber auch ich fühle mich verpflichtet hinzugehen. Jeder zweite Tag ist eigentlich in Ordnung. Wenn bloß der Schichtdienst nicht wäre. Das belastet mich schon sehr."

„Stimmt. Kann ich dir irgendwie helfen?"

„Nein, danke. Es wäre schön gewesen, wenn es nicht gleich weitergegangen wäre mit den Krankheiten. Meine Mutter ist noch gar nicht lange tot. Ich habe mich noch kaum von dieser schweren Zeit erholen können. Jetzt geht das alles schon wieder los."

„Wie läuft es im Moment mit Horst?"

Renate lachte hart auf.

„Der hat eine wahre Freude daran, mich zu quälen. Ich muss bald etwas unternehmen. So langsam befürchte ich, dass er mir gefährlich wird. Er unterstellt mir ständig Fehler, und wenn er das meldet, weiß ich nicht, was kommt."

„Geh nach oben zum Betriebsrat, lass das nicht mehr anstehen. Soll ich mitkommen?"

„Du kannst mir dabei nicht helfen. Ich möchte nicht, dass du dich meinetwegen mit ihm anlegst. Dann hat er dich auch im Visier."

Es war direkt auffällig, dass Christa kein schlechtes Wort über Horst verlor und sich nicht über sein Verhalten erboste. Schließlich kannte sie ihn ja schon länger und hätte sich wenigstens ihr gegenüber über ihn äußern können, ja äußern müssen.

Die Mittagspause war zu Ende, sodass die beiden Frauen wieder ihren Arbeitsplatz aufsuchten.

Um fünfzehn Uhr hatte Renate Feierabend. Eigentlich hatte sie vorgehabt, noch kurz nach Hause zu gehen.

Doch sie fuhr direkt in die Klinik. Ihr Vater war nicht mehr ansprechbar. Voller Angst suchte sie einen Arzt. Sie wollte wissen, was ihrem Vater fehlte.

„Ich habe leider keine gute Nachricht für Sie, Frau Bauer. Bitte kommen sie in mein Büro, ich erkläre Ihnen ausführlich die Untersuchungsergebnisse."

Sie nickte und folgte ihm ins Ärztezimmer.

„Bei Ihrem Vater haben wir Metastasen in der Wirbelsäule gefunden. Wir werden sofort mit Bestrahlungen beginnen." Dabei sah er sie mitleidsvoll an.

„Wie kann das sein?", fragte Renate verzweifelt und

schüttelte den Kopf.

„Er hatte schon seit Jahren alle möglichen Krankheiten, Herzprobleme, Zucker und andere altersbedingten Dinge. Wie ist so etwas möglich? Gerade habe ich meine Mutter, die Krebs hatte, beerdigt. Wieso hat er das jetzt auch?"

„Das nennt man wohl Schicksal", antwortete der Arzt. Was hätte er auch anderes sagen sollen.

„Ich habe fast keine Kraft mehr, das Ganze noch einmal durchzustehen. Noch einmal monatelang sehen zu müssen, wie ein Mensch unter unsäglichen Schmerzen leidet. Hat er denn nach Ihren Erfahrungen überhaupt noch eine Chance? Gibt es irgendeinen Hoffnungsschimmer?"

„Nein, ich glaube nicht", antwortete der Arzt.

„Warum ist er nicht jetzt nicht mehr ansprechbar?"

„Wir haben ihm starke Schmerzmittel gegeben."

„Und wie geht es mit der Behandlung weiter? Was kommt auf mich zu? Und worauf muss ich mich einstellen?"

„Wie gesagt, wir bestrahlen jetzt. Ich gehe aber davon aus, dass sein Körper, der ja durch die Herzerkrankung schon geschwächt ist, die Behandlung nicht lange durchhalten wird."

„Dann brauchen Sie ihn aber doch nicht mehr zu quälen. Was soll das denn werden? Das ist doch sinnlos!"

„Sie als Familie können entscheiden, ob wir die Bestrahlung durchführen sollen oder nicht."

„Ich werde das mit meinem Bruder besprechen. Das

muss gründlich abgewogen werden. Wir geben Ihnen morgen Mittag Bescheid, wie wir uns entschieden haben."

„Gut. Warten wir also bis morgen."

„Danke, dass Sie sich Zeit genommen haben."

Renate ging zurück zu ihrem Vater. Über eine Stunde saß sie an seinem Bett und haderte mit ihrem Schicksal.

Anschließend fuhr sie zu Ulrich und beide entschieden sich, eine weitere Behandlung abzulehnen.

Am nächsten Morgen kam Renate leichenblass zur Arbeit. Sie hatte in der Nacht kein Auge zugetan. Ihr einziger Trost waren ihre Gebete gewesen, die ihr letztendlich über den großen Kummer hinweggeholfen hatten.

Der Vormittag verlief etwas seltsam. Die Kollegen schwiegen überwiegend und unterhielten sich nicht wie sonst mit ihr. Ihr Chef beachtete sie überhaupt nicht, was auch noch nie vorgekommen war. Selbst Christa war an diesem Tag mehr als zurückhaltend, was eigentlich so gar nicht ihrem Naturell entsprach.

Gegen Mittag wurde sie in die Personalabteilung gerufen.

Auf einmal beschlich sie ein merkwürdiges Gefühl der Angst. Seit sie hier arbeitete, wurde noch niemals jemand in die Personalabteilung gerufen.

Als sie das Büro des Personalchefs betrat, sah sie, dass sowohl ihr direkter Vorgesetzter als auch ein Vertreter vom Betriebsrat anwesend waren. Ihr wurde ganz flau im Magen. Sie ahnte Furchteinflößendes.

„Setzen Sie sich, Frau Bauer."

Sie folgte der Aufforderung und blickte fragend in die Runde. Ihr Herz klopfte bis zum Hals.

„Sie wissen sicher, warum wir Sie gerufen haben."

„Nein, ich habe keine Ahnung."

„Gestern Nachmittag hat Herr Kemp bei der Abrechnung seiner Kasse festgestellt, dass fast dreihundert Euro fehlen." Abwartend hielt er inne.

„Und was habe ich damit zu tun? Was soll das? Ich arbeite nicht an und mit der Kasse", antwortete sie mit weit aufgerissenen Augen.

„Anscheinend doch, denn Horst hat Sie am Vormittag im Büro von Herrn Kemp gesehen. Alleine, versteht sich. Was hatten Sie da zu schaffen?"

„Das stimmt. Ich hatte Herrn Kemp aufgesucht, weil ich ihn fragen wollte, ob ich die Spätschicht tauschen kann. Mein Vater liegt schwerkrank im Krankenhaus. Sie glauben doch nicht etwa, dass ich die Kasse angefasst habe?"

„Es gibt keine andere Erklärung. Noch nie ist so etwas passiert, immerhin haben Sie große finanzielle Probleme, die sich auf diese Weise leichter lösen ließen."

„Und deshalb glauben Sie, dass ich mir die Finger wegen ein paar Euro schmutzig mache, die mir so gut wie nicht weiterhelfen würden? Ich habe meine finanzielle Lage im Griff und kann ruhig und gelassen arbeiten und leben. Ich brauche dazu nicht die Portokasse meines Arbeitgebers!"

„Das sagt sich so leicht, aber es kommt außer Ihnen niemand in Betracht, der in der fraglichen Zeit im Büro von Herrn Kemp war."

Renate war schockiert. Sie wandte sich an ihren Vorgesetzten.

„Ich bin sehr traurig, Herr Kemp, dass Sie sich dazu hergeben, dass mich Horst aus Rache beschuldigen und mobben kann."

„Was wollen Sie damit sagen?", fragte der Personalchef, ohne die Antwort von Herrn Kemp abzuwarten.

„Horst hat mir neulich nach der Spätschicht angeboten, mich nach Hause zu fahren, weil mein Auto in der Werkstatt war. Er hat aber den Weg in die Felder eingeschlagen und versucht, mich zu vergewaltigen. Weil ich mich gewehrt und ihn geschlagen habe, hat er mir offen gedroht, mich fertig zu machen. Sie können Christa fragen, ihr habe ich damals gleich alles erzählt."

„Warum haben Sie ihn nicht angezeigt oder sind zumindest zu mir gekommen, wenn es wirklich so war?", fragte der Personalchef ziemlich ungehalten.

„Horst hat mir zu verstehen gegeben, dass er alles abstreiten würde, da ich keine Zeugen habe. Ich habe versucht, mich mit ihm gütlich zu einigen, und ihn gebeten, zu einem normalen Arbeitsverhältnis zurückzukehren. Aber er hat mich nur ausgelacht. Er hat mich einfach nur ausgelacht."

„Das klingt sehr unwahrscheinlich. Jede Frau wäre nach einer Vergewaltigung zur Polizei gegangen."

„Vielleicht erinnern Sie sich? Er hatte am Tag danach ein Pflaster im Gesicht. Damit hatte er meine Kratzspuren abgedeckt", ergänzte sie und sah dabei Herrn Kemp an, der es ja eigentlich gesehen haben musste. Doch dieser blickte aus dem Fenster und antwortete ihr einfach nicht. Niemand reagierte auf ihre Aussage. Jetzt musste sie es auf anderem Wege versuchen.

„Sie können gerne alles überprüfen. Ich bringe Ihnen meine Kontoauszüge, damit Sie sehen können, dass ich meine Finanzen ordentlich führe. Auch mein Rechtsanwalt kann Ihnen das bestätigen. Ich kann Ihnen versichern, dass ich nicht an der Kasse war. Das kann auch die Polizei beweisen. Meine Fingerabdrücke finden Sie da auf keinen Fall", erklärte sie sachlich.

„Wir werden zu Ihren Gunsten keine Polizei einschalten und Sie nicht wegen Diebstahls anzeigen. Dies würde nur Ihre Suche nach einer neuen Arbeit belasten. Wir werden Sie heute mit sofortiger Wirkung fristlos kündigen."

„Aber ich werde Anzeige gegen Horst erstatten und auch das Arbeitsgericht einschalten. Ich habe Sie nicht bestohlen und werde das ganz bestimmt nicht auf mir sitzen lassen. Nein, das werde ich nicht!"

„Tun Sie, was Sie für richtig halten. Unser Gespräch ist damit beendet", schloss der Personalchef.

Renate ging zurück an ihren Platz und packte ihre persönlichen Sachen zusammen.

Sie wollte mit Christa reden, doch diese drehte sich ab und verließ den Raum.

Voller Enttäuschung und mit letzter Kraft verließ Renate das Firmengelände und fuhr auf direktem Weg nach Hause.

Jetzt war sie am Ende. An diesem Tag hatte man sie verstoßen. Sie konnte keinen klaren Gedanken mehr fassen und hatte keine Ahnung, wie es weitergehen würde.

10

Viola konnte ihrer Arbeit wieder stundenweise und mit vielen Unterbrechungen nachgehen.

Ihre Mitarbeiterin Frau Ahlers hatte sich als zuverlässige Perle erwiesen. Viola konnte sicher sein, dass sie alles nach ihren Wünschen erledigte.

An diesem Tag hatten sich zwei Studenten angemeldet, die ihr der Professor von der Kunsthochschule empfohlen hatte.
Sie hoffte, dass die beiden pünktlich sein würden, denn sie wollte danach noch bei Dr. Fuller vorbeigehen.

Frau Ahlers brachte ihr die Post. Zwischenzeitlich wusste auch sie über Violas Erkrankung Bescheid.

Zuerst war sie erschrocken und besorgt darüber gewesen, dass ihre nette Chefin bald sterben und sie ihren Arbeitsplatz wieder verlieren würde.

Aber Viola hatte ihr diese Angst genommen. Sie hatte ihr zugesagt, alles zu regeln und dafür zu sorgen, dass die Galerie weiterhin bestehen würde, auch über ihren Tod hinaus. Gero hatte ihr das fest versprochen.

„Ich habe nun alle Briefe geschrieben. Würden Sie diese noch schnell unterschreiben?"

„Selbstverständlich. Geben Sie gleich her."

Während Viola die Briefe unterschrieb, sprach sie weiter mit Frau Ahlers, sie hatte es eilig.

„Die nächsten Tage steht jetzt nichts mehr an, was einer schnellen Entscheidung bedarf. Ich werde heute noch abwarten, ob die beiden jungen Männer Bilder haben, die uns interessieren. Dann werde ich ein paar Tage zu Hause bleiben. Ich brauche dringend eine Pause. Das ist alles viel zu viel für mich."

„Ja, tun Sie das. Sie müssen sich unbedingt schonen. Ich werde zusehen, dass hier alles läuft."

„Danke, vielen, vielen Dank, Frau Ahlers."

Als Viola wieder alleine in ihrem Büro saß, blickte sie traurig aus dem Fenster. Mit jedem Tag spürte sie mehr, dass sich ihr Körper widersetzte und schwächer wurde. Die nächsten Tage würde sie entscheiden müssen, wie es genau mit der Galerie weitergehen sollte. Sie musste mit Gero sprechen und ihm ihre Wünsche mitteilen. Sie spürte, dass die Zeit sonst knapp werden könnte.

Es klopfte an der Tür.

„Die beiden Herren sind jetzt da", informierte sie Frau Ahlers.

„Ich lasse bitten."

Zwei junge Männer betraten das Büro. Unter dem Arm trugen sie zwei Rollen, in denen sie ihre Bilder verstaut hatten.

„Bitte kommen Sie doch herein und zeigen Sie mir Ihre Werke", forderte Viola die beiden auf.

Sichtlich aufgeregt und begeistert zugleich öffneten

die beiden ihre Rollen, zogen vorsichtig ihre Bilder heraus, glätteten diese mit spitzen Fingern und legten sie auf den Tisch.

Neugierig standen sie nun da und warteten auf Violas Einschätzung. Sie nahm sich sehr viel Zeit und studierte die Bilder genau. Ihr Herz sprang vor Freude. Mit ihrem Kennerblick erkannte sie sofort, dass die beiden sehr begabt waren.

Jeder hatte auf seine Art kleine Kunstwerke geschaffen, die es auf jeden Fall wert waren, der Öffentlichkeit gezeigt zu werden.

Viola blickte die beiden an und nickte ihnen bewundernd zu.

„Ich bin sehr angetan von Ihrer Arbeit. Ihr Professor hat mir nicht zu viel versprochen. Natürlich müssen Sie noch weiter an sich arbeiten, aber der Anfang ist schon ganz gut."

Beide strahlten über das ganze Gesicht.

„Lassen Sie mir die Bilder hier", fuhr Viola fort.

„Ich werde sie einrahmen lassen und ausstellen. Über den Preis, den wir verlangen wollen und können, werde ich noch nachdenken. Vertrauen Sie mir in dieser Angelegenheit?"

Beide stimmten zu und verabschiedeten sich höflich.

Viola war nun schachmatt, beendete daher ganz schnell ihren Arbeitstag und ging das kurze Stück zu Dr. Fuller.

„Viola, warum liegen Sie nicht in Ihrem Bett? Ich wäre doch vorbeigekommen", sagte Dr. Fuller mit erhobenem Zeigefinger, als er sie sah.

Er schüttelte den Kopf.

„Warum hören Sie nicht endlich auf mich?"

„Ich war ohnehin im Büro. Da müssen Sie doch nicht nochmals extra den Berg hochfahren."

„Das ist kein Argument."

„Lassen Sie nur. Ich fahre nach Hause und bleibe die nächsten Tage im Bett. Versprochen."

„Hoffentlich."

Dr. Fuller schüttelte nochmals den Kopf.

Violas Weg führte sie anschließend zur Stiftskirche.

Sie fühlte, dass dies vielleicht ihr letzter Besuch an diesem Ort sein könnte. Deshalb blieb sie dieses Mal besonders lange in dieser für sie tröstlichen Umgebung.

Sie hielt die Augen geschlossen und träumte von längst vergangenen Zeiten. Als ob es erst gestern gewesen wäre, zogen kleine Erinnerungen an ihr vorbei.

Ihr Mann war ihr ganz nah, so nah, als würde er direkt neben ihr stehen. Es tat gut, ihn zu fühlen.

Am liebsten hätte sie sich noch länger diesen wunderbaren Zustand bewahrt. Aber Schritte hinter ihr holten sie aus ihren Träumen zurück.

Sie drehte sich um und sah eine Familie mit Kindern zum Altar hingehen. Mit einem Seufzer erhob sie sich und verließ wehmütig das Gotteshaus.

Viola parkte ihr Auto in der Garage und suchte ihr Schlafzimmer auf. Für den kläglichen Rest des Nachmittags verordnete sie sich selbst absolute Bettruhe.

Sie entkleidete sie sich sorgfältig, zog einen bequemen Hausanzug über, schloss die Gardinen, damit die tiefstehende Sonne sie nicht blenden konnte, und legte sich auf ihr Bett.

Der abgedunkelte Raum war beruhigend und angenehm. Schneller als sie erwartet hatte, schlief sie in ihrer Erschöpfung ein.

Als Gero von einem Kundenbesuch nach Hause kam, sah er Violas Auto in der Garage stehen. Mit schnellen Schritten betrat er das Haus.

„Gertraud! Ist etwas mit meiner Schwester?", rief er.

„Nein. Sie hat wohl früher Schluss gemacht; sie liegt im Bett und schläft. Ich habe gerade vor wenigen Minuten nach ihr gesehen."

„Gott sei Dank! Ich dachte schon …"

„Nein, es ist nichts geschehen. Wirklich nicht."

„Ich kann nicht so einfach damit umgehen. Meine Nerven sind zum Zerreißen gespannt."

„Mir geht das genauso, aber wir müssen stark sein."

„Danke, Gertraud, für Ihre Unterstützung."

„Das ist doch selbstverständlich. Sie können sich auf mich verlassen. Gehen Sie doch noch ein bisschen in den Garten. Ich bringe Ihnen gleich einen Kaffee."

Gero nickte ihr dankbar zu und befolgte ohne Widerrede ihren Rat. Zwischen zwei Birkenbäumen hatte seine Mutter vor vielen Jahren eine Bank aufstellen lassen. Sie hatte immer behauptet, dass die Bäume auf Menschen beruhigend wirkten. Nun hoffte er, dass sie recht gehabt hatte.

Zweifelnd blickte er an den Bäumen empor und sah, dass sie schon viele Blätter verloren hatten. Nun lagen sie auf dem Boden, und das Laub knirschte unter seinen Schuhen. War er auch hier zu spät gekommen? Strahlten die Birken auch ohne Blätter Ruhe aus oder hätte er im Sommer hierher kommen müssen?

Niemals zuvor war er so tief in den Park gegangen. Er sah zum ersten Mal den Holztisch, den seine Mutter an die Bank hatte bauen lassen.

Natürlich war beides nach so vielen Jahren verwittert und rissig. Das Holz kam ihm instabil und brüchig vor. Vorsichtig wackelte er am Tisch und an der Lehne der Bank, aber beides schien stabil zu sein. Kaum hatte er sich gesetzt, brachte ihm Gertraud den Kaffee.

„Gertraud, lassen Sie bitte die Bank und den Tisch aufarbeiten. Ich möchte, dass sie wieder schön aussehen und das Holz geschützt wird. Sie sollen erhalten bleiben."

„Das mache ich gerne. Es hätte Ihre Mutter gefreut."

Nachdem Gertraud sich zurückgezogen hatte, gab er sich seinem Schmerz hin.

Er ließ seinen Tränen freien Lauf in der Hoffnung, seine ungeheure Spannung und Trauer abbauen zu können.

„Viola, ich möchte dich nicht verlieren", schluchzte er. „Bitte lass mich nicht allein."

Er beugte sich vornüber und legte den Kopf auf seine

Arme, die er auf dem Tisch ausgebreitet hatte. Schmerz und Trauer nahmen ihm die Luft zum Atmen.

Er verstand nicht, wie seine Schwester so stark sein und ihr Schicksal mit so viel Kraft tragen konnte.

Selten zuvor hatte er sich so machtlos gefühlt. Es bereitete ihm zunehmend Probleme, vor Viola heiter und gelassen zu wirken.

Er wollte sie nicht mit seinem Kummer belasten. Aber von Tag zu Tag wurde es schwerer für ihn.

Wie lange er geweint hatte, wusste er nicht. Der Kaffee war inzwischen kalt geworden und seine Augen brannten. Mit schweren Gliedern erhob er sich und ging mit schleppenden Schritten umher.

Gero bemühte sich, die Fassung wiederzufinden, doch dazu brauchte er noch etwas Zeit.

So wollte er Viola auf gar keinen Fall gegenübertreten. Der Wind strich über sein Antlitz und kühlte es.

Nachdem er sich etwas gefasst hatte, lief er langsam zurück. Die Abenddämmerung lag schon über dem Park, als er die Villa betrat. Gertraud war gerade dabei, den Tisch zu decken.

Als er seine Räume aufgesucht hatte, ließen ihn die herbstliche Kühle und die aufsteigende Feuchtigkeit erschauern.

Kurz entschlossen drehte er im Badezimmer den Wasserhahn an der Wanne auf, und stellte die Temperatur ein.

Er goss ein wenig Badezusatz hinzu, der sofort einen männlich herben, angenehmen Duft verströmte. Während sich die Wanne füllte, setzte er sich auf den Hocker, der daneben stand.

Sein Körper, der immer noch fröstelte, zitterte leicht und seine Muskulatur war verspannt. Er freute sich jetzt auf ein entspannendes Bad, entkleidete sich und setzte sich vorsichtig hinein.

Bis zum Hals tauchte er unter und reckte seine schmerzenden Glieder. Er schloss die Augen und sehnte sich nach einem Wunder, nach der Erlösung, träumte von längst vergangenen, sorglosen und schönen Zeiten.

Lange ließ er sich von dem herrlich warmen Wasser umspülen und kuschelte sich anschließend in ein großes Badetuch. Endlich war er einigermaßen beruhigt und zog eine bequeme Hose und ein Shirt an. So konnte er sich vor Viola sehen lassen.

Gertraud trug gerade das Essen auf.

„Ist Viola noch in ihrem Zimmer?"

„Ja, sie ist noch nicht aufgestanden. Soll ich nach ihr sehen?"

„Nein, das mache ich selbst. Danke, Gertraud."

Gero drehte sich um und schritt auf den mit Teppich belegten Stufen nach oben. In Violas Zimmer war es stockdunkel. Sofort packte ihn erneut die Angst. Während er die Beleuchtung einschaltete, blickte er skeptisch und mit klopfendem Herzen zu ihrem Bett. Sie lag immer noch dort, sah ihm aber entgegen.

„Was ist los, meine Kleine? Hast du Schmerzen?"

„Ja, ein bisschen schon."

„Möchtest du aufstehen zum Essen oder lieber im Bett bleiben?"

„Sei mir nicht böse, aber ich würde lieber hierbleiben."

„Ich bin dir doch nicht böse. Das ist doch selbstverständlich. Brauchst du Dr. Fuller?"

„Nein, ich war ja heute bei ihm. Ich muss mich die nächsten Tage schonen. Es geht schon."

„Fein. Dann werde ich Gertraud sagen, dass sie dir eine Kleinigkeit nach oben bringen soll. Hast du einen besonderen Wunsch für dein Abendbrot?"

„Ein Tee, ein Knäckebrot mit einem leichten Belag und eine Tomate wären wohl das Richtige für mich."

„Wird gemacht. Ich schicke Gertraud mit dem Abendbrot und sehe nach dem Essen noch mal nach dir. Einverstanden?"

„Ja. Ich würde gerne morgen Vormittag ein paar geschäftliche Dinge mit dir besprechen."

„In Ordnung, wir machen das nach dem Frühstück."

Viola lehnte sich wieder zurück. Es ging ihr an diesem Tag wirklich nicht gut. Die Schmerzen waren zwar einigermaßen erträglich, aber die Medikamente lagen ihr auf dem Magen, schwächten und ermüdeten sie.

Eigentlich hatte sie sich Gedanken machen wollen, wie Gero ihre Galerie am besten weiterführen konnte. Aber heute fühlte sie sich zu schwach für das Geschäft.

An manchen Tagen bekam sie Zweifel, ob sie es nicht einfach hätte lassen sollen. Sie hatte doch von Anfang an gewusst, dass sie am Ende alles auf Geros Schultern abladen musste. Wieso sollte ausgerechnet er ihr Geschäft weiterführen, er, der doch selbst genug zu tun hatte? Vielleicht würde er eines Tages die Galerie schließen müssen, weil er nicht genug Fachkenntnisse und Zeit hatte.

Sie hätte sich das alles ersparen können. Aber etwas tief in ihrem Inneren hielt sie davon ab, ihre Arbeit als nutzlos zu betrachten. Es musste einen Sinn haben, dass sie diese Idee umgesetzt hatte. Sie wusste nur nicht, welchen.

Gertraud trat mit einem Tablett ein. Sie hatte Viola einen Kräutertee gekocht und einige Scheiben Knäckebrot mit etwas Butter, Quark und Tomaten belegt.

„Möchten Sie an den Tisch kommen oder lieber im Bett bleiben?"

„Ich würde gerne im Bett bleiben."

„Gut. Dann helfe ich Ihnen hoch und gebe Ihnen ein paar Kissen in den Rücken."

Als Viola eine bequeme Sitzposition eingenommen hatte, rückte Gertraud das Tablett zurecht, das mit seinen stabilen Holzbeinen problemlos auf dem Bett stehen blieb.

„Haben Sie sonst noch einen Wunsch?"

„Danke, nein. Es ist gut so. Das sieht alles sehr appetitlich aus. Es wird mir bestimmt schmecken."

Gertraud nickte Viola freundlich zu und verließ ganz dezent und leise das Zimmer.

Viola hatte richtig Appetit bekommen, als sie das liebevoll zubereitete Essen gesehen hatte, und machte sich nun mit Heißhunger über die Brote her. Der Tee schmeckte vorzüglich und löschte ihren Durst.

Erstaunt stellte sie danach fest, dass sie alles aufgegessen hatte. Es hatte ihr gemundet wie schon lange nicht mehr.

Aber sie war nun sehr müde, selbst das Essen strengte sie über Gebühr an.

Da sie das Tablett nicht alleine wegstellen konnte, weil ihre Hände zitterten, musste sie nach Gertraud läuten. Diese kam sofort und freute sich, als sie den leeren Teller sah.

„Tut mir leid, Gertraud. Aber ich schaffe es nicht, mein Geschirr wegzuräumen und die Kissen zu entfernen. Sie müssen mir behilflich sein."

„Das muss Ihnen doch nicht leidtun. Dafür bin ich doch da."

In Windeseile räumte Gertraud das Geschirr beiseite, schüttelte die Kissen auf und half Viola, sich wieder entspannt hinzulegen.

„Es ist mir aber peinlich, nicht selbst Hand anlegen zu können. Das bin ich nicht gewohnt."

„Es muss Ihnen nicht peinlich sein. Sie hätten auch ohne Ihre Krankheit nach mir läuten können."

„Ich weiß, aber das ist nicht meine Art."

„Lassen Sie sich von mir verwöhnen und machen Sie sich bitte keine Gedanken. Ich komme nachher wieder und helfe Ihnen bei der Abendtoilette. Soll ich Ihnen den Fernseher anmachen, oder haben Sie sonst noch einen Wunsch, den ich erfüllen kann?"

„Ja, machen Sie bitte den Fernseher an und bringen Sie mir mein Buch da drüben vom Tisch."

Gertraud erledigte alles und ging nach unten.
Gero hatte inzwischen schon gegessen, sodass Gertraud auch hier den Tisch abräumen konnte.

„Hat meine Schwester wenigstens eine Kleinigkeit zu

sich genommen?", wollte er wissen.

„Sie hat erstaunlicherweise alles aufgegessen. Ich habe ihr den Fernseher angemacht und ein Buch gegeben. Es geht also einigermaßen."

„Gut, dann nehme ich meinen Kaffee in der Bibliothek und sehe nachher noch einmal nach ihr."

Das war das Schwierige, mit dem er nicht zurechtkam, überlegte er, während er sich in der Bibliothek in den alten großen Lehnstuhl setzte und sich eine Zigarre anzündete. Er liebte diesen Stuhl, der seit Jahrzehnten nahe am Kamin stand. Der Kamin strahlte Wärme aus, das Holz knisterte und das Feuer versprühte kleine Lichtreflexe.

Hier verbrachte er gerne die Abende, erholte sich von den Anstrengungen des Tages, genoss die Ruhe und tankte neue Kraft. Aber so einfach ging es nun nicht mehr. Dieses Auf und Ab mit Violas Krankheit zerrte an seinen Nerven. An diesem Tag hatte sie so guten Appetit gehabt, als ob sie sich schon auf dem Weg der Besserung befand. Am nächsten Tag konnte aber schon wieder alles anders sein.

Es war ein Wechselbad der Gefühle, und Gero merkte, dass er jeden Sinn für die Realität verloren hatte.

Zu oft gab er sich seinem Wunschdenken hin. Jeder Aufwind war für ihn wie ein Signal, dass es Viola gegen alle Voraussagen doch noch einmal schaffen konnte. Er verdrängte die Tatsache, dass es zum Bild dieser Krankheit gehörte, wenn es dem Patienten plötzlich wieder besser ging, bevor kurze Zeit später der nächste Rückschlag folgte.

Ein Rückschlag, der ihm die Erkenntnis bescherte, dass er wieder einmal Opfer seines unaufhörlichen Wunschdenkens geworden war.

Er stand auf, ging zum Fenster und blickte hinaus in die Nacht auf die Silhouette der Stadt.

Überall brannten Lichter, die Fenster waren hell erleuchtet. Draußen im Garten tanzten die Blätter, die von den Bäumen fielen, und der Herbstwind strich um das Haus. Es war eine traurige und melancholische Stimmung, die ihn fast erdrückte, der er nicht ausweichen konnte.

Er fasste einen Entschluss. Er wollte sich einsetzen und kämpfen gegen diese schlimme Krankheit.

Er hatte erkennen müssen, dass alles Geld dieser Welt nichts nützte, wenn man selbst betroffen war.

Wie es wohl den armen Menschen ging, die nicht jeden Arzt aufsuchen, keine Spezialisten herbeirufen konnten?

Sicher, seiner Schwester konnten diese auch nicht helfen. Aber wie vielen könnte es nützen? Und was war mit der Forschung?

Warum wurde man seit Jahrzehnten dieser Heimtücke nicht Herr?

Wieso wurde keine Lösung gefunden in dieser fortschrittlichen und schnellen Zeit?

Natürlich hatte man schon viele Medikamente entwickelt, aber warum nichts wirklich Durchschlagendes? Weshalb mussten immer noch so viele Menschen sterben?

Viola hatte ihm erzählt, dass auch Kinder bei Dr. Fuller in Behandlung waren.

Unvorstellbar, dass selbst die Kleinen diesen wahnsinnigen Kampf mit der Krankheit führen mussten. Er wusste, dass Viola ihn damit hatte trösten wollen. Trotzdem schmerzte ihn der Gedanke daran.

„Stell dir die Eltern vor. Was die erst mitmachen müssen, wenn sie erfahren, dass sie ihr Kind verlieren werden. Da haben wir beide doch Glück gehabt. Mehr als ein halbes Leben durften wir zusammen sein", hatte sie gemeint. Auch wenn sie Recht gehabt hatte, es konnte ihn nicht trösten.

Sein Entschluss war langsam gereift.

Er würde eine Klinik speziell für krebskranke Kinder eröffnen und dafür sorgen, dass dort die besten Spezialisten arbeiteten.

Eine Stiftung würde die Aufgabe haben, gerade armen Kindern eine wirkliche und ehrliche Chance zu geben.

Er würde Räume schaffen, in denen die Eltern untergebracht werden konnten.

Und eine Forschungsstätte würde er einrichten, die mit allergrößtem Nachdruck arbeiten musste.

Er hatte genug Geld. Wenn er als Einziger der Familie übrigblieb, dann wollte und konnte er dafür sorgen, dass sein Geld vernünftig eingesetzt wurde, solange er lebte. Er wollte helfen, den Krebs zu besiegen.

Es war schon spät und an der Zeit, noch einmal nach Viola zu sehen. Er war so sehr in seine Gedanken abgetauch gewesen, dass er nicht bemerkt hatte, wie die Zeit vergangen war.

Leise öffnete er die Tür. Viola lag friedlich im Bett und hatte die Augen geschlossen. Der Fernseher lief leise vor sich hin, und ihr Buch lag aufgeschlagen auf der Bettdecke. Behutsam setzte er sich auf die Bettkante und streichelte ihre Hand. Ganz langsam öffnete sie die Augen und sah ihn lange an.

„Habe ich dich aufgeweckt?", fragte er.

„Nein, nicht wirklich. Ich habe nicht geschlafen."

„Wie fühlst du dich?"

Eigentlich hätte er gar nicht zu fragen brauchen. Er sah es auch so. Sie war leichenblass, ihre Wangen eingefallen, ihr Körper dünn und schlaff.

„Na ja, es könnte besser gehen. Aber ich will nicht undankbar sein. Ich habe keine großen Schmerzen, bin eben nur schlapp und müde von den Medikamenten."

„Ich wünschte, ich könnte dir helfen."

Viola ging nicht näher darauf ein.

„Wie hast du den Abend verbracht? Doch hoffentlich nicht mit Arbeit."

„Nein, ich habe am Kamin gesessen und nachgedacht. Ich habe über einiges nachgedacht, Viola."

„Worüber hast du denn gegrübelt?"

Gero erzählte ihr von seinem Entschluss mit der Klinik und der Stiftung. Als er geendet hatte, ging ein Strahlen über Violas Gesicht.

„Komm, lass dich umarmen. Du bist der beste Bruder, den man sich wünschen kann. Deine Idee ist einfach wundervoll. Setze dich mit Dr. Fuller zusammen, er kann dir bestimmt helfen."

„Ja, daran habe ich auch schon gedacht."
Gero beugte sich zu ihr hinunter, und Viola schlang ihre
Arme um seinen Hals. Er streichelte ihren Rücken und
hielt sie vorsichtig, aber bestimmt fest. Am liebsten hätte
er sie gar nicht mehr losgelassen.

„Siehst du, Gott hat dir diese Eingebung gegeben.
Das wird dir die nötige Kraft verschaffen und über mei-
nen Verlust hinweghelfen. Über mich wirst du für andere
Menschen da sein und ihnen helfen."

„Hör auf damit. Ich möchte nicht weinen. Es wird
sich eines Tages herausstellen, aber heute noch nicht.
Bitte, Viola, tu mir den Gefallen und höre auf."

„Gut. Aber versprich mir, dass du dich an dieses Gespräch erinnern wirst, wenn ich gegangen bin."

„Ich verspreche es dir. Brauchst du noch etwas?"

„Nein. Gehe ruhig schlafen. Es ist schon spät."

„Gute Nacht. Schlaf schön."

„Gute Nacht, Gero, du auch."

Leise verließ er auf Zehenspitzen das Zimmer.

11

Aufgelöst saß Renate bei ihrem Anwalt. Sie hatte ihm ausführlich von den Ereignissen in der Firma berichtet. Er machte sich ununterbrochen Notizen und dachte dabei ernsthaft nach.

„Sie müssen mir glauben. Ich habe kein Geld genommen und ich möchte auf jeden Fall rehabilitiert werden. Da kann so nicht stehen bleiben."

„Ich glaube ganz sicher, dass Sie nichts getan haben. Aber es wird lange dauern, bis wir Ihre Unschuld bewiesen haben."

„Ich bin wirklich verzweifelt. Ich verdiene jetzt kein Geld mehr, drei Monate werde ich vom Arbeitsamt gesperrt. Wovon soll ich meine Miete bezahlen und um meine Rechte kämpfen? Was wird aus der Tilgung meiner Schulden? Und zu all dem liegt mein Vater schwerkrank in der Klinik. Ich muss ihn mindestens jeden zweiten Tag besuchen. Das kostet Benzin und Geld."

„Bewahren Sie Ruhe. Wer aus der Familie kann Ihnen im Moment helfen, bis wir eine Abfindung erkämpft haben? Wen können Sie fragen?"

„Ich weiß nicht. Meinen Sohn oder meinen Bruder? Mein Vater könnte auch, aber der ist nicht ansprechbar."

„Also, Sie klären das bitte ab. Ich werde Ihre Tilgungszahlungen aussetzen lassen. Gegen diesen Horst erstatten wir Anzeige, Ihre Ex-Kollegin Christa benennen wir als Zeugin; zumindest kann und muss sie bestätigen, dass Sie ihr davon erzählt haben. Gegen die Firma erstatten wir auch Anzeige, weil sie nicht die Polizei eingeschaltet hat, um die Wahrheit herauszufinden. Das ist Verleumdung und Unterschlagung von Beweismitteln.

Außerdem gehen wir zum Arbeitsgericht und klagen auf Wiedereinstellung. Im schlechtesten Fall erhalten Sie eine Abfindung. Mal sehen, was wir sonst noch tun können.“

Renate stöhnte vor Angst. Sie hatte noch nie mit solch unangenehmen Dingen zu tun gehabt.

„Bitte regen Sie sich nicht auf. Das ist alles nicht so schlimm. Vieles kann ich alleine machen, und wenn Sie eine Aussage machen müssen, bin ich dabei. Versuchen Sie, ein bisschen Geld für ihr Leben zu organisieren. Ich rufe Sie an“, versprach er und nickte ihr freundlich zu.

Als Renate nach Hause kam, war sie wie erschlagen nur von diesem einen Termin.

Sie ließ sich auf die Couch fallen und weinte. In wenigen Wochen war Weihnachten, und sie stand wieder einmal vor dem absoluten Nichts.

Eigentlich hatte sie vor etwas mehr als einem Jahr geglaubt, dass es nicht mehr schlimmer kommen konnte.

Aber wie sie jetzt erfahren musste, ging es noch schlimmer.

Das Telefon kreischte laut und nervig und unterbrach

die Stille in ihrer Wohnung. Nur widerwillig griff sie nach dem Hörer.

„Ja, bitte?", schluchzte sie.

„Renate? Was ist mit dir?", hörte sie Ulrich fragen.

„Ist etwas mit Vater?", antwortete sie mit einer Gegenfrage, weil er sonst um diese Zeit nie anrief.

„Ich war gerade bei ihm. Wir müssen uns auf das Schlimmste gefasst machen. Kannst du kommen? Wir sollten jetzt bei ihm sein."

„Ich fahre sofort los."

„Warte, du hast mir nicht gesagt, warum du weinst."

„Das erzähle ich dir nachher. Bis gleich."

„Also gut, bis gleich."

Wie konnte es auch anders sein.

Das Schicksal ließ ihr keine Zeit, gönnte ihr keinen Moment der Erholung, keine Verschnaufpause.

So empfand sie es, so fühlte sie es.

Das war wie mit dem Wetter, huschte es ihr durch den Kopf, da gab es auch eine gefühlte Temperatur.

Und die gefühlte Temperatur war nicht immer gleichzusetzen mit der tatsächlichen.

Schuld hatte meistens der scharfe Wind, der einem um die Nase wehte. Und ihr wehte gerade der Wind des Lebens um die Nase.

Sie ging ins Bad und hielt ihre Hände unter das kalte Wasser. Mit einem Tuch tupfte sie sich ihre verweinten Augen ab.

Wenige Minuten später steuerte sie ihren Wagen auf die Autobahn. Sie hatte alle Mühe, ihre Gedanken im Zaum zu halten und sich auf den Verkehr zu konzentrieren.

Kurze Zeit später betrat sie das Krankenzimmer ihres Vaters.

Ulrich war schon da und blickte sie erwartend an.

Sie sah sofort, was die Stunde geschlagen hatte.

Der Vater würde die Nacht nicht überleben. Sie hatten nur ganz am Anfang nach seiner Einlieferung noch einmal mit ihm sprechen können. Seitdem war das nicht mehr möglich gewesen.

Sie setzte sich und betrachtete ihn. Seine Augen hatte er geschlossen, sein Körper war extrem abgemagert.

Da lag er nun, der einst so starke und korpulente Mann, dünn, einsam und kurz davor, diese Welt zu verlassen. Auf irgendeine Weise mochte sie ihren Vater, wenn er auch ein schwieriger Mensch war.

Er würde ihr zwar ebenfalls fehlen und eine Leere hinterlassen, aber Renate wusste, dass sie nicht diesen entsetzlichen Schmerz fühlen würde wie nach dem Tod ihrer Mutter.

Ihr Vater hatte nie wirklich ihre Liebe und ihr Herz erobert. Er war nun einmal kein Gefühlsmensch, konnte sich nicht nach außen kehren.

Dennoch würde sie ihn auf seinem letzten Weg genauso intensiv begleiten, wie sie es bei ihrer Mutter getan hatte.

„Was ist los mit dir? Du siehst schlecht aus und hast am Telefon geweint", fragte Ulrich.

„Ach, lass gut sein. Das ist kein Thema für hier."

„Der Arzt war vorhin da. Es wird noch ein paar Stunden dauern. Lass uns einen Kaffee trinken, Renate."

„Und wenn es früher passiert?", fragte sie zweifelnd.

„Das glaube ich nicht. Der Arzt weiß doch, was er sagt. Der hat Erfahrung mit so etwas."

„Die wissen auch nicht alles", entgegnete Renate.

„Nicht alles, aber mehr als wir."

„Also gut, gehen wir kurz", gab sie schließlich nach.

Eine Etage tiefer befand sich ein Café, in dem sich jetzt am Abend nur noch vereinzelte Besucher aufhielten. Sie setzten sich an einen freien Tisch und bestellten ihre Getränke.

„Nun sag schon. Was hast du?", drängte Ulrich.

Renate erzählte ihm die ganze Geschichte, auch von ihrer heiklen Situation und ihren finanziellen Problemen.

„Was für eine Unverschämtheit!", rief er.

„Das kannst du laut sagen."

„Das wird sich alles auflösen und du wirst dein Recht bekommen."

„Das denke ich auch. Aber bis dahin bin ich verhungert und habe meine Wohnung verloren."

„Hör auf. Erzähle nicht so einen Quatsch."

„Das ist kein Quatsch. Das ist die Situation."

„Pass mal auf: Wie du weißt, habe ich Vaters Finanzen geregelt. Wir werden eine schöne Summe übrighaben."

„Entschuldige, mein lieber Bruder, aber noch lebt er, und ich habe jetzt schon nichts mehr."

„Das spielt doch keine Rolle. Wir lassen das Geld auf dem Sparbuch stehen, bis wir alles geregelt haben. Er hat aber auf dem Girokonto so viel Geld angesammelt, dass es für dich in der nächsten Zeit reichen wird."

„Warum konnte er das ansammeln?"

„Er brauchte nicht mehr viel nach Mutters Tod. Und

so blieb über Monate fast die ganze Rente stehen. Wir fahren später am Automaten vorbei", sagte Ulrich ermutigend und strich über ihre Hände, die auf dem Tisch lagen.

„Das ist mir aber nicht recht. Er lebt noch und wir gehen ungefragt an sein Konto."

„Mensch, Renate, hör auf damit! Er würde nichts dagegen haben, jetzt nicht mehr.

Notfalls kann ich dir auch helfen. Dein Anwalt hat Recht. Du bekommst eine größere Abfindung, außerdem ist dein Sohn ja auch noch da.

Jan hilft dir, wenn du mit ihm sprichst. Und zuletzt muss auch dein Geschiedener wieder eingebunden werden, wenn es nötig werden sollte."

„Von Christian will ich kein Geld mehr. Das wäre mir peinlich. Nein, das geht gar nicht."

„Du mit deinem verdammten Stolz. Also, sieh nicht so schwarz. Lass uns jetzt zu Vater gehen. Wir machen jetzt einen Schritt nach dem anderen."

Keine halbe Stunde waren sie weg gewesen, und als sie nun das Zimmer des Vaters betraten, sahen sie, dass er diese Welt verlassen hatte. Renate weinte und schüttelte den Kopf.

„Warum hast du nicht auf uns gewartet? Noch nicht einmal in deiner letzten Stunde hast du unsere Nähe gesucht. Warum bist du nur so stur? Das kannst du doch nicht machen!", rief sie ihrem Vater zu.

„Es war meine Schuld. Ich habe auf den Arzt vertraut", stellte Ulrich mit einem Stöhnen fest.

„Nein! Du hast keine Schuld. Wir müssen es so nehmen, wie es ist."

Sie blieben noch eine Weile am Bett stehen, um sich von ihrem Vater zu verabschieden. Danach suchten sie einen Geldautomaten und trennten sich erst weit nach Mitternacht.

Sie wussten, dass die nächsten Tage anstrengend werden würden. Die Beisetzung und die Wohnungsauflösung würden viel Zeit und Energie kosten.

Zur Beerdigung des Großvaters kam auch Jan mit seiner Frau. Das hatte er sich nicht nehmen lassen. Während dieser Tage wohnten sie bei Renate.

Als alles vorbei war, saßen sie am letzten Abend vor Jans Abreise bei einem Glas Wein beisammen.

„Musst du morgen wieder arbeiten oder hast du wegen der Wohnungsauflösung Urlaub genommen?", wollte Jan wissen.

„Ich brauche keinen Urlaub mehr zu beantragen", antwortete Renate zynisch.

„Wie meinst du das?"

Renate berichtete von ihrer Kündigung und auch, dass Ulrich mit ihrem Erbe eingesprungen war.

„Ich kämpfe wieder einmal einen meiner üblichen Kämpfe, mein Sohn. Das muss wohl so sein, damit ich nicht übermütig werde. Wäre ja auch zu schön, wenn ich keine Sorgen mehr hätte. Das Leben verlangt viel von mir."

„Ich verstehe nicht, warum du nie anrufst, wenn etwas los ist. Wir wissen doch, dass es niemals so gewesen sein kann, wie die das hingedreht haben. Du wirst das überstehen. Und du hättest wissen müssen, dass du dich auf uns verlassen kannst", schimpfte Jan.

„Das weiß ich doch. Es ist ja gut so, wie es ist. In Kürze habe ich wieder mein Arbeitslosengeld, aber leider keine Arbeit.

Zwei Jahre hatte ich nach diesem Job gesucht und nun muss ich wieder von neuem suchen. Und die Zeiten sind nicht besser geworden, beileibe nicht besser, eher noch schlechter. Ob ich noch einmal etwas finde, bezweifle ich."

„Also, ich bitte dich noch einmal. Ruf an, wenn du uns brauchst. Wir sind jederzeit für dich da, Mama."

Am nächsten Morgen reiste Jan ab und Renate fuhr in die Wohnung ihrer Eltern.

Gemeinsam mit Ulrich packte sie alles zusammen, was sie nicht wegwerfen wollten. Und es fiel ihnen schwer, auszusortieren. Jeder nahm das, was ihm am meisten bedeutete. Vor allem Bilder, wertvolles Besteck, Geschirr und die Aktenordner.

Den Rest, überwiegend Möbel, Wäsche und Bekleidung, ließen sie von einer Trödelfirma abholen. Ein Maler wurde beauftragt, die Wohnung zur Übergabe fertig zu machen. Das war es. Einfach aus und vorbei!

Am Ende des Tages standen sie in der leeren Wohnung der Eltern. Es fiel ihnen sichtlich schwer zu gehen.

Hier waren so viele Erinnerungen, die plötzlich nicht mehr gelebt werden konnten. Ihre ganze Kindheit hatten sie hier verbracht. Und selbst jetzt, als alles leer war, schienen die Eltern noch gegenwärtig zu sein.

Unvorstellbar, dass wirklich alles vorbei sein sollte. Nun waren sie beide allein, und nie wieder würden sie um die Ecke kommen und den Vater am Fenster sitzen sehen.

Noch eine letzte Umarmung, und jeder von ihnen ging an diesem Abend in sein eigenes Leben zurück.

„Mach es gut und ruf mich regelmäßig an."

„Du auch, Renate. Wir sehen uns."

„Ja, ganz bestimmt."

Noch ein letztes Winken und sie fuhren in entgegengesetzte Richtungen davon.

Zwei Wochen später überwies Ulrich zehntausend Euro auf Renates Konto. Es war doch noch eine stolze Summe übriggeblieben. So war ihre ärgste Not erst einmal gelindert.

An diesem Tag musste Renate mit ihrem Anwalt zur Polizei und wegen der Anzeige gegen Horst eine Aussage machen.

Der Polizist war sehr nett und einfühlsam, sodass es nicht länger als eine halbe Stunde dauerte und für Renate wider Erwarten doch nicht so unangenehm war.

Gegen die Firma wurde noch ermittelt. Erst nach Abschluss der Ermittlungen würde sie den Termin beim Arbeitsgericht bekommen.

Erleichtert, wieder eine Hürde genommen zu haben, schlenderte sie in die Innenstadt. Ohne lange nachzudenken, ging sie die Langestraße entlang in Richtung Leopoldsplatz.

Zum ersten Mal seit Wochen war sie in der Lage, die Schaufenster mit Freude anzusehen.

Neben einem Juwelier befand sich eine Galerie.

Mit allergrößtem Interesse betrachtete sie die Bilder, die dort ausgestellt waren. Sie war so fasziniert, dass sie jedes einzelne Detail in sich aufnahm.

Wenn sie doch auch so schön malen könnte!

Plötzlich musste sie an den Mann von der Parkbank denken.

Hatte er nicht erzählt, dass seine Schwester eine Galerie in der Nähe des Eiscafés hatte? Sie blickte sich um. Das konnte nur diese Galerie sein; gleich in der Nähe war das Eiscafé.

Sie hatte Glück und bekam einen freien Tisch. Der Sommer war längst vorüber, die meisten Touristen hatten die Stadt bereits wieder verlassen, doch die Herbstsonne strahlte vom blauen Himmel, sodass man getrost draußen sitzen konnte.

Während sie ihren Kaffee umrührte, dachte sie an die Worte des fremden Mannes. Er hatte ihr empfohlen, mit ihren Bildern seine Schwester aufzusuchen.

Ob sie das jetzt machen sollte? Sie hatte es damals als lächerlich abgetan. Sie wusste sehr wohl, dass ihre Bilder nicht professionell gemalt waren.

Bilder zu malen musste gelernt sein. Das hatte sie zumindest immer geglaubt. Nicht nur die Intuition war wichtig, sondern auch die Technik, die sie als Hobbymalerin nicht richtig beherrschte.

Doch eigentlich müsste der Mann ja Ahnung haben.

Sie nahm sich vor, in aller Ruhe darüber nachzudenken, als sie plötzlich wie aus weiter Ferne ihren Namen hörte.

„Hallo, Renate!"

„Christian! Was machst du denn hier?"

„Darf ich mich setzen? Ich habe gerade Feierabend und bin auf dem Weg nach Hause."

„Bitte."

Sie deutete auf den freien Stuhl ihr gegenüber.

„Warum hast du so früh Feierabend? Es ist doch erst drei Uhr."

„Wir arbeiten jetzt im Schichtdienst."

„Ach so, das wusste ich nicht."

„Du siehst gut aus", stellte er fest.

„Wie geht es dir?"

„Danke für das Kompliment. Es geht so."

Renate fühlte sich unsicher und unwohl in seiner Nähe. Am liebsten wäre sie aufgestanden und gegangen. Aber so ganz abrupt? Wenigstens ein paar Worte sollte sie mit ihm wechseln.

„Jan hat mir erzählt, dass dein Vater gestorben ist."

„Ja, das stimmt. Jetzt sind beide nicht mehr da."

„Ich weiß. Du vermisst sie wohl sehr?"

„Natürlich. Aber ich muss jetzt gehen. Ich habe noch zu tun. Du entschuldigst mich?"

„Schade, ich dachte, ich kann dich zum Essen einladen."

Er blickte sie mutlos an.

„Tut mir leid. Heute geht es nicht", lehnte sie ab.

„Ein anderes Mal vielleicht?"

„Ich möchte das nicht, Christian. Alles Gute."

Schnell drehte sie sich um und ging nach Hause.

Das hätte ihr gerade noch gefehlt, dass er sie womöglich nach ihrer Arbeit fragte. Diese Unannehmlichkeiten wollte sie sich ersparen.

Christian war enttäuscht. Er hatte sich über die Begegnung mit Renate gefreut.

Schon lange Zeit hatte er sie nicht mehr gesehen und sich oft gewünscht, wieder Kontakt zu ihr zu haben.

Seit Karin weg war, ging es ihm zwar finanziell besser, aber er war ein einsamer Mann geworden.

Er wusste mit seiner Freizeit nichts anzufangen. Bücher und Kultur waren nicht seine Welt, also saß er vor dem Fernseher, Tag für Tag, Abend für Abend.

Durch die veränderten Arbeitszeiten war es noch schlimmer geworden. Entweder saß er am Vormittag zu Hause, bis er arbeiten gehen konnte, oder er war am frühen Nachmittag schon wieder zurück.

Karin vermisste er nicht. Von Zeit zu Zeit sah er sie noch in der Cafeteria. Aber sie setzten sich nicht mehr gemeinsam an einen Tisch, sondern übersahen sich geradezu.

Er wollte nicht wissen, wie es Karin ging. Wahrscheinlich war sie zu ihrem Mann zurückgekehrt. Er hatte einmal gesehen, wie sie abgeholt wurde. Es musste ihr Mann gewesen sein, denn es hatten zwei Kinder im Auto gesessen.

Wenn er Karin heute betrachtete, dann wusste er nicht mehr, warum er sich in sie verliebt hatte.

Auf die Episode hätte er gut und gerne verzichten

können, das war ihm schon klar geworden. Doch seine Einsicht kam zu spät. Es war eine unschöne Erfahrung mit großen Auswirkungen, die er sich aus heutiger Sicht hätte ersparen können. Es wäre auch einfacher gegangen.

Seine Wohnung hatte er Stück für Stück renoviert und die fehlenden Möbel gekauft. Natürlich fehlte ihm als Mann das gewisse Händchen, um Gemütlichkeit zu erzeugen.

Aber er war anspruchslos, Hauptsache es war sauber. Die Einsamkeit war es, die ihm zu schaffen machte, sie erdrückte ihn manchmal fast.

Vielleicht sollte er sich ja wieder ernsthaft um Renate bemühen. Er könnte sie vielleicht anrufen oder ihr einen Brief schreiben.

Sie könnten sich Zeit lassen. Er wäre schon zufrieden, wenn er sie einmal einladen könnte.

Abgesehen davon hatte er sich einen Plan aufgestellt und diesen teilweise auch schon umgesetzt. So konnte es nicht weitergehen, das wusste er. Er musste wieder unter die Menschen.

Aus diesem Grunde ging er seit neuestem jeden Sonntag ins Friedrichsbad. Auf seinem Weg dorthin kam er an den Römischen Badruinen vorbei.

Durch die Glastüren bewunderte er die aus der Zeit der römischen Besiedlung (70-260 n.Chr.) stammenden Ruinen. Und wenn er seine Reise in die Vergangenheit beendet hatte, stand er vor der Prunkfassade des Friedrichbades im Renaissancestil, die er jedes Mal aufs Neue begeistert betrachtete.

Im Bad selbst hielt er sich zwei Stunden auf. Am liebsten war er im großen Kuppelsaal, dem Mittelpunkt des Bades. Der Rundbau ist dem einstigen Römerbad nachempfunden, und das prunkvolle Becken aus carrarischem Marmor ist eine Besonderheit.

Christian genoss das Bad sehr und stellte fest, dass außer den Kurgästen auch einige Einwohner regelmäßig hierher kamen. So hoffte er, im Laufe der Zeit nette Bekanntschaften machen zu können.

Auch Renate hatte aussichtsreiche Erlebnisse.

Die polizeilichen Ermittlungen hatten ergeben, dass keine Fingerabdrücke von ihr auf der Kasse zu finden waren.

Man hatte sich noch nicht einmal die Mühe gemacht, die Kassette abzuwischen. Zu sicher war man sich seiner Sache gewesen.

Während der Vernehmung hatte sich Horst in Widersprüche verstrickt, sodass ihm die versuchte Vergewaltigung nachgewiesen werden konnte.

Die Polizei fand auch heraus, dass er das Geld genommen hatte, um Renate zu belasten.

Sie entdeckten es in einem Umschlag in seiner Schreibtischschublade.

Er musste nun auf seine Gerichtsverhandlung warten, die Firma hatte ihn entlassen.

Nun, da ihre Unschuld bewiesen war, wollte ihr Anwalt eine weitere Entschädigung für ihren finanziellen Verlust einklagen.

Sie war erleichtert, konnte sich aber nicht freuen. Sie durfte zwar mit einer finanziellen Entschädigung rechnen, doch dies gab ihr nicht ihre Arbeit zurück.

Seit einer gefühlten Ewigkeit suchte sie nun schon wieder und bekam wie gewohnt eine Absage nach der anderen.

In zwei Wochen war Weihnachten.

Jan konnte Renate in diesem Jahr nicht besuchen, weil er keinen Urlaub bekam. Vielleicht würde sie an einem der Feiertage zu Ulrich fahren, er hatte sie eingeladen. Schmerzlich wurde ihr bewusst, wie alleine sie war.

Zum ersten Mal war die Adventszeit für sie gar nicht mehr wichtig, nicht ausgefüllt mit Backen, Einkaufen und Planen. Warum auch?

Es wartete niemand mehr auf ihre Köstlichkeiten. Die paar Geschenke, die sie brauchte, hatte sie schnell besorgt, da sie sich vorher überlegt hatte, was sie kaufen wollte.

Gerade in dieser stillen und familiären Zeit vermisste sie ihre Eltern schmerzlich.

Die Einsamkeit hatte jetzt voll Besitz von ihr ergriffen, ihre Freundin Christa fehlte ihr auch.

Renate hatte sie seit dem Vorfall in der Firma nicht mehr gesehen und auch nichts mehr von ihr gehört.

Ohnehin war Christa eine einzige Enttäuschung. Sie hatte sich von Renate abgewandt, obwohl sie wusste, was ihr widerfahren war. Sie hatte sie ebenso des Diebstahls verdächtigt wie alle anderen Kollegen auch, anstatt ihr zu vertrauen und zu helfen.

Renate überlegte, ob sie sich über die Feiertage eine kleine Reise gönnen sollte. Eine andere Umgebung wäre wohl besser als alleine in der Wohnung zu sitzen.

Das Telefon unterbrach ihre Gedanken.

„Frau Bauer, hier ist Kemp. Entschuldigen Sie bitte die Störung."

„Schon gut. Was kann ich für Sie tun?"

„Der Personalchef hat mich gebeten, Sie anzurufen. Er würde Sie gerne baldmöglichst sprechen."

„Worum geht es?", fragte Renate misstrauisch.

„Das würde er Ihnen gerne selbst sagen."

„Und warum ruft er dann nicht selbst an?"

„Er möchte das persönlich tun und bittet Sie um einen Termin. Ich wollte aber auch mit Ihnen sprechen, weil ich mich zunächst in aller Form bei Ihnen entschuldigen möchte."

„Kommt das nicht ein bisschen spät?"

„Stimmt. Ich kann verstehen, dass Sie verbittert sind.

Aber geben Sie uns bitte die Möglichkeit, darüber zu sprechen. Man kann über alles reden."

„Da muss ich erst meinen Anwalt fragen. Noch sind die Akten nicht geschlossen."

„Das verstehe ich. Aber es entstehen Ihnen ganz sicher keine Nachteile."

„Dann vereinbaren Sie mit meinem Anwalt einen Termin. Mir ist es lieber, wenn er dabei ist."

„Wie Sie wünschen. Einen schönen Tag noch."

„So schön sind die Tage ohne Arbeit auch nicht."

Renate legte auf und wunderte sich sehr über diesen Anruf.

Sie wollte sich aber keine Gedanken mehr machen. Ihr Anwalt war in diesem Fall der richtige Ansprechpartner. Sie würde nichts mehr ohne ihn tun. Zu sehr hatte man sie enttäuscht.

Sie kochte sich Kaffee. Als sie sich ihr kleines Tablett mit Tasse, Milch und Zucker herrichtete, fiel ihr ein, dass sie noch ein Stückchen Kuchen im Kühlschrank hatte. Mittlerweile war auch der Kaffee durchgelaufen.

Während sie sich ihren Kuchen schmecken ließ, blätterte sie die Tageszeitung durch.

Die größte Aufmerksamkeit widmete sie dem Stellenteil, stellte aber schnell fest, dass an diesem Tag kein passendes Angebot dabei war.

Also nahm sie sich die Reiseprospekte vor, die sie am Tag zuvor spontan aus dem Reisebüro mitgenommen hatte.

Die winterlichen Berge auf den Fotos sahen sehr schön und einladend aus. Aber wäre sie dort nicht auch alleine? Warum sollte sie Geld ausgeben für etwas, das sie auch zu Hause hatte?

Nein, sie würde die Feiertage auch so überstehen. Sie konnte nicht weglaufen. Schließlich würde sich dies nun jedes Jahr wiederholen. Also konnte sie sich gleich damit abfinden.

Am nächsten Morgen rief Renates Anwalt an und berichtete ihr von einem Telefonat mit ihrer ehemaligen Firma. Man hatte ihr erneut einen Arbeitsplatz angeboten.

„Ich würde Ihnen raten, dort nicht wieder anzufangen. Die machen das nur, weil unsere Forderungen hoch sind und sie die Klage nicht gewinnen können. Es wäre anständig gewesen, wenn sie sich entschuldigt und den Vorfall bedauert hätten. Aber das haben sie bisher nicht getan. Ich glaube, das werden sie auch nicht tun."

„Aber ich habe noch keine Arbeit gefunden. Muss ich nicht schon deshalb das Angebot annehmen?"

„Es würde Ihnen dort nicht gut gehen. Die hätten Sie in der Hand und könnten Ihnen jede Arbeit übertragen. Der Vertrag, den man mir vorgelegt hat, lässt alles offen und ist nicht so gut wie der, den Sie früher hatten. Lassen Sie es sein. Sie werden etwas finden. Und für die Tilgungszahlung reichen mir hundert Euro im Monat. Ich stelle die Leute ruhig."

Renate stöhnte. Sie war nicht so optimistisch wie ihr Anwalt, der tröstend auf sie einsprach.

Bei näherer Betrachtung hatte sie auch keine Lust mehr, in dieser Firma zu arbeiten. Sie würde bestimmt nicht noch einmal ein solch vertrauensvolles Verhältnis wie früher aufbauen können.

Und die Kollegen waren damals auch nicht loyal gewesen. Im Gegenteil, sie hatten sich eine Vorverurteilung geleistet, die selbst laut Gesetz nicht zulässig war.

„Ihr Wort in Gottes Gehörgang", antwortete Renate schließlich.

„Sagen Sie bitte für mich ab, auch wenn mir die Entscheidung nicht leichtfällt. Und sie fällt mir wirklich nicht leicht."

„Das mache ich. Kopf hoch, das wird schon."

„Ich danke Ihnen für Ihre Hilfe."

Niedergeschlagen verbrachte Renate den Rest des Nachmittags.

In der Nacht, als sie nicht einschlafen konnte, fiel ihr wieder die Galerie ein.

Gleich am nächsten Vormittag suchte sie drei ihrer Bilder heraus und verpackte sie sorgfältig. Während sie sich zurechtmachte, überlegte sie noch einmal ihr Vorhaben. Beinahe hätte sie der Mut verlassen, aber sie zwang sich, es doch wenigstens einmal zu versuchen.

Es war nicht weit bis zur Galerie, nur wenige Schritte und sie stand vor der Tür.

Mit klopfendem Herzen trat sie ein. Hinter einem kleinen Schreibtisch saß eine ältere Frau, die sie freundlich anlächelte und ihr aufmunternd und offen zunickte.

„Was kann ich für Sie tun?"

„Entschuldigen Sie, Frau ...?"

„Ahlers."

„Frau Ahlers, bitte entschuldigen Sie, dass ich so unangemeldet komme. Ich weiß auch gar nicht, ob ich hier richtig bin."

„Zu wem wollten Sie denn?"

„Das weiß ich nicht", antwortete Renate peinlich berührt „Ich weiß es nicht genau."

„Sie wissen es nicht?"

„Lassen Sie es mich bitte erklären. Vor längerer Zeit habe ich im Kurpark auf einer Bank gesessen und gezeichnet. Ein Mann setzte sich zu mir und sah sich mein Bild an. Er meinte, dass seine Schwester nicht weit vom Eiscafé eine Galerie hätte und ich ihr doch einmal meine Bilder zeigen solle."

Frau Ahlers hörte sich ihre Geschichte aufmerksam an und versuchte, die Zusammenhänge zu verstehen.

„War das Gero Ernest, der da auf der Bank saß?"

„Seinen Namen hat er mir nicht gesagt. Ich habe auch nicht nachgefragt, weil ich bisher nur für mich gemalt habe und nicht ausgebildet bin. Aber er meinte, er kenne sich aus. Er würde gute Bilder erkennen."

„Also, die Galerie gehört Viola Ernest. Und wie gesagt, sie hat einen Bruder. Leider ist sie zurzeit krank."

„Oh, das tut mir leid. Dann komme ich natürlich gerne ein anderes Mal wieder."

„Nein, warten Sie. Sie zeigen mir ihre Bilder und ich erkundige mich bei Viola Ernest."

Renate konnte nur nicken, so aufgeregt war sie. Vorsichtig zog sie ihre Bilder aus der Hülle und gab sie Frau Ahlers. Diese ließ sich viel Zeit und begutachtete sie eingehend. Sie war sich nicht sicher, wie sie die Bilder beurteilen sollte; sie waren einfach, konnten aber durchaus der naiven Malerei zugeordnet werden. Aber sie hatten schon etwas. Sie hatten das gewisse Etwas.

„Ich finde Ihre Bilder auch sehr bemerkenswert. Würden Sie sie mir überlassen? Ich werde in den nächsten Tagen Viola sehen und dann mit ihr sprechen."

„Einverstanden. Ich schaue dann nach den Feiertagen im neuen Jahr wieder unverbindlich herein."

„Haben Sie eine Visitenkarte?"

„Nein, leider nicht. Aber ich notiere Ihnen gerne meine Anschrift und Telefonnummer."

Frau Ahlers schob ihr einen Notizblock zu. Schnell schrieb Renate alles auf.

„Vielen Dank und einen schönen Tag noch", sagte sie zum Abschied und verließ die Galerie.

An Heiligabend saß Renate allein in ihrem Wohnzimmer. In ihrer ganzen Wohnung deutete nichts auf die besinnlichen Tage hin. Weder hatte sie einen Weihnachtsbaum noch anderen Weihnachtsschmuck. Sie hatte gehofft, auf diese Weise sentimentalen Gefühlen entgehen zu können. Doch weit gefehlt, es war ein Irrtum gewesen. Am frühen Abend rief sie Jan an und wünschte ihm ein schönes Weihnachtsfest. Er erzählte ihr, dass er kurz zuvor mit Christian telefoniert habe und dieser auch allein in seiner Wohnung säße.

„Warum hängt jeder von euch alleine herum?", fragte er.

„Könnt ihr euch nicht zusammentun? Ihr seid doch keine kleinen Kinder mehr."

„Ich habe mich nicht beklagt, dass ich alleine bin, Jan. Bitte überlasse das mir."

„Aber ich höre, dass es euch beiden nicht gut geht. Ihr müsst doch nicht miteinander ins Schlafzimmer. Ihr könntet doch einen ganz unverbindlichen, freundschaftlichen Abend verbringen."

„Lass das bitte sein, Jan. Ich möchte mich nicht streiten. Es ist mein Leben und das deines Vaters."

„Wie ihr wollt", antwortete er.

„Ich wünsche euch wunderschöne Feiertage", kürzte Renate das Thema endgültig ab.

„Danke, dir auch", sagte Jan zum Abschied.

Renate war verärgert über das Telefonat. Jan musste doch verstehen, dass man die Zeit nicht so einfach zurückdrehen konnte. Sie fing an, ihr Abendessen zu kochen. Spaghetti mit Pesto sollte es geben. Sie setzte das Nudelwasser auf, und während sie wartete, deckte sie im Wohnzimmer den Tisch. Zur Feier des Tages zündete sie eine Kerze an und stellte eine weitere neben die Fotos ihrer Eltern. Sie gab die Spaghetti in das kochende Wasser und öffnete den Rotwein, den sie sich eigens für diesen Anlass gekauft hatte. Als alles vorbereitet und ihr Essen fertig war, legte sie eine Weihnachts-CD ein und gab sich alle erdenkliche Mühe, dem Abend etwas Schönes abzugewinnen. Doch dies ging nicht so einfach, wie sie sich das vorgestellt hatte.

Nach dem Essen, räumte sie enttäuscht den Tisch ab, schaltete die Musik aus und legte sich mit einem Buch ins Bett.

Glücklicherweise vergingen durch die Einladung bei Ulrich die restlichen Feiertage einigermaßen schnell.

So blieb ihr nur noch der Jahreswechsel als kritischer Tag. Dann würde sie es hinter sich gebracht haben.

Das neue Jahr war gekommen und mit ihm die Hoffnung, dass ihr Leben wieder etwas freundlicher werden würde.

In der zweiten Woche im Januar lief Renate hinüber in die Galerie. Sie war gespannt, ob sich der Herr noch an sie erinnern konnte und ob seiner Schwester ihre Bilder gefielen.

Höflich begrüßte sie Frau Ahlers.

„Ich wollte nachfragen, ob Sie mit der Besitzerin wegen meiner Bilder gesprochen haben?"

„Ah, Frau Bauer. Ich muss Sie noch um Geduld bitten. Viola ist sehr krank und kann sich im Moment nicht um das Geschäft kümmern. Und ihr Bruder sorgt sich so um sie, dass er sich nicht mit anderen Dingen beschäftigen kann. Bitte verstehen Sie die Familie."

„Oh, das tut mir aber leid."

„Darf ich Sie anrufen, wenn sich die Lage entspannt

hat? Ich habe Sie nicht vergessen", sagte Frau Ahlers.

„Selbstverständlich. Ich wünsche gute Besserung."

„Danke für Ihr Mitgefühl. Eine schöne Zeit wünsche ich Ihnen. Und ich melde mich, versprochen."

Traurig zog Renate von dannen. Das neue Jahr fing ja gut an. Schon wieder jemand, der sehr krank war.

12

Gero verbrachte die Weihnachtstage am Bett seiner Schwester. In den letzten Wochen war es mit ihr immer weiter bergab gegangen.

Zweimal hatte sie versucht, mit ihm über die Galerie, die ihr sehr am Herzen lag, zu sprechen. Aber sie hatte immer wieder abbrechen müssen, weil sie keine Kraft mehr hatte.

„Viola, mache dir bitte keine Sorgen. Ein bisschen verstehe ich auch etwas davon. Ich werde jemanden einstellen, der Frau Ahlers kompetent unterstützen kann. Ich verspreche dir, dass die Galerie bestehen bleibt."

„Danke", konnte sie nur flüstern.

Mittlerweile war März, und Dr. Fuller kam mehrmals am Tag vorbei. Viola war ab und zu wach, aber meistens schlief sie.

Gero hatte schon dicke Augenränder, er fand fast keinen Schlaf mehr. Selbst er schickte immer öfter Stoßgebete zum Himmel.

„Gero, es wird nicht mehr lange dauern. Eventuell noch drei bis vier Tage, schätze ich", sagte Dr. Fuller am Nachmittag, als sie sich für einen Moment ins Wohnzimmer besprachen.

„Ich weiß, ich kann es fühlen. Der Tod steht schon

da, er ist bereits im Haus", schluchzte Gero.

„Sie müssen dankbar sein, dass sie jetzt gehen darf. Sie hat viel leiden und durchmachen müssen."

„Meine Schwester war sehr tapfer, hat nie gejammert und geklagt. Das ist bewundernswert."

„Nein, das hat sie nicht. Sie können stolz auf Ihre Schwester sein. Das erlebt man selten", antwortete Dr. Fuller.

„Das bin ich. Bei Gott, das bin ich."

„Ich gehe jetzt. Wenn etwas ist, rufen Sie mich sofort an. Haben Sie mich verstanden?"

Gero nickte nur völlig abwesend.

Gertraud brachte ihm einen Kaffee.

So langsam musste sie sich auch um ihn Sorgen machen. Er sah schlecht aus, sehr schlecht. Seit Tagen schlief er nur sporadisch und wenn überhaupt, dann nicht mehr als eine halbe Stunde. Er würde bald zusammenbrechen, wenn er nicht auf sich aufpasste.

„Sie müssen ein bisschen schlafen. So geht das nicht weiter. Viola braucht Sie noch. Gehen Sie ins Bett, ich rufe Sie, wenn es nötig sein sollte", ermahnte sie Gero.

„Danke für Ihre Fürsorge, Gertraud. Aber ich will und muss jetzt durchhalten. Dr. Fuller meint, es wird nur noch wenige Tage dauern. Ich darf gar nicht daran denken."

„Ja, man kann sehen, dass es nicht mehr lange dauert. Aber ich kann Sie doch rufen. Legen Sie sich bitte hin und seien Sie vernünftig", versuchte es Gertraud noch einmal.

„Nein", antwortete Gero mit einem Kopfschütteln.

Er erhob sich und schleppte sich zurück zu Viola. Friedlich lag sie im Bett und schlief.

Mitten in der Nacht rief sie ihn mit leiser und brüchiger Stimme.

„Gero? Bist du da?"

Sofort war Gero hellwach. Er hatte mittlerweile gelernt, nur oberflächlich zu schlafen, um sofort für Viola da sein zu können. Er wusste, dass er jeden Moment für sie da sein musste.

„Ich bin hier, ich bleibe an deinem Bett."

„Gero, ich hatte einen Traum", flüsterte sie.

„Was hast du denn geträumt, meine Kleine?"

Er musste sich ganz nah an ihr Gesicht beugen.

Ihre Stimme war so leise, dass er sie kaum verstehen konnte. Zärtlich nahm er ihre eiskalte Hand.

„Mir ist eine Frau begegnet auf einer hell erleuchteten Straße", erzählte Viola.

„Hat sie etwas zu dir gesagt?", fragte er.

„Ja. Sie hat mich angelächelt und mir gesagt, dass es sehr schön ist, da hinten im Licht."

Gero kamen die Tränen, und er versuchte, sie mit aller Macht und aller Kraft zu verbergen.

„Wir haben uns auf eine Bank gesetzt, und sie hat ihren Arm um mich gelegt. Es dauerte eine Weile, bis sie mit mir sprach."

Viola machte eine kurze Pause, bevor sie weiterreden konnte.

„Sie sagte zu mir: 'Ich habe eine Tochter. Sie ist ungefähr so alt wie Sie. Sie ist da, da, wo Sie jetzt noch sind, und sie malt genauso gerne wie Sie. Aber ihr geht es nicht gut. Sie muss seit Jahren kämpfen auf dieser Welt, immer wieder kämpfen, und ich kann ihr nicht mehr helfen. Sagen Sie Bescheid, bevor Sie gehen, dass sich jemand um mein Kind kümmern soll.

Viola schwieg gedankenvoll.

„Ja, so sagte sie zu mir."

Gero spürte es genau. Dieses Gespräch war für Viola sehr anstrengend.

„Verstehst du, was sie meinte?", fragte Viola.

„Was denkst du denn, was sie damit gemeint hat?", fragte Gero zurück.

Er konnte das Ganze nicht verstehen. Es war ihm zu mystisch, und damit war er noch nie in seinem Leben konfrontiert worden. Es war nicht seine Welt.

„Ich soll Bescheid sagen. Sie ist auch eine Frau, die gerne malt", wiederholte Viola sehr grüblerisch.

Gero sah, wie seine Schwester sich ernsthaft Gedanken über ihren Traum machte. Dann schwiegen sie beide für eine Weile.

„Gero, ich denke, du wirst eines Tages eine Frau treffen, die deine Hilfe braucht. Bewahre meine Galerie für sie auf und helfe ihr in ihrem wahrscheinlich schweren Leben", bat Viola.

„Das mache ich gerne", versprach er ihr.

„Ich habe mich oft gefragt, was mich dazu getrieben hat, trotz meiner schweren Krankheit eine Galerie zu eröffnen. Jetzt ist alles klar und deutlich. Nichts ist umsonst, alles hat seinen Grund", erklärte sie ihm mit letzter Anstrengung.

Gero wusste nicht, was er darauf sagen sollte. Er war ein Realitätsmensch und verwundert über die ganz klare und bestimmte Schlussfolgerung seiner Schwester.

Es war ihm unheimlich. Er konnte nicht damit umgehen und ließ seinen Tränen freien Lauf.

Es war fast dunkel im Zimmer. Viola lag in seinen Armen, ganz still. Er blickte sie an und sie öffnete die Augen.

„Mach's gut, Gero, und vielen Dank für alles. Wir sehen uns eines Tages wieder, da wo es hell ist, hell und schön", flüsterte sie und hielt sich an seinen Armen fest.

Ihr Brustkorb hob sich noch ein einziges Mal. Sie schloss ihre Augen und nach wenigen Minuten verabschiedete sie ganz, ganz friedlich aus diesem Leben.

Wie ein verwundetes Tier schrie Gero auf. Er umklammerte Viola und rief bis zur Erschöpfung ihren Namen. Doch sie antwortete ihm nicht mehr.

Bis zum Morgen blieb Gero so sitzen und hielt Viola weiter fest. Gegen sieben Uhr fand ihn Gertraud, und mit einem einzigen Blick überschaute sie die Situation.

Energisch griff sie unter seine Arme und zog ihn hoch. Sie stützte ihn und führte ihn auf sein Zimmer. Während sie ihm behilflich war, seine Kleidung auszuziehen, sprach sie tröstend auf ihn ein.

Sie half ihm ins Bett und deckte ihn fürsorglich zu. Dann rief sie Dr. Fuller an, klärte ihn auf und bat ihn, gleich zu kommen.

Kurze Zeit später war er da. Sein erster Weg führte ihn zu Gero. Er war völlig entkräftet und stand unter

Schock.

Dr. Fuller verabreichte ihm eine Spritze und beauftragte Gertraud, ihm eine leichte Suppe zu kochen.

Dann betrat er Violas Zimmer. Er konnte nur noch ihren Tod feststellen, schrieb den Todesschein heraus und rief einen Bestatter an.

Als er fertig war, sah er noch einmal nach Gero.

Er schlief tief und fest. Dr. Fuller wusste, dass er sich die nächsten Stunden und Tage auf die Haushälterin würde verlassen können.

Als Gertraud am nächsten Morgen Geros Zimmer betrat, musste sie erneut Dr. Fuller anrufen.

Gero hatte hohes Fieber bekommen. Schon bei seinem Eintreten erkannte Dr. Fuller, dass er eingreifen musste.

Er verabreichte Gero ein fiebersenkendes Mittel und bat Gertraud, dies mit Wadenwickeln zu unterstützen.

So kämpften sie zwei Tage um Gero, dessen Körper sich vehement wehrte.

Die letzten Wochen mit wenig Schlaf und ungeheurer Anspannung waren einfach zu viel für ihn gewesen. Violas Tod hatte ihm schließlich den endgültigen Zusammenbruch gebracht.

Dr. Fuller kam alle zwei bis drei Stunden; Geros Zustand war sehr bedenklich. Am dritten Tag konnten sie wenigstens ein bisschen aufatmen. Das Fieber und die Fieberträume gingen zurück und Geros Körper versank in einen heilenden Schlaf.

Völlig geschwächt nahm er einen Tag später wieder seine Umgebung wahr und wollte wissen, was in der Zwischenzeit geschehen war.

Dr. Fuller half ihm behutsam, aber bestimmt, seine Erinnerung wiederzuerlangen.

„Schön, dass Sie wieder unter uns weilen, Gero. Wir haben uns große Sorgen um Sie gemacht."

„Was ist passiert?", fragte Gero mit noch schwacher Stimme.

Er verstand nicht, warum er im Bett lag.

„Sie sind uns an Violas Bett zusammengeklappt."

„Was ist mit Viola? Wie geht es ihr?"

Dr. Fuller blickte ihn schweigend an und überließ ihn seinen Gedanken. Nach kurzer Zeit kam Geros Erinnerung zurück und Tränen benetzten sein Gesicht.

„Sie ist tot", stöhnte er.

Er spürte den Schmerz.

„Ja, und Sie müssen leben. Das erwartet sie."

„Wie soll das gehen? Wie soll ich das machen?"

„Gönnen Sie Viola ihren Frieden. Sie hat sich das mehr als nur verdient. Das wissen Sie."

„Das sagt sich so leicht."

„Bestimmt hat Sie Ihnen einiges für die Zukunft aufgetragen, oder etwa nicht?"

Gero dachte nach.

„Ja, ich habe ihr einiges versprechen müssen. Ihre Galerie und dann die Klinik, von der ich Ihnen erzählt hatte. Aber jetzt, wo ich alleine bin?"

Dr. Fuller reagierte nicht auf seine Zweifel.

„Sehen Sie! Ihre Schwester würde nicht wollen, dass Sie sich jetzt gehen lassen. Sie würde mit Ihnen schimpfen, denn auch sie musste und wollte stark sein."

„Sie war sehr stark und ich bewundere sie dafür", antwortete Gero leise und nickte mit dem Kopf.

„Ich verordne Ihnen noch bis morgen Bettruhe. Nehmen Sie leichte Kost zu sich, damit Sie wieder zu Kräften kommen. Sie brauchen Kraft, denn in den nächsten Tagen haben Sie schwierige Formalitäten und auch den offiziellen Abschied vor sich."

„Wo ist Viola jetzt?"

„In der Kapelle. Wenn es geht, sollten Sie den Bestatter morgen anrufen."

„Ich kümmere mich darum. Danke, vielen herzlichen Dank für Ihre große Hilfe, Dr. Fuller."

„Nichts zu danken. Wenn Sie mich brauchen, bin ich für Sie da."

Gero erholte sich von Tag zu Tag besser. Er war verschlossen und in sich gekehrt. Während ihm die Organisation der Trauerfeier alles abverlangte, verdrängte er die schmerzhafte Trauer um seine Schwester.

Viola hatte Gero schon vor längerer Zeit gesagt, dass sie in ihrem Schreibtisch einen Brief hinterlegt hatte.

Dort hatte sie alle Wünsche für ihre Beisetzung aufgelistet. Bisher hatte er sich davor gedrückt, Violas Räume zu betreten, nun aber konnte er dem nicht mehr ausweichen. Die Zeit ließ ihm keine Zeit mehr dazu.

Widerwillig öffnete er die Tür und musste sofort gegen die aufsteigenden Tränen ankämpfen.

Überall lagen Dinge herum, die Viola täglich benutzt hatte. Nichts deutete darauf hin, dass sie nicht mehr da war.

Der Duft ihres Lieblingsparfums war allgegenwärtig, und Gero war, als würde Viola jeden Moment zur Tür hereinkommen.

Er lief zum Schreibtisch und ließ sich schwermütig in den Sessel fallen. Vor ihm stand ein Foto in einem Silberrahmen. Es zeigte Viola eng umschlungen mit ihrem Mann auf den Eingangsstufen der Villa.

Sie umarmten sich liebevoll und lächelten ihn dabei fröhlich an. Gero schlug die Hände vor das Gesicht und weinte bitterlich. Endlich konnte er seinen Schmerz zulassen.

Plötzlich sah er Viola vor sich. Dort draußen im Garten stand sie und strahlte ihn an.

Völlig erstarrt, mit weit aufgerissen Augen blickte er zum Fenster. Er schloss seine Augen und öffnete sie gleich wieder.

Aber er hatte sich nicht getäuscht. Sie stand wirklich da und sah ihn lächelnd an.

„Viola? Du bist da? Viola, sprich mit mir! Ich kann dich fühlen. Ich kann dich sehen."

Er traute sich nicht, den Blick abzuwenden.

„Das gibt es doch nicht", sagte er leise.

Das Bild veränderte sich nicht. Er sah sie schweigend vor sich, aber in seinem Inneren glaubte er, ihre Stimme zu hören, ganz nah und sehr eindringlich.

„Denke an unsere Gespräche, denke daran, dass alles einen tieferen Sinn hat. Denke an die kranken Kinder, denen du helfen willst. Denke an die Frau, die mir Mut gemacht und erzählt hat, wie schön es hier ist. Denke an ihre Tochter, die dich bald braucht. Und denke daran, wie froh ich bin, meinen Mann und unsere Eltern wiederzusehen. Sei nicht traurig, dass ich nicht mehr bei dir bin. Du wirst dein Glück finden, genau wie ich."

Gero blickte starr aus dem Fenster. Mit aller Kraft und innerer Intensität wollte er Violas Bild festhalten, aber er konnte sie nicht mehr sehen.

Mühevoll strich er sich über die Stirn und die Augen. Was um Gottes Willen sollte das denn gewesen sein?

Das konnte doch nicht möglich sein, was er hier erlebt hatte! Litt er etwa an Wahnvorstellungen?

Starr wie eine Statue blickte er in den Garten hinaus. Doch nichts deutete darauf hin, dass irgendwas anders war als sonst.

Schwer ließ er sich wieder in den Sessel fallen, von dem er zuvor aufgesprungen war. Nachdem er tatsächlich zuerst an sich gezweifelt hatte, fiel es ihm jedoch einige Minuten später wie Schuppen von den Augen.

Viola hatte einmal zu ihm gesagt: „Es gibt Dinge zwischen Himmel und Erde, die wir nicht verstehen, dennoch gibt es sie. Wenn du einmal ein solches Erlebnis hast, dann lasse es zu, hinterfrage es nicht und schöpfe einfach viel innere Kraft daraus."

Genau das würde er jetzt tun.

Dies war nun zum zweiten Mal so ein Erlebnis, das ihm erst einen Schauer über den Rücken jagte und das er dann aber in gewisser Weise auch verstand.

Beim ersten Mal war es Violas Erzählung von der Frau gewesen, die um Hilfe für ihre Tochter gebeten hatte. Und jetzt war es Violas Auftauchen im Garten.

Gero schüttelte den Kopf. Sein Blick ging aus dem Fenster, hinauf zum Himmel, der von dunklen Wolken verhangen war.

„Danke, Viola, dass du mich vorbereitet hast. Danke Gott, der sich um dich und mich kümmert und uns beisteht", flüsterte er voller Ehrfurcht.

Entschlossen öffnete er Violas Schreibtisch.

In der Schublade fand er mehrere Umschläge. Minutiös hatte Viola den Ablauf ihrer Trauerfeier festgelegt.

Die anderen Unterlagen regelten ihre Geschäfte. Außerdem fand er ein Testament, von dem er bisher keine Ahnung gehabt hatte.

Darin bedachte sie ihre treuen Mitarbeiterinnen Gertraud und Madeleine mit einer stolzen Summe.

Die Galerie sollte Gero verwalten, bis eine Lösung gefunden war. Sie sollte auf jeden Fall erhalten bleiben.

Ihre Anteile an den Immobiliengeschäften und den beiden Villen hatte sie Gero vermacht. Und über ihr Privatvermögen, einschließlich ihres Schmucks, ihrer

Möbel, Kleidung und Bücher, sollte er entscheiden.

Gero schüttelte den Kopf. Noch im Tod hatte Viola viel Weitblick bewiesen.

Wenige Tage später fand Violas Beisetzung statt. Gero wusste, wie schwer dieser Tag für ihn werden würde, und er ängstigte sich davor. Er hatte eine Unmenge Karten verschickt und eine Traueranzeige in die Zeitung gesetzt für diejenigen, die Viola kannten, aber nicht zum engeren Kreis gehörten. Er wollte jedem die Gelegenheit geben, Viola auf ihrem letzten Weg zu begleiten.

Auch Renate hatte die Anzeige gelesen. Obwohl sie Viola nie kennen gelernt hatte, wollte sie ihr die letzte Ehre erweisen. Von der Mitteilung in der Zeitung war sie sehr berührt. Im Text der Traueranzeige hatte sie denselben Spruch gefunden, der bei der Beerdigung ihrer Mutter dem Pfarrer als Grundlage seiner Predigt gedient hatte:

„Kommet her zu mir alle, die ihr mühselig und beladen seid; ich will euch erquicken."

Die Friedhofskapelle war überfüllt, und die Menschen standen in mehreren Reihen noch draußen vor der Tür und hörten andächtig der Zeremonie zu. Renate stand ganz hinten.

Am Ende, als alle gesprochen hatten, begann das Orgelspiel, und eine Sängerin mit einer wunderbaren, klaren Stimme fing an zu singen:

„Ich bete an die Macht der Liebe, die sich in Jesus offenbart ..."

Renate fing an zu weinen, auch wenn sie Viola gar nicht gekannt hatte.

Schmerzlich wurde sie an ihre Mutter erinnert und war sehr berührt, dass Violas Beisetzung fast identisch zur Beerdigung ihrer Mutter verlief.

Derselbe Bibelspruch und dasselbe Lied. Welch ein Zufall, der ihr tief im Herzen wehtat. Traurig verließ sie nach dem Ende der Beisetzung den Friedhof.

Gero hielt durch. Er hatte auch keine andere Wahl.

In einem großen Hotel hatten sie einen Raum reserviert, und er lud die engsten Freunde zu Kaffee und Kuchen ein.

Am Abend, als alles vorbei war, zog er sich in seine Räume zurück und war froh, diesen schweren Tag endlich überstanden zu haben.

In den folgenden Wochen widmete sich Gero neben seinen üblichen Geschäften mit viel Energie den Aufgaben, die Viola ihm aufgetragen hatte.

Mit Dr. Fuller und seinen Banken suchte er nach geeigneten Räumlichkeiten für die Kinderklinik. Und er hatte Glück: Eine ehemalige Kurklinik stand zum Verkauf. Sie lag auf einer Anhöhe und war von einem wunderschönen Park umgeben. Die Nebengebäude waren so zahlreich, dass es genügend Raum für Elternzimmer gab. Im Keller waren bereits ein wunderschönes Schwimmbad und ein Fitnessbereich vorhanden, die der Rehabilitation dienen sollten.

Durch die Vermittlung von Dr. Fuller fand er einen Professor, der bereit war, die Leitung der Klinik zu übernehmen. Er war es auch, der dank seines guten Rufes die schwierigen Verhandlungen mit den Krankenkassen und Behörden führen konnte.

Gero wünschte, dass das Haus allen, gerade auch den Kassenpatienten, offenstehen sollte.

An diesem Tag wollte er sich näher mit der Galerie beschäftigen. Gleich am Vormittag fuhr er in die Stadt und betrat gegen neun Uhr den Laden.

„Guten Morgen, Frau Ahlers. Entschuldigen Sie, dass ich nicht früher Zeit gefunden habe, mich mit Ihnen zu treffen. Aber es war so viel zu erledigen, dass es nicht eher ging."

„Das weiß ich doch. Hier ist soweit alles in Ordnung. Aber es wird Zeit, dass wir eine neue Ausstellung organisieren. Es sind kaum noch Bilder da."

„Das kann ich mir vorstellen. Machen Sie mir bitte für Morgen einen Termin an der Kunsthochschule. Ich werde zusehen, dass ich einiges auf die Beine stellen kann. Nebenbei rufe ich ein paar Künstler an, die ich kenne. Der eine oder andere freut sich sicher, wenn er ausstellen kann."

„Ich habe da noch etwas für Sie. Vor Weihnachten war eine Frau hier. Sie erzählte, dass Sie sie hierher geschickt hatten. Sie hätten sie auf einer Parkbank kennen gelernt."

Gero überlegte und runzelte die Stirn.

„Doch, stimmt. Ich hatte diese Begegnung völlig vergessen. Und hat sie ihre Bilder mitgebracht?"

„Ja, die Rollen liegen hier auf dem Tisch."

Gero öffnete sie neugierig und betrachtete die Bilder eingehend.

„Ich finde sie sehr gelungen, und was meinen Sie?"

„Sie sind sehr gut, aber man erkennt, dass sie nicht besonders professionell sind."

„Gerade das gefällt mir. Haben Sie die Adresse der Dame?"

„Ja, ich habe sie aufbewahrt."

„Gut. Dann rufen Sie sie an und sagen ihr, dass sie Ihnen noch mehr Bilder bringen soll. Bestellen Sie die nötigen Rahmen und organisieren Sie die Ausstellung der Bilder mit allem Drum und Dran. Meine Schwester hat damals sehr bedauert, dass ich die Frau nicht gleich mitgebracht hatte. Doch nun holen wir das nach. Ich denke, es ist in Violas Interesse."

„Ganz wie Sie wünschen."

Gero ging noch die Bücher durch und kontrollierte die Finanzen.

„Frau Ahlers, es wird jetzt ein paar Wochen dauern, bis ich wiederkommen kann. Die jungen Leute, die sich melden, vertrösten Sie bitte. Ich habe so viel zu tun, dass wir es etwas verschieben müssen. Stellen Sie also vorrangig die Bilder der Frau aus, wie besprochen. Wenn etwas Wichtiges sein sollte, rufen Sie mich bitte an."

Nachdem er alles zu seiner Zufriedenheit erledigt hatte, verabschiedete er sich.

Renate saß an ihrem Computer und suchte im Internet nach Stellenangeboten. Sie wollte es nun damit versuchen, nachdem die Zeitungen schon seit Wochen nichts für sie zu bieten hatten.

So langsam fiel ihr die Decke auf den Kopf, und ihr Erspartes wurde auch von Monat zu Monat weniger.

Das Arbeitslosengeld reichte nicht für ihre Tilgungszahlungen und die anderen Kosten. Daher musste sie jeden Monat eine kleine Summe vom Sparbuch dazulegen.

Ihr Anwalt hatte zwar gesagt, dass sie ihre Schulden langsamer abtragen könnte, aber das wollte sie nicht. Sie sehnte das Ende dieses Problems herbei.

Den Wiedereintritt in die Firma hatte sie ja nach reiflicher Überlegung schweren Herzens abgelehnt. Nun wartete sie, was ihr als Entschädigung zugesprochen werden würde.

Von der Galerie hatte sie nichts mehr gehört. Natürlich verstand sie, dass nach dem Tod der Besitzerin anderes wichtiger war.

Aber sie war nun fest davon überzeugt, ihre kleine Hoffnung begraben zu müssen. Die Zeit rann unaufhaltsam dahin.

Es war inzwischen Mai geworden, und der Frühling zeigte sich von seiner schönsten Seite.

Die Bäume blühten, und die Sonne wärmte die Menschen mit ihren Strahlen. Alle schienen unterwegs zu sein, strahlten um die Wette und erfreuten sich an den herrlichen Blütendüften.

Nur Renate freute sich nicht. Inzwischen hatte sie resigniert und haderte zum hundertsten Mal mit ihrer Arbeitssuche.

Dennoch wollte sie an diesem Tag hinaus aus der Wohnung. Sie packte ihre Tasche und ihre Malutensilien und spazierte in den Kurpark. Auf diese Weise hoffte sie, der Enge ihrer Wohnung entfliehen zu können.

Nichts, rein gar nichts hatte sich an ihrem Einsiedlerleben geändert. Nach wie vor gab es keinen Menschen in ihrem Umfeld. Außer ihren Telefonaten mit ihrem Sohn und ihrem Bruder hatte sie keine Kontakte zu anderen Menschen.

Schnell hatte sie ihre Lieblingsbank erreicht, die zum Glück frei war. Ganz still saß sie da, beobachtete die Natur und die fröhlich zwitschernden Vögel.

Mehrere tausend Pflanzen und Tulpen blühten in der Anlage, die Magnolienblüte war auf ihrem Höhepunkt.

Erste Azaleen und lilafarbene Rhododendren öffneten zaghaft ihre Blüten. Selbst die ersten Rosen zeigten sich. Scharen von Besuchern bewunderten die bunte Pracht, so auch Renate, die die Frühlingsluft tief in sich einsog.

Als Gero sich verabschiedet hatte, bekam Frau Ahlers Besuch von einem alten Freund. Es war reiner Zufall, denn er wusste nicht, dass gerade sie in dieser Galerie arbeitete.

„Frank!", rief sie erstaunt.

„Was machst du denn hier?"

„Monika? Mensch, Monika! Gehört dir die Galerie?" Frank sah sich mit großen Augen um.

„Nein, schön wäre es. Aber ich leite sie."

Frank lachte und zog ganz aufgeregt seine Bilder aus der Röhre, die er unter dem Arm trug.

„Mir geht es im Moment nicht sonderlich gut. Ich habe kein Glück mit dem Verkauf und laufe mir die Füße wund, um wenigstens ein paar Bilder ausstellen zu dürfen."

Als Frau Ahlers ihn genauer betrachtete, fiel ihr auf, dass er nicht gerade gepflegt aussah.

Seine Kleidung sah abgewetzt und schmutzig aus, seine Haare hingen ihm in fettigen Strähnen ins Gesicht und von dem einst so strahlenden Lebemann war nicht mehr viel übriggeblieben.

„Das tut mir leid", sagte sie gedankenverloren.

„Es ist nicht immer leicht, Künstler zu sein".

„Was ist, kannst du mir helfen?", fragte er ganz aufgeregt.

„Leider nicht. Ich habe gerade den Auftrag bekommen, eine Malerin auszustellen."

„Ich denke, du leitest die Galerie? Dann kannst du mich doch vorziehen."

„So einfach geht das nicht. Ich kann zwar das Tagesgeschäft entscheiden. Aber eine Anweisung von oben kann ich nicht einfach übergehen."

Frank fasste sie an den Händen und hielt sie fest.

„Bitte, Monika, hilf mir. Ich weiß nicht mehr weiter."

Schweißgeruch kam ihr entgegen und leichter Ekel stieg in ihr auf, den sie aber nicht offen zeigen wollte.

Sie trat drei Schritte zurück, um ihm zu entfliehen, blickte Frank hilflos an und zuckte bedauernd die Schultern.

„Das geht nicht so einfach, Frank."

Aber er wollte nicht aufgeben.

„Monika, hör mir zu! Wenn du mich ausstellst, beteilige ich dich an meinem Erfolg. Du bekommst die Hälfte der Einnahmen. Bitte, du darfst mich nicht im Stich lassen."

Beschwörend sah er sie an und griff erneut nach ihren Händen.

„Du musst mir helfen."

Frau Ahlers schnalzte innerlich mit der Zunge. Vor ein paar Tagen hatte sich ihr Mann von ihr getrennt.

Natürlich bekam sie von der Galerie ein großzügiges Gehalt. Aber sie war nicht gewohnt, alleine damit auskommen zu müssen.

Es war wie ein Wink des Schicksals: Die Einnahmen aus der Ausstellung würden es ihr ermöglichen, ihr luxuriöses und exzentrisches Leben aufrechtzuerhalten, das sie bisher gut hinter ihrer äußeren Fassade verstecken konnte.

Zwar spürte sie noch etwas Respekt vor Gero Ernest, aber er hatte ja angekündigt, in den nächsten Wochen nicht in der Galerie vorbeikommen zu können.

„Also gut", antwortete sie schließlich.

„Bring mir am besten gleich alles, was du hast. Wir haben drei Wochen Zeit für die Aktion."

Frank sprang in die Luft und umarmte seine alte Freundin voller Begeisterung.

„Danke! Das werde ich dir nie vergessen. Sag mal, hast du einen kleinen Vorschuss für mich?"

Schnell schob sie ihn weg. Sie musste diesem Geruch entgehen, ihr wurde übel.

„Eigentlich darf ich das nicht."
Doch sie ging zum Tresor und griff in die Schatulle.
Sie gab ihm tausend Euro, weil sie überzeugt war, dass er Erfolg haben würde.
In der Aufregung vergaß sie, Frank eine Quittung unterschreiben zu lassen.

Gero hatte ein längeres Gespräch mit dem Oberbürgermeister. Es drehte sich natürlich um die Klinik. Erschöpft, aber zufrieden verließ er nach mehreren Stunden das Rathaus.

Spontan spazierte er in den Kurpark.

Er wollte diesen schönen Tag genießen. Wie üblich flanierte er am Kurhaus und am Theater vorbei hinein in die Anlage.

Er steuerte immer dieselbe Bank an, wenn er hier spazieren ging. Es war der schönste Ort im ganzen Park. Gegenüber stand ein uralter Baum, dessen Äste schwer und dicht, verbogen und krumm waren.

Sie ließen erahnen, dass sie schon seit ewigen Zeiten in den Himmel ragten.

Immer wenn er hier saß, hätte er den Baum am liebsten gefragt, was er denn alles in den Hunderten von Jahren gesehen und erlebt hatte.

Wenn der Baum sprechen könnte, hätte er bestimmt von längst vergangenen Zeiten erzählt, von Kutschen und Kaiserinnen, Gelehrten und Fürsten.

Bereits von weitem sah er, dass seine Bank besetzt war. Doch rasch erkannte er die Frau, an die er schon öfter gedacht hatte und deren Bilder er gerade ausstellte.

„Guten Tag, darf ich mich setzen?", fragte Gero höflich.

„Gerne, nehmen Sie doch Platz."

„Sie zeichnen ein neues Bild?", begann er das Gespräch. Er fragte sich, warum die Frau so teilnahmslos war.

„Ich versuche es zumindest", sagte sie und lächelte ihn zaghaft an.

Gero betrachte sie aufmerksam. Es wunderte ihn, dass sie so traurig dreinblickte und noch immer kein Wort über die Ausstellung verlor.

„Kommen Sie mit Frau Ahlers in der Galerie zurecht?"

Renate blickte ihn fragend an. Sie verstand nicht.

„Ich habe Frau Ahlers zweimal gesehen und sie war sehr nett. Darf ich Ihnen mein Beileid aussprechen? Ich habe vom Tod Ihrer Schwester gehört."

„Danke. Arbeiten Sie denn nicht mit Frau Ahlers zusammen?"

„Arbeiten? Frau Ahlers hat mir vor Monaten gesagt, dass im Moment nichts entschieden wird und sie mich anrufen wird. Bisher habe ich noch nichts von ihr gehört."

„Aber ich habe ihr doch aufgetragen, dass sie mit Ihnen eine Ausstellung organisieren soll. Das ist nun schon zwei Wochen her", meinte Gero verwundert und ärgerlich zugleich.

„Aber Frau Ahlers hat mich wirklich nicht angerufen. Das muss ein Missverständnis sein. Anders kann ich mir das nicht erklären."

„Geben Sie mir Ihre Telefonnummer. Ich kümmere mich umgehend um die Angelegenheit."

Renate begriff nichts mehr. Mit zitternden Fingern notierte sie ihre Telefonnummer und reichte sie Gero.

Höflich plauderten sie noch kurz über Belangloses, dann verabschiedete sich Gero mit dem Versprechen, sich spätestens am nächsten Tag bei ihr zu melden.

13

Wütend betrat Gero wenig später den Laden. Während er die Tür zuschlug, holte er tief Luft.

„Frau Ahlers!", schrie er mit tiefer, vibrierender Stimme.

Frau Ahlers saß oben im Büro und erschrak, als sie Geros Stimme hörte.

Mit klopfendem Herzen stieg sie die Treppe hinunter.

„Ja, Sie haben mich gerufen?"

„Was ist hier los? Was sind das für Bilder hier?", rief er und zeigte mit ausgestreckter Hand auf die Wände.

Frau Ahlers lief rot an und stotterte vor sich hin. So schnell fiel ihr keine passende Ausrede ein.

„Ich habe einen anderen Maler hereingenommen. Ich finde seine Bilder erstklassig und habe deshalb Frau Bauer etwas nach hinten geschoben", erklärte sie verlegen. „Wirklich nur für ein paar Tage."

„Wie kommen Sie dazu, sich über meine Anweisungen hinwegzusetzen? Das ist ehrlich gesagt eine bodenlose Unverschämtheit! Wer ist der Mann, dessen Bilder Sie eigenmächtig ausgestellt haben?"

„Er heißt Frank Hadlich, ist fünfunddreißig Jahre alt und wohnt in Freiburg. Ich dachte mir, weil er aus der Region kommt, wäre das für Sie in Ordnung."

Gero blickte sich entsetzt um.

„Noch nie habe ich so einen künstlerischen Müll gesehen. Ich kann gar nicht in Worte fassen, was ich empfinde, wenn ich mir das ansehe. Die Bilder kommen sofort von den Wänden!"

Er war außer sich und kaum noch zu kontrollieren.

Zwei Stufen auf einmal nehmend, rannte er die Treppe hinauf ins Büro, und Frau Ahlers bemühte sich, ihm hinterher zu kommen.

Innerhalb kürzester Zeit hatte er zu den Büchern gegriffen und mit Kennerblick die Zahlen überschlagen, die Frau Ahlers für die Werbung eingesetzt hatte.

Das Ergebnis trieb ihm den Schweiß auf die Stirn.

„Monika, meine Liebe, wo bist du?", rief eine fröhliche Männerstimme unten im Laden.

Gero sah Frau Ahlers fragend an, die weiß wie die Wand wurde und nicht in der Lage war zu antworten.

Ihre Augen waren auf einmal doppelt so groß und blickten voller Angst auf ihren Chef.

„Hörst du nicht? Bist du da oben? Wie viele Bilder hast du verkauft? Können wir schon Champagner trinken? Du wirst sehen, wir werden reich, ich fühle das", hörten sie Franks übermütige Stimme und gleichzeitig Schritte auf der Treppe.

Während Frank abrupt stehen blieb, als er Gero im Büro sitzen sah, fing Frau Ahlers an zu weinen.

Hilflos stand sie da und verschlang die Hände ineinander, ihr Puls raste, ihr Herz klopfte vor Aufregung und Angst.

„Wer sind Sie? Und was geht hier eigentlich vor?", polterte Gero, der sich immer noch nicht beruhigt hatte.

„Mein Name ist Hadlich", stotterte Frank.

„Frau Ahlers kennt mich von früher und war so nett, meine Bilder auszustellen."

„Sie packen Ihre brotlose Kunst sofort ein und verschwinden. Und Sie, Frau Ahlers, bringen mir alle Bücher und die Kasse. Wir machen eine Abrechnung. Danach sind Sie fristlos entlassen."

Gero schäumte vor Wut und innerer Erregung. Kaum war Viola nicht mehr da, glitt ihm alles aus der Hand.

„Bitte, Herr Ernest, bitte entlassen Sie mich nicht. Ich sehe ein, dass ich einen Fehler gemacht habe. Bitte, ich mache das wieder gut. Ich wollte Sie nicht verärgern."

Inzwischen hatte Gero einen Abgleich der Kasse gemacht und festgestellt, dass die Zahlen nicht stimmten.

„Es fehlen tausend Euro! Erklären Sie mir das bitte, und zwar schnell!"

„Ich habe Herrn Hadlich einen Vorschuss gegeben."

„Wo ist der Beleg? Abgesehen davon, dass meine Schwester niemals Vorschüsse gezahlt hat."

„Den Beleg habe ich in der Eile vergessen auszustellen", schniefte sie und atmete hektisch.

„Dann ist das Diebstahl, das wissen Sie", sagte Gero sehr ernst und blickte Frau Ahlers enttäuscht an.

„Traurig finde ich, dass Sie damit meine Schwester bestohlen haben, die erst seit wenigen Wochen tot ist, die Ihnen vertraut hat und Sie sehr schätzte. Was sind Sie doch für ein schlechter Mensch, dass Sie so wenig Pietät haben!"

„Aber ich habe das Geld nicht für mich genommen", schluchzte sie.

„Ich habe nicht in meinem eigenen Interesse gehandelt."

Darauf ging Gero nicht ein. Er hatte gut zugehört und mitbekommen, dass Frank Frau Ahlers an den Verkäufen beteiligt hatte. Also doch ein absichtliches und großes Eigeninteresse.

„Gut, ich zahle Ihnen noch drei Gehälter, was ich eigentlich gar nicht müsste, und ziehe davon natürlich den Vorschuss ab. Das Geld ist morgen auf Ihrem Konto. Ihre Papiere bekommen Sie vom Steuerberater. Sie haben mich sehr enttäuscht. Bitte gehen Sie jetzt."

Schweigend packten Frau Ahlers und Frank ihre Sachen zusammen. Sie wussten, dass jedes weitere Wort ein

Wort zu viel gewesen wäre.

Eine halbe Stunde später saß Gero allein an Violas Schreibtisch und blickte zur Decke.

„Viola, das fängt ja gut an. Ich wollte dir alles recht machen, und nun habe ich niemanden mehr für den Laden", flüsterte er.

„Warum hat diese Frau uns so getäuscht? Du hast sie noch gelobt und warst so zufrieden. Was soll ich nur tun?"

Er stand auf und sah aus dem Fenster.

Unten auf der Straße flanierten die Menschen, und er stand alleine da.

Schon bei der ersten Entscheidung, die die Galerie betraf, hatte er versagt. Dabei war er doch Geschäftsmann, durch und durch. Nichts konnte ihn eigentlich aus der Ruhe bringen. Sein Imperium lief wie geschmiert. Und dieser kleine Laden hier?

Das konnte doch nicht sein.

„Viola, ich mache das, du wirst sehen."

Er wollte das Arbeitsamt anrufen und darum bitten, ihm eine Studentin zu vermitteln. Doch zuerst musste er Renate Bauer informieren. Er hatte ihr versprochen, sich zu melden, und es tat ihm jetzt schon leid, dass er sie nun weiter vertrösten musste. Ihr dies mitteilen zu müssen, war ihm äußerst unangenehm.

„Frau Bauer? Hier ist Gero Ernest."

„Hallo, freut mich, dass Sie anrufen."

„Das wissen wir noch nicht, ob es tatsächlich eine Freude ist. Ich habe hier in der Galerie Chaos und Betrug vorgefunden. Nun muss ich erst wieder Ordnung schaffen. Zuerst brauche ich aber jemanden, der den Laden betreut, denn Frau Ahlers musste ich entlassen."

„Das tut mir leid für Sie."

„Wir müssen Ihre Ausstellung leider verschieben, bis ich jemanden gefunden habe."

Renate witterte eine Chance, wenigstens eine kleine.

„Wenn Sie möchten, kann ich Ihnen helfen. Ich habe im Moment keine Arbeit, bin kaufmännisch qualifiziert und interessiere mich, wie Sie ja wissen, sehr für Kunst. Auf den Laden könnte ich schon aufpassen."

„Das würden Sie tun? Aber Sie sind doch eine Künstlerin. Das kann ich nicht annehmen."

Renate lachte. Als Künstlerin hatte sie noch niemand bezeichnet, und das Leben hatte sie bisher nicht gerade verwöhnt. Sie hatte ihr Selbstvertrauen immer wieder von neuem aufbauen müssen.

„Ich bin doch keine Künstlerin, nur eine Hobbymalerin. Ein Arbeitsplatz ist für mich viel wichtiger. Wenn ich arbeiten dürfte, wäre das schön. Auch wenn es nur vorübergehend ist. Ich bin dankbar für jede Chance, die sich mir bietet."

Gero war verblüfft, sein Herz jubelte.

„Sie reden, als ob Sie ihre berufliche Zukunft schon aufgegeben hätten. Stellen Sie Ihr Licht nicht länger unter den Scheffel. Sie sind doch eine kluge Frau und haben das Leben noch vor sich."

„Schön, wie Sie das sagen. Aber mit fast vierundfünfzig Jahren ist es schwer. Zumindest was eine Anstellung betrifft."

„Das Alter spielt keine Rolle, im Gegenteil. Kommen Sie gleich hierher, wir machen einen Vertrag. Ich freue mich, wenn die Galerie weiter offenbleiben kann."

„Danke! Ich bin in wenigen Minuten da."

Renate konnte es kaum fassen. Sie tanzte durchs Wohnzimmer und rannte ins Bad. In Windeseile überprüfte sie ihr Aussehen, zog die Lippen nach und bürstete ihr Haar. Dann verließ sie die Wohnung und eilte zur Galerie.

Gero erwartete Renate schon. Er bat sie, im Büro Platz zu nehmen.

„Danke, dass Sie so schnell gekommen sind."

„Ich habe zu danken. Und ich muss ich Ihnen gleich gestehen, dass ich in der Aufregung meine Bewerbungsmappe vergessen habe. Soll ich schnell nach Hause laufen? Es ist nicht weit, ich kann in wenigen Minuten wieder hier sein."

„Nein, das brauchen Sie nicht. Papiere sind Schall und Rauch. Wir lernen uns nach und nach kennen. Wichtig ist nur, dass ich mich auf Sie verlassen kann und daran habe ich keinen Zweifel", sagte er und strahlte sie fröhlich an.

„Ich danke für Ihr Vertrauen und werde Sie nicht enttäuschen, da können Sie sich auf mich verlassen."

Gero legte ihr den Vertrag vor, den er als Vordruck in einem Ordner gefunden hatte, und bat sie, ihn genau durchzulesen. Renate erschrak, als sie das fürstliche Gehalt sah und dass sie als Geschäftsführerin eingestellt werden sollte.

„Aber das Gehalt, das ist doch zu viel. Ich bin doch nur eine einfache Bürokauffrau, die noch viel lernen muss", sagte sie mit einem Kopfschütteln.

„Ich bin mit weniger zufrieden, wirklich."

Sie wollte die Stelle unbedingt haben. Gero sollte nicht denken, dass sie tatsächlich so viel Lohn verlangt hätte.

„Diese Summe hat Frau Ahlers auch bekommen. Schließlich müssen Sie an sechs Tagen die Woche im Laden sein. Seien Sie nicht so bescheiden, Sie werden viel dafür tun müssen."

Seine Augen lächelten, bei dieser Bescheidenheit. Jemand der glaubt nicht so viel zu verdienen, hatte er noch nie kennengelernt.

„Ich habe im Moment andere wichtige Aufgaben und kann nicht sehr oft hier sein. Daher bitte ich Sie, die Unterlagen durchzugehen, damit Sie sehen können, wie meine Schwester ihre Ausstellungen geplant und ausgeführt hat. Lassen Sie zuerst Ihre eigenen Bilder rahmen; die Adresse der Firma finden Sie bestimmt hier irgendwo."

Er zeigte auf die Aktenordner.

„Und dann versuchen Sie sich als Galeristin", fügte er aufmunternd hinzu.

„Wenn Sie Probleme haben, rufen Sie mich einfach an. Einverstanden?"

In den nächsten Tagen arbeitete Renate bis tief in die Nacht.

Stück für Stück verschaffte sie sich einen Überblick und begriff rasch die Geschäftsphilosophie von Viola Ernest.

Akribisch nahm sie sich die Buchhaltung vor, um zu sehen, inwieweit sie Mittel für die Werbung einsetzen konnte und musste.

Viola war eine kluge und gewissenhafte Frau gewesen. Sie hatte genau festgelegt, wie alles in Einklang gebracht werden konnte.

Ihre Zahlen waren jederzeit überprüfbar.

Die Kunsthochschule hatte nach Geros Gesprächen einige junge Frauen und Männer vorbeigeschickt.

Renate war in ihrem Element und ging ganz in ihrer neuen Arbeit auf.

Sie nahm zunächst zwei Künstlerinnen auf, die sie für besonders begabt hielt, und vertröstete die anderen auf einen späteren Zeitpunkt.

Zusammen mit ihren eigenen Bildern arrangierte sie eine Ausstellung, die bald für Aufsehen sorgen sollte.

Sie bereitete die Vernissage bis ins kleinste Detail vor und lud viele Gäste ein, die auf Violas Listen notiert waren.

„Na, Frau Bauer, haben Sie sich gut eingearbeitet? Kommen Sie klar?", fragte sie Gero ein paar Tage später am Telefon.

„Schön, dass Sie anrufen. Ja, es klappt alles wunderbar, denke ich. Hoffentlich mache ich alles zu Ihrer Zufriedenheit."

„Davon bin ich überzeugt. Sie schaffen das schon."

„Na ja, arbeiten ist die eine Sache und unternehmerisch denken die andere. Immerhin muss sich der Erfolg so einstellen, wie ich das plane."

Sie machte eine kleine Pause, ehe sie weitersprach.

„Und ich habe keine Erfahrung, ob sich meine Vorstellungen wirtschaftlich bewahrheiten werden."

„Aber ich bitte Sie. Ein wirtschaftliches Risiko ist immer dabei. Wenn Sie das aber so machen, wie meine Schwester es getan hat, und Sie dann noch Ihren eigenen Instinkt dazu geben, dann kann gar nichts schief gehen. Nur Mut."

„Danke für den Zuspruch, ich gebe mir Mühe. Am Freitag ist unser erster großer Tag. Werden Sie zur Eröffnung kommen?"

„Selbstverständlich bin ich dabei. Das kann ich mir doch nicht entgehen lassen. Ich komme etwas früher als die Gäste, dann können wir uns noch besprechen."

„Danke und bis Freitag", sagte sie zum Abschied.

Am späten Donnerstagabend war Renate schon sehr aufgeregt. Sie kontrollierte nochmals ihre Vorbereitungen; auf keinen Fall durfte sie etwas vergessen haben.

Dann machte sie einen letzten Rundgang. Zwischen den Palmen hatte sie eine Staffelei aufgebaut. Im Büro hatte sie nämlich am Tag zuvor noch einige Bilder von Viola gefunden, die diese wohl in Nizza gemalt hatte.

Zumindest erkannte sie die Stadt, die sie selbst einige Male mit Christian besucht hatte und die sie seitdem über alles liebte.

Renate hatte eines der Bilder auf die Staffelei gestellt und ein goldenes Metallschild mit einer Gravur anfertigen lassen, das sie unterhalb des Bildes auf dem Rahmen der Staffelei anbringen ließ.

„Diese Vernissage findet statt zu Ehren der Malerin und Galeristin Viola Ernest. In dankbarer Erinnerung."

Wie versprochen kam Gero etwas früher als die Gäste. Er wollte sehen, ob Renate fertig geworden war.

Als er den Laden betrat, kam sie ihm in einem schlichten schwarzen Cocktailkleid entgegen. Es war hoch geschlossen, schmal geschnitten und reichte ihr bis zu den Knien. Ihre Haare waren zu einer hübschen Frisur hochgesteckt und ihr Gesicht war nur leicht geschminkt.

Er fand sie strahlend und schön, obwohl er nicht immer so von ihr gedacht hatte, was er jetzt sehr bedauerte. Besonders fielen ihm ihre Augen auf, die blitzten und erwartungsvoll strahlten. Sie begrüßte ihn herzlich.

Während er sich umsah und seiner Begeisterung Ausdruck verlieh, fiel sein Blick auf die Staffelei.

Er betrachte Violas Bild und las das Schild.

Er hätte weinen können, denn er hatte von einer Frau, die Viola gar nicht gekannt hatte, nicht so viel Feingefühl erwartet.

„Ich bin überrascht und etwas sprachlos, dass Sie meiner Schwester eine so große Ehre erweisen. Vielen

Dank. Sie hätte sich sehr darüber gefreut."

Er wischte sich über die feuchten Augen.

„Ich bin überzeugt, dass sie uns gerade heute zuschaut", sagte er mit einem Blick nach oben.

Renate war verlegen.

„Das denke ich auch. Nein, ich denke das nicht nur, ich bin überzeugt davon. Und das hat sie auch verdient. Ich konnte so viel von ihr lernen und bewundere ihre Leistung sehr."

„Danke", antwortete er bescheiden und zog sie leicht und sehr freundschaftlich an sich.

Der Abend war ein voller Erfolg. Zu Renates Erstaunen fanden selbst ihre eigenen Bilder große Bewunderer.

Die wenigen Werke, die sie mit ausgestellt hatte, fanden allesamt einen Käufer. Spät in der Nacht brachte sie Gero nach Hause. Vor der Haustür verabschiedete er sich.

„Ich danke Ihnen sehr, Frau Bauer. Bitte lassen sich mich meine Dankbarkeit zeigen und nehmen Sie meine Einladung an. Meine Haushälterin wird uns am Sonntag ein schönes Essen zaubern, das verspreche ich Ihnen."

„Danke, ich freue mich", antwortete Renate bescheiden, wie es nun einmal ihre Art war.

„Gegen sechs Uhr hole ich Sie ab. Gute Nacht."

„Gute Nacht, Herr Ernest."

Renate schloss die Haustür auf und verschwand mit einem Winken im Haus.

Sie konnte nicht gleich schlafen und setzte sich ins Wohnzimmer.

Zu aufgewühlt war sie.

In der Dunkelheit ließ sie den Tag noch einmal vorbeiziehen. Sie war sichtlich zufrieden und stolz auf das, was sie geleistet hatte.

Vor kurzem noch war sie frustriert, unzufrieden und einsam gewesen. Jetzt, nur kurze Zeit später, führte sie ein beruflich erfülltes Leben.

Sie hatte Verantwortung, Erfolg und einen regen Kontakt zu Menschen.

Natürlich hatte sich privat bei ihr nichts verändert.

Sie war nach wie vor allein.

Aber die Arbeit überdeckte ihre persönlichen Wünsche, und sie war dankbar für das, was sie hatte, und grämte sich nicht um Dinge, die sich nicht einstellen wollten.

Sie wurde gebraucht und das allein zählte. Hoffentlich würden nicht bald wieder der nächste Schlag und der nächste Tiefpunkt kommen.

Dann legte sie sich ins Bett und versank in einen tiefen, ruhigen Schlaf.

Den Samstag hatte Renate für sich. An diesem Tag blieb die Galerie geschlossen.

Sie schlief lange und ausgiebig. Erst gegen zehn Uhr wachte sie auf und wunderte sich, wie lange sie geschlafen hatte.

Fröhlich sprang sie aus dem Bett und genoss eine erfrischende Dusche. Als sie sich ihr Frühstück zubereitet hatte, setzte sie sich auf den kleinen Balkon und ließ ihren Körper von der Sonne erwärmen.

Sie konnte sich nicht mehr erinnern, wann sie das letzte Mal so beschwingt, heiter und fröhlich gewesen war.

Alles war von ihr abgefallen, die Geldsorgen wie weggeblasen. Das Geld, das sie geerbt hatte, hatte sie vor ein paar Tagen ihrem Anwalt geschickt, und nun würde sie ein für alle Mal Ruhe haben.

Sie war frei von Schulden.

Ihr Gehalt war für ihre Verhältnisse astronomisch und reichte für all das, was sie sich wünschte. Zwar waren ihre Wünsche nicht gerade ausfallend groß, aber sie konnte sich ausreichend Kleidung kaufen, zum Friseur gehen, Sport treiben und alles das tun, was ihr sonst noch einfiel und normal war im Leben einer Frau.

Als sie ihr Frühstück beendet hatte, räumte sie ihr Geschirr weg, kleidete sich an und verließ summend die Wohnung.

Ihr erster Weg führte sie zum Friseur und zur Kosmetikerin. Wenn sie schon am nächsten Tag in die Villa eingeladen war, wollte sie schön aussehen, soweit das eben möglich war, schließlich hatte die Natur sie ja nicht gerade bevorzugt behandelt, glaubte sie.

Danach bummelte sie durch die Stadt und suchte nach einem neuen Kleid, das für den Anlass geeignet war.

In einer kleinen Boutique wurde sie fündig: ein zartgelbes Kleid aus reiner Seide. Es hatte einen kleinen, runden Halsausschnitt und war eng geschnitten.

Da sie klein, aber schlank war, achtete sie sehr darauf,

keine weit ausgestellten Kleider oder plissierte Röcke zu tragen.

Sie fand, dass sie darin noch kleiner wirkte und ihre schmale Figur überhaupt nicht zur Geltung kam.

Aber dieses Kleid war genau richtig, zumal noch eine kleine Jacke dabei war, die sie in den noch kühlen Frühlingsnächten sehr gut gebrauchen konnte.

Für einen kurzen Moment zögerte sie. Ihr fiel auf, dass alle ihre Kleider schon diesen Schnitt hatten und sie eigentlich nur die Farben wechselte.

Ob sie nicht doch einmal etwas Neues versuchen sollte?

Doch sie verwarf den Gedanken rasch wieder. Ihr stand eben nichts anderes. Es war viel wichtiger, dass sie sich in ihrer Kleidung wohlfühlte.

Zufrieden mit ihrem Einkauf spazierte sie die Einkaufsstraße entlang, vorbei an ihrer ehemaligen Wohnung. Sie blickte nach oben und sah, dass die Fenster geschlossen waren.

Das Bistro an der Ecke war bekannt für seine guten Salate und viele Gäste machten hier Halt.

Renate hatte Glück und fand einen freien Tisch in der Sonne. Kaum hatte sie sich hingesetzt, sah sie ihre ehemalige Kollegin Christa die Straße überqueren. Renate vertiefte sich in die Speisekarte und hoffte, dass Christa sie nicht entdeckte.

Doch da hörte sie schon Christas Stimme.

„Hallo, Renate! Das ist aber eine Überraschung. Lange nicht gesehen. Wie geht es dir?"

„Danke gut", antwortete Renate kurz und knapp.
„Was machst du? Hast du wieder eine Arbeit?"
„Ich bin Geschäftsführerin einer Galerie."
„Oh, welch ein Aufstieg! Du hättest ruhig mal anrufen und über deine neue Arbeit berichten können."

Renate blickte Christa nur an. Sie war sprachlos. Dann aber erwiderte sie erstaunt: „Das hast du aber jetzt nicht ernst gemeint?"

„Wieso nicht? Schließlich waren wir ja befreundet."

„Ich soll eine Freundin anrufen, die geglaubt hat, dass ich stehle, obwohl sie es besser wusste?"

Christa wurde etwas verlegen bei diesem Vorwurf.
„Du musst das verstehen. Es sah so aus, als ob du das warst, und alle haben es geglaubt", erklärte sie und wippte mit dem rechten Bein.

Renate betrachtete Christa und stellte zum ersten Mal fest, dass sie nicht mehr ganz jung aussah. Wenn sie lächelte und plauderte, achtete man nicht auf die feinen Falten, übersah man die Ringe unter ihren Augen, doch jetzt, als sie ruhig vor Renate stand, wirkte sie auf einmal sehr müde.
„Deine Argumente sind fadenscheinig und primitiv und können mich nicht überzeugen. Ich war der Mei-

nung, dass du eine gute Freundin bist, dass du mir vertraust und mich unterstützt, wenn ich dich brauche."

„Das habe ich ja getan, erinnerst du dich nicht. Ich hatte dir doch gleich angeboten, mit zur Personalabteilung zu gehen."

„Das stimmt. Doch als es ernst wurde, warst du weg", sagte Renate traurig.

„Ich war und bin immer noch sehr enttäuscht von dir. Das war nicht die feine englische Art."

„Ach, lass doch das alte Gerümpel ruhen. Lass uns von vorne beginnen. Das bisschen Missverständnis hält eine Freundschaft aus, meinst du nicht?", rief Christa, lachte dabei und strahlte, was das Zeug hielt.

„Was fällt dir eigentlich ein? Ich will mit dir nichts mehr zu tun haben. Du bist doch keine Freundin. Und ich möchte mich jetzt auch nicht weiter unterhalten. Bitte lass mich alleine", schimpfte Renate wütend.

„Eingebildete Zicke!", schnaubte Christa.

„Nur weil du jetzt Geschäftsführerin bist, gibst du die Unnahbare und Erhabene. Ich brauche dich nicht mehr, wenn du nicht willst. Das habe ich nicht nötig. Ich habe wieder einen Mann an meiner Seite."

Ohne einen Gruß ging sie weiter.

Renate holte tief Luft, bestellte sich einen Salatteller und ein Glas Wein. Das Gespräch hatte sie doch sehr mitgenommen.

So konnte man sich in den Menschen täuschen. Es wurmte sie sehr.

Kaum hatte sie sich erholt von ihrem Ärger, kam überraschend auch noch Christian an ihrem Tisch vorbei.

„Renate, du hier?"

„Sind denn heute alle Leute meiner Vergangenheit unterwegs?", stöhnte Renate und verdrehte die Augen.

„Wieso, hast du noch mehr getroffen?"

„Ja, eine ehemalige Kollegin."

„Darf ich mich setzen?", fragte er freundlich.

„Wenn es sein muss", antwortete sie etwas kurz.

Christian überhörte ihre Unfreundlichkeit und setzte sich einfach auf den freien Stuhl ihr gegenüber.

„Wie geht es dir? Jan hat mir erzählt, dass du nicht mehr in der Kunststofffirma arbeitest."

„Nein", war die knappe Antwort.

„Was machst du jetzt? Bist du arbeitslos?"

Renate hatte keine Lust auf diese Fragerei, doch Christian merkte es nicht oder wollte es zumindest nicht merken.

„Nein, ich arbeite in einer Galerie."

„Na, dann kannst du jetzt ja wieder deine Pinsel auspacken", stellte er fest und grinste sie an.

Renate antworte nicht, sondern beschäftigte sich mit ihrem Salat, der inzwischen gebracht worden war.

„Hast du Zeit? Wollen wir heute Abend ausgehen?"

„Warum gehst du nicht mit deiner großen Liebe aus?", fragte sie ihn mit ironischem Unterton.

„Ihretwegen hast du mich doch verlassen oder habe ich dich damals missverstanden?"

„Jetzt habe ich dir aber eine Vorlage gegeben. Das freut dich, was? Du weißt doch, dass ich schon lange alleine bin, und außerdem hast du mich verlassen und nicht ich dich. Hast du das vergessen?"

„Das macht keinen Unterschied, Christian. Unsere Zeit ist vorbei", antwortete sie.

„Ich weiß, dass ich einen großen Fehler gemacht habe. Können wir nicht gute Freunde werden?"

„Gute Freunde? Was soll das, Christian? Hast du überhaupt die leiseste Ahnung, was du mir angetan hast? Du tust ja gerade so, als ob es zwischen uns nur eine kleine Meinungsverschiedenheit gegeben hätte, die zu unserer Trennung führte."

„Das ist nicht so. Ich habe schon erkannt, erkennen müssen, was ich dir angetan habe. Immerhin haben wir siebenundzwanzig Jahre zusammengelebt, Freude und Leid geteilt und uns vertraut."

„Ha!", rief sie.

„Freude und Leid geteilt? Dass ich nicht lache! Freude und Leid? Wann Freude und wann Leid?"

„Stimmt das vielleicht nicht? Erinnerst du dich nicht mehr, wie wir angefangen haben, damals 1966. Wie schwer wir es hatten? Wir haben geschuftet wie die Pferde. Wir hatten kaum Geld und wenig auf dem Teller. Das war nicht immer leicht."

„Das stimmt schon. Aber was war dann? Als wir das alles hinter uns hatten? Da hast du wunderbar gelebt, ja, bis meine Probleme begannen. Und genau dann, zu dieser Zeit hätte dich so sehr gebraucht."

„Aber du warst doch auch schuld. Die Probleme waren es nicht allein, die mich beeinflusst haben. Du warst es selbst. Du hast dich doch in dein Schneckenhaus verkrochen und bist nicht mehr herausgekommen. Ich konnte damit nicht umgehen. Das war mir fremd."

„Da kann man nur den Kopf schütteln. Konntest du dir nicht vorstellen, dass die Last zu schwer war für mich alleine? Hast du nicht gesehen, dass ich ohne Unterlass gegen Windmühlen ankämpfen musste?"

Sie nahm einen Schluck Wasser, um die Lippen zu benetzen.

„Hast du nicht bemerkt, dass die unfreundlichen und druckvollen Forderungen meiner Gläubiger mir so zusetzten, dass ich fast daran zerbrochen bin? Hast du nicht gefühlt, dass du dich hättest vor mich stellen, mich moralisch unterstützen müssen?"

Christian sah Renate an, als ob er sie zum ersten Mal gesehen hätte. Nicht im Entferntesten hatte er die Sache aus diesem Blickwinkel betrachtet. Als so gravierend hatte er das Ganze nicht empfunden.

„Weißt du, Christian, das alles hätte ich ja noch verstanden. Aber deine Demütigungen über mein Aussehen, mein Verhalten, die waren schlimm. Am meisten hast du mir aber damit wehgetan, dass du mich benutzen wolltest und mich körperlich angegriffen hast, weil du dich nicht entscheiden konntest. Das kann ich dir nie verzeihen. Verstehst du? Niemals!"

„Aber es ist doch jetzt so viel Zeit vergangen. Lass uns doch wenigstens freundschaftlich miteinander umgehen, obwohl ich gerne wieder mit dir zusammen wäre. Aber Freundschaft ist auch schön."

„Du denkst schon wieder nur an dich. Nachdem deine ach so große Liebe nicht funktioniert hat, erinnerst du dich nun an mich und suchst schon wieder deine Vorteile. Besser mich als gar keine oder wie? Was denkst du dir eigentlich?", schnaubte sie.
„Unsere Zeit ist endgültig vorbei, Christian. Ich möchte weder eine freundschaftliche, noch irgendeine andere Beziehung mit dir. Und das ist endgültig. Lass uns dieses unerquickliche Gespräch beenden."

Christian war enttäuscht und ärgerlich. Auch diesmal zeigten Renates berechtigte Vorwürfe ihre Wirkung.

Um nicht mit sich selbst ins Gericht gehen zu müssen, flüchtete er sich wie gewohnt in einen Angriff.
„Wenn ich dich so betrachte, deine teuren Klamotten und dein Verhalten noch dazu, könnte ich denken, du bist eingebildet und fühlst dich als etwas Besseres. Kann

es sein, dass ich richtig liege?"

„Das war doch einer deiner Hauptvorwürfe, dass ich mich nicht hübsch kleide. Jetzt nennst du es eingebildet. Lass gut sein, Christian. Ich muss gehen."

Renate stand auf, ging der Kellnerin entgegen, zahlte und lief auf direktem Wege nach Hause. Die letzten Stunden waren nicht gerade erbaulich gewesen. Denen, die ihr heute begegnet waren, war der Neid aus den Augen gesprungen, und darauf konnte sie getrost verzichten.

Sie zog einen bequemen Hausanzug an und setzte sich auf den Balkon.

14

Der Sonntag verging schnell. Gero hatte noch reichlich in seinem Büro zu tun. Am Abend fuhr er pünktlich zu Renate.

Als er geläutet hatte, kam sie ihm nach einem kurzen Moment entgegen, und während er die Tür des Wagens aufhielt, begrüßte er sie zuvorkommend.

Renate war aufgeregt und schlang ihre Finger um den Bügel ihrer kleinen Handtasche.

„Hatten Sie einen schönen Tag, Frau Bauer?"

„Oh, ich habe heute gar nicht viel gemacht. Meine Wohnung ein wenig aufgeräumt und viel gelesen", antwortete sie.

„Und ich habe in meinem Büro gearbeitet. Aber das tue ich meistens, seit meine Schwester nicht mehr da ist. Unser Haus strahlt jetzt so viel Leere aus."

Den Rest des kurzen Weges schwiegen sie, und schon wenige Minuten später fuhr Gero durch die große Einfahrt und parkte vor der Garage.

Renate blieb vor Staunen fast der Mund offenstehen, als sie die herrliche Villa betrat. Alles war edel, teuer und fein. Gertraud begrüßte sie und bat sie ins Kaminzimmer. Während Gero ihr ein Glas Champagner reichte, blickte sie sich verstohlen um.

„Schön haben Sie es hier. Das ist alles sehr schön und beeindruckend."

„Es ist das Haus unserer Eltern. Ich kenne es überhaupt nicht anders."

Nachdem sie noch eine Weile geplaudert hatten, betrat Gertraud das Zimmer und meinte, dass sie nun gerne servieren würde.

Renate und Gero folgten ihr ins Esszimmer. Das Essen war wunderbar, und Renate sparte nicht mit Komplimenten gegenüber Gertraud, die das Lob in sich aufsog wie ein Schwamm.

Den Kaffee nahmen sie anschließend in der Bibliothek zu sich. Gero hatte den Kamin angemacht. Es war gemütlich und angenehm, denn die Frühlingsabende waren noch sehr kühl.

„Erzählen Sie mir von sich. Leben Sie allein oder sind Sie verheiratet? Jetzt fällt mir auf, ich weiß eigentlich gar nichts von Ihnen."

„Ich bin geschieden. Mein Sohn ist erwachsen und lebt in Hamburg", sagte sie zögerlich.

Sie wollte nicht über sich reden. Was hätte sie auch sagen sollen? Da war nichts Interessantes. So schleppte sich die Unterhaltung schwerfällig dahin.

Gero merkte, dass es Renate sichtlich schwerfiel, über sich selbst zu sprechen. Aber er wollte mehr wissen.

Eigentlich wollte er alles wissen. Mit sehr einfühlsamen Fragen brachte er sie nach und nach und nach fast endloser Zeit dazu, ihm ihre Erlebnisse, ihr ganzes bisheriges Leben anzuvertrauen.

„Mein Leben lang habe ich gearbeitet, und mein einziger großer Fehler zerstörte meine Familie und alles, was ich aufgebaut hatte", erzählte sie stockend.

„Die letzten Jahre waren deshalb äußerst schwer. Ich saß ohne Arbeit zu Hause, mein Mann betrog mich und gleichzeitig benutzte er mich als Haushälterin. Er wusste meine Situation auszunutzen, glaubte, mich wegen meiner Schulden, die mir über den Kopf gewachsen waren in der Hand zu haben."

Sie schlang die Hände ineinander. Dieses Thema sorgte immer noch für innere Aufregung.

„Und ich war so unreif, das für eine Weile auch selbst zu glauben. Ich war wie gelähmt in meinem Urteilsvermögen und habe nur sehr langsam erkannt, was ich ändern kann."

„Das ist ja unglaublich! Das ist ja furchtbar!", rief Gero immer wieder.

Sie erzählte und erzählte von ihrer damaligen Notsituation, den Demütigungen ihres Mannes und von seiner Geliebten.

„Meine Mutter, Gott hab' sie selig, hat mir geholfen, und nach langer Zeit fand ich endlich eine Arbeit. Ich war glücklich und überzeugt, dass ich es schaffen konnte. Aber weit gefehlt."

Renate berichtete von der Krankheit und dem Tod ihrer Mutter, von Horsts Vergewaltigungsversuch, dem schrecklichen Verdacht, in der Firma gestohlen zu haben, und schließlich vom Tod ihres Vaters.

Als sie geendet hatte, weinte sie bitterlich. Sie hatte die Erlebnisse so tief in sich vergraben, dass es wohl zu sehr schmerzte, alles noch einmal hervorzuholen.

Gero setzte sich neben sie und nahm sie in seine Arme. Er war schockiert, als er das alles hörte. Konnte kaum fassen, was sie alles durchgemacht hatte.

So viel Pech konnte ein einzelner Mensch doch gar nicht haben. Zumindest hatte er das bisher immer geglaubt.

Als sich Renate wieder beruhigt hatte, blickte sie ihn peinlich berührt an und rückte ein wenig zur Seite.

„Tut mir leid. Ich weiß nicht, was in mich gefahren ist, Sie hier so mit meinem Elend zu langweilen, zumal das nun wirklich der Vergangenheit angehört."

„Es ist gut, dass Sie es ausgesprochen haben. Sie müssen Ihre Erlebnisse verarbeiten und dürfen sie nicht verdrängen. Ich bewundere Sie für Ihre Stärke und Ihren Mut, nicht aufgegeben zu haben. Das ist eine große Leistung, die Sie erbracht haben. Dazu kann ich Sie nur beglückwünschen."

„Nein, ich habe wirklich nicht aufgegeben. Aber das habe ich meiner Mutter zu verdanken. Sie hat mir immer wieder Mut gemacht und mich sehr unterstützt. Ich vermisse sie unendlich und wäre froh, wenn sie noch hier wäre."

„Unsere Lieben fehlen uns sehr. Damit werden wir leben müssen", sprach er tröstlich auf sie ein.

„Wissen Sie, was mich am meisten beeindruckt hat?", flüsterte sie stockend und etwas verlegen.

„Nein. Erzählen Sie es mir?", ermunterte er sie.

„Als ich die Todesanzeige Ihrer Schwester gelesen habe, stand da derselbe Spruch, den der Pfarrer auch bei der Beerdigung meiner Mutter gepredigt hatte. Ich war so berührt, dass ich zur Trauerfeier Ihrer Schwester gegangen bin. Dann sang die Opernsängerin auch noch das Lied, das meiner Mutter seit Jahrzehnten am Herzen gelegen war und sie durch ihr Leben begleitet hatte."
Sie fuhr sich mit der Hand über die Stirn.

„Woher kommt diese Übereinstimmung? Ist das nicht ein seltsamer Zufall?", fragte sie zögernd.
Gero erschrak.

„Den Spruch und das Lied hatte meine Schwester so festgelegt", erzählte er ihr nachdenklich und mit einem Kopfschütteln.

„Und jetzt arbeite ich sozusagen bei Ihrer Schwester. Welch eine Fügung des Schicksals", fügte Renate an.

Gero war innerlich so durcheinander, dass er eine ganze Weile nichts mehr sagen konnte. Sein Herz rief nach Viola. Er hätte sie gerne gefragt, ob Renate die Frau war, die seine Hilfe brauchte. War es Renates Mutter gewesen, die sich bei Viola gemeldet hatte?

Renate war ganz sicher eine Frau, die in ihrem Leben hatte kämpfen müssen, und ihre Mutter hätte durchaus die Frau sein können, die seiner Schwester begegnet war und um Hilfe für ihre Tochter gebeten hatte.

Und jetzt auch noch die Übereinstimmungen, was die Trauerfeiern und die letzten Wünsche der Toten anging.

Er hätte alles darum gegeben, wenn er sich hätte sicher sein können. Starr ging sein Blick zum Fenster; er wusste nicht, ob er Renate davon erzählen sollte.

Was, wenn sie ihn auslachte? Es war dunkel und nur die Sterne blitzten hell leuchtend am Himmel.

Da sah er plötzlich Viola im Garten stehen. Sie blickte ihn fröhlich an. Das war sie doch, oder nicht? Er erhob sich und lief ganz dicht ans Fenster, drückte sich die Nase platt und schaute und schaute.

Aber es war nichts mehr zu sehen. Litt er an Halluzinationen?

„Was ist mit Ihnen? Habe ich etwas Falsches gesagt?", fragte Renate ängstlich.

Gero hatte seit einiger Zeit nicht mehr mit ihr gesprochen und stand ganz abwesend am Fenster. Doch dann drehte er sich langsam um und blickte sie an.

„Nein, Sie haben nichts Falsches gesagt. Ich glaubte eben, meine Schwester gesehen zu haben. Bitte lachen

Sie mich nicht aus, aber das ist mir schon einmal passiert. Ich habe sie schon einmal da draußen im Garten stehen sehen."

„Ich werde Sie nicht auslachen. Meine Mutter sehe ich auch manchmal. So ist das eben zwischen Himmel und Erde."

Gero sah sie erleichtert und verwundert zugleich an.

Sie hatte dieselben Worte benutzt wie Viola. Er setzte sich neben Renate und erzählte ihr die ganze Geschichte.

Alles, was ihm Viola mit auf den Weg gegeben hatte, was sie gesagt und was sie sich von ganzen Herzen gewünscht hatte.

Am Ende saßen sie beide weinend auf der Couch und lagen sich in den Armen.
Gero, weil er instinktiv wusste, dass das die Frau war, der Viola hatte helfen wollen.
Und Renate, weil sie wusste, dass ihre emsige und auch spitzbübische Mutter wieder einmal für sie gewesen war.

Einige Wochen später hatte Gero Violas Erbe auf Renate überschrieben.
Lediglich Violas Räume mit all ihren privaten Dingen wollte Renate nicht ausräumen.
Eigentlich hatte sie Gero gebeten, die Sachen nicht

ihr zuzusprechen, sondern anderweitig wegzugeben.

Aber er hatte darauf bestanden, dass Renate jede Kleinigkeit von Viola übernahm. In seinen Augen stand ihr, und nur ihr das Erbe zu.

Er hatte erkannt, dass Viola und Renate sich unheimlich ähnlich waren, nicht im Aussehen, nein, aber in ihrem Wesen und Handeln.

Sie waren beide besondere Persönlichkeiten, etwa von gleicher Statur, stark, liebevoll und klug.

Nun stand Renate da und musste sich entscheiden.

Sie fand Violas Möbel schön und hätte sie am liebsten behalten, aber sie passten nicht in ihre kleine Wohnung.

Violas Kleidung wollte und musste sie über kurz oder lang weggeben. Sie wollte Gero nicht zumuten, sie in den Kleidern seiner Schwester zu sehen, auch wenn Viola die gleiche Größe hatte wie sie selbst und sie die schönen Sachen gerne behalten hätte.

Da Violas Räume nicht benutzt wurden, ließ Renate es zunächst auf sich beruhen.

Es war nicht leicht, den Schmuck, die Bücher und vieles andere, das Viola liebevoll zusammengetragen hatte, sinnvoll zu verwerten. Vielleicht würde sie alles für einen guten Zweck verkaufen.

Auch die Klinik war inzwischen eingeweiht worden, und das Labor arbeitete auf Hochtouren. Alle Aufgaben waren erledigt.

Noch nie war es Gero gelungen, ein Projekt so schnell zu starten und auch zum Laufen zu bringen, obwohl er in seiner Branche und unter seinen Geschäftspartnern ohnehin berühmt und bekannt war für seine schnellen Entscheidungen und seine effiziente Arbeit.

Mittlerweile hatten sich Gero und Renate so aneinander gewöhnt, dass sie auch ihre Freizeit zusammen verbrachten. Das hatte sich so eingeschlichen und war für die beiden inzwischen das Selbstverständlichste auf der Welt.

Renate lebte nun schon so lange in Baden-Baden, aber nie hatte sie sich Zeit genommen, die Stadt zu erkunden.

Und Gero half ihr jetzt dabei, die historischen Schönheiten zu entdecken. Mal spazierten sie durch die Altstadt, und er zeigte ihr sehenswerte Häuser, die einst von Dichtern und anderen berühmten Personen bewohnt wurden, dann gingen sie in den Rosengarten oder zur Staatlichen Kunsthalle.

An anderen Tagen fuhren sie ins angrenzende Rebland, ins Elsass oder sie besichtigten Straßburg. Noch nie hatte Renate ihre Heimat so schön erlebt wie jetzt mit Geros Augen.

Gero wiederum erfreute sich an Renates Interesse und Neugier.

Mit einem inneren Schmunzeln registrierte er ihre Bescheidenheit und war unentwegt damit beschäftigt, ihr klar zu machen, dass er sie gerne einlud zu diesen Ausflügen, die er natürlich stets mit einem Essen in einem schönen Restaurant beendete.

Jetzt, wo er sie näher kannte und öfter mit ihr zusammen war, konnte er gar nicht mehr verstehen, wie er sie damals im Café König eingeschätzt hatte.

Der Spruch „Kleider machen Leute" hatte anscheinend immer noch seine Bedeutung. Aber er zeigte auch, wie sehr man sich irren konnte.

So einfach durfte man es sich nicht machen; das hatte Gero jetzt erkannt.

Renate fiel es zunehmend schwer, so zu tun, als ob sie und Gero nur Freunde waren.

Wenn sie abends nach Hause kam, träumte sie von ihm und sehnte sich nach einer Umarmung, nach Zärtlichkeit und Liebe.

Nicht zum ersten Mal in ihrem Leben überkam sie die Erkenntnis, dass es Dinge gab, die sich der Kontrolle des Verstandes entzogen und die doch unzweifelhaft Besitz von einem ergriffen.

Hatte sie sich etwa in Gero verliebt?

Unmöglich, nichts war unmöglicher als das.

Mit klarem Verstand betrachtet wusste sie natürlich, dass sie beide aus ganz unterschiedlichen Welten kamen.

Es war ja so klar. Sie war zu lange mit keinem Mann mehr zusammen gewesen, mehr als zwei Jahre nicht mehr.

Ihr Verstand sagte ihr, dass sie als einfache Frau nicht in Geros Welt gehörte.

Ihr Herz aber wollte davon nichts wissen. Wieder einmal bedauerte sie, keine Freundin zu haben. Das wäre ein Thema gewesen, das sie gerne mit einer Vertrauten besprochen hätte.

Gero ging es nicht viel anders. Während er seiner Arbeit nachging, schob sich immer wieder Renates Gesicht vor seine Augen.

Er verfiel oft in Träume, denen er nicht widerstehen konnte, und fühlte sich mit aller Macht zu Renate hingezogen.

Er verstand sich selbst nicht mehr.

All die Jahre war sein Misstrauen sein Schutzschild gewesen und hatte ihn vor falschen Entschlüssen bewahrt.

Wenn er über sich und Renate nachdachte, fand er keinen Grund, warum sie ihn ausnutzen sollte.

Es war eher das Gegenteil. Er musste ja regelrecht darum kämpfen, ein einfaches Essen loszuwerden.

An diesem Nachmittag fuhr Gero auf den Friedhof und besuchte Viola. Eine Weile stand er stumm an ihrem Grab und starrte den Marmorstein an.

„Viola, ich glaube ich habe mich verliebt. Aber du weißt ja, wie ich bin. Meine ewigen Zweifel, mein Misstrauen. Kannst du mir sagen, was ich tun soll?"

Er zupfte die verblühten Blumen von ihren Stängeln.

„Es kann doch nicht falsch sein, Renate zu lieben, oder? Du warst doch auch von ihr überzeugt. Du hast doch gesagt, dass auch ich mein Glück noch finden würde. Und du hattest immer Recht. Soll ich es jetzt wagen?"

„Junger Mann, mit wem reden Sie?", hörte Gero plötzlich eine Stimme fragen. Blitzartig drehte er sich um und sah einen alten Mann, der wie aus dem Nichts hinter ihm aufgetaucht war.

„Ach, ich rede mit meiner Schwester", antwortete Gero mit einem Schulterzucken.

„Aber heute antwortet sie nicht", klärte er den Mann sichtlich enttäuscht auf, lächelte ihn an und zuckte resigniert die Schultern.

„Lieber junger Freund, wenn das so einfach wäre, würde jeder hierherkommen und sich täglich einen Rat für das Leben holen. Sehen Sie viele Menschen hier?"

Der alte Mann drehte sich um, breitete ganz weit seine Arme aus und zeigte über das Gelände des Friedhofs, das Ruhe und Frieden ausstrahlte.

Nur vereinzelt standen Menschen an den Gräbern. Dann stellte er trocken fest: „Ich auf jeden Fall nicht. Ich sehe nicht viele Menschen."

„Ich habe nicht gesagt, dass es einfach ist", wand Gero ein. Das Gespräch war ihm einerseits peinlich und andererseits fühlte er sich von dem Mann in seinen Bann gezogen.

„Sie, junger Mann, müssen auf Ihr Herz hören. Dann und nur dann, ist es richtig, was Sie tun", sagte der alte

Mann. Er schlug sich mit einer Hand auf die Brust und streckte die andere in die Luft, in Richtung der Wolken.

„Das erwarten die da oben von uns. Glauben Sie einem alten Mann."

Gero blicke seinem Arm hinterher. Er wollte den Mann noch etwas fragen, aber so schnell, wie er hinter ihm aufgetaucht war, so schnell war er auch wieder verschwunden.

Er versuchte, den Worten des Alten zu folgen, und nach kurzem, aber heftigem Nachdenken glaubte er zu wissen, zu erahnen, was er gemeint hatte.

„Danke, Viola. Du findest immer einen Weg, wie du mit mir sprechen kannst. Danke, du hast mir sehr geholfen."

Gero war befreit und glücklich. Endlich konnte er seinen Gefühlen nachgeben und seine Liebe zu Renate ohne Misstrauen zulassen. Das Kribbeln im Bauch war wunderschön und beflügelte ihn geradezu.

An einem lauen Sommerabend saßen Renate und Gero auf der Terrasse der Villa und blickten in die sternenklare Nacht.

„Renate, ich muss dir etwas sagen."

Seit einiger Zeit duzten sie sich und waren sich so vertraut, als würden sie sich schon seit einer Ewigkeit kennen.

„Was willst du sagen?", fragte sie neugierig.

„Ich habe mich in dich verliebt. Ich möchte den Rest

meines Lebens mit dir verbringen. Würdest du mich heiraten?", fragte er leise und blickte sie zärtlich an.

Renate hatte seit Monaten gegen ihre Gefühle gekämpft. Jetzt hatte Gero das ausgesprochen, was sie selbst sich auch so sehnlichst wünschte. Ihr Herz klopfte stürmisch und freudig erregt.

„Ja, ich liebe dich auch und möchte mein Leben mit dir teilen", antwortete sie überglücklich.

Gero erhob sich, zog sie in seine Arme und küsste sie innig, immer und immer wieder.

„Nie hätte ich gedacht, dass ich alter Mann noch einmal das große Glück finden würde. Aber Viola hat mir das stets prophezeit und sie hat wie immer recht gehabt", sagte er und seine blauen Augen strahlten Renate an wie zwei funkelnde Sterne.

„Ich habe auch geglaubt, dass ich einsam alt werden muss. Er war nicht schön; der Gedanke und die Vorstellung daran stimmten mich sehr traurig. Ich dachte, dies alles, die Gefühle der Liebe und der Zuneigung, die gibt es für mich nicht mehr."

„Zum Glück sind wir uns begegnet. Ich bin der glücklichste Mann auf der Welt!"

Renate lächelte und zog ihn mit sich in den Garten.

Er wusste nicht, was sie dort wollte, aber er würde ihr folgen, notfalls bis ans Ende der Welt. Am Ende des

Parks und am Rande des Abgrunds zeigte sie in den Himmel und nahm seine Hand, umklammerte sie und drückte sie fest.

„Schau, die funkelnden Sterne die dort oben am Himmel stehen."

Ehrfürchtig blickten sie in den Nachthimmel. Hell standen die Sterne am Firmament. Sie funkelten und blitzten einmalig schön.

„Schau, da sind zwei Sterne, die besonders hell leuchten, dort neben den drei anderen, die etwas abseitsstehen", sagte Renate und zeigte mit ihrem ausgestreckten Arm in den Himmel.

„Kannst du sie sehen? Weißt du, welche ich meine? Sag doch, siehst du sie?"

Gero strengte sich an.

„Meinst du die beiden, die da nebeneinanderstehen und ganz besonders hell leuchten? Die, die da etwas alleine stehen?"

„Ja, genau die meine ich. Das sind sie, Viola und meine Mutter. Sie winken uns durch die Sterne zu."

So laut sie konnte und aus vollem Herzen rief sie: „Danke, Mama. Wir danken dir von ganzem Herzen!"

„Viola, du bist die Allerbeste. Dem Himmel sei Dank", rief Gero hinterher.

Lange blieben sie eng umschlungen stehen. Dann blickte Renate Gero ernst an und sagte:

„So nah kann nur der Himmel sein."

„Du hast Recht", antwortete Gero.

„Bei all dem, was wir beide erlebt haben, was wir getan und nicht getan haben, was uns zusammengeführt hat, denke ich auch, dass das kein Zufall ist. So nah kann wirklich nur der Himmel sein."

Mit einem flauen Gefühl im Magen rief Renate am nächsten Abend ihren Sohn Jan an.

Wie würde er die Nachricht aufnehmen, dass sie wieder heiratete? Hoffentlich würde er nicht allzu böse sein. Sie wählte die Nummer und wartete, bis er abhob.

„Hallo, Jan. Schön, dass ich dich erreiche. Ich freue mich, deine Stimme zu hören."

„Mama! Wie geht es dir?"

„Mir geht es wunderbar. Und Euch?"

„Oh, danke, alles bestens. Was macht die Arbeit? Bist du noch zufrieden mit deinen Bildern und deinen Malern?"

„Ja, die Galerie gehört jetzt mir", erzählte sie stolz.

„Wie kommt das denn?"

„Sie ist ein Erbe von Viola. Ihr Bruder sollte sie in gute Hände geben und er hat mich dafür ausgesucht."

„Das freut mich aber sehr für dich. Jetzt kannst du wirklich zufrieden sein. Jetzt bist du endlich wieder dein eigener Chef. Das ist das Richtige für dich."

„Ja, jetzt ist alles gut, Jan. Ich muss dir etwas sagen: Ich habe mich verliebt und werde wieder heiraten."

„Das ging aber schnell. Du kannst aber noch nicht

lange mit einem Mann zusammen sein, sonst hättest du mir doch davon erzählt? Oder hast du absichtlich nichts gesagt?"

„Wir sind schon seit Monaten zusammen, allerdings war es lange Zeit nur freundschaftlich. Es ist Gero Ernest, Violas Bruder."

„Donnerwetter, das ist ja ein reicher Mann!"

„Jan, lass das. Das spielt keine Rolle, das weißt du."

„Ich habe ja nur Spaß gemacht. Ich wünsche dir wirklich alles Gute."

„Danke. Wir heiraten im Oktober. Kommt ihr?"

„Natürlich, Mama. An diesem wichtigen Tag fehlen wir doch nicht. Da wollen wir selbstverständlich dabei sein!"

Die Hochzeit von Gero und Renate fand im Oktober im kleinen Rahmen und in aller Bescheidenheit statt.

So hatte es sich Renate gewünscht. Jan und seine Frau hatten Wort gehalten und waren aus Hamburg gekommen.

Auch Ulrich mit seiner Familie hatte Renate eingeladen. Gero hatte nur wenige Verwandte, aber auch sie waren da, um mit ihnen zusammen den freudigen Tag zu begehen.

Sie feierten bis tief in die Nacht in einem kleinen, aber feinen Gasthof im Badischen Rebland.

Das Hochzeitspaar verabschiedete sich jedoch zeitig und reiste für vier Wochen nach Nizza zu Madeleine, die sie schon sehnsüchtig erwartete.

„Weißt du Gero, manchmal zweifle ich an meinem

Verstand. Irgendwie ist meine Welt verdreht", sagte Renate während des Fluges gedankenverloren.

„Warum ist deine Welt verdreht?", fragte er lachend.

„Wir haben so viele Zufälle, Übereinstimmungen, Vorsehungen und jetzt kommt auch noch Nizza dazu."

„Warum ist das eine Vorsehung?"

„Mindestens fünf Mal war ich schon da, und ich liebe diese Stadt über alles. Was für ein Glück! Es ist wie ein Lottogewinn für mich zu wissen, dass wir noch öfter hier Urlaub machen können, an dem schönsten Fleckchen, das es für mich auf der Welt gibt. Ich kann es immer noch nicht glauben."

Gero musste lachen.

„Ja, freue dich. Madeleine wird dir zu Füßen liegen, zumal sie Viola über alles geliebt hat und weiß, dass sie in dir eine Freundin von Viola finden wird. Ich habe ihr viel von dir erzählt."

„Ja, du hast mir davon berichtet. Ich wünsche mir sehr, dass sie mich mag, und ich werde mir viel Mühe geben."

Gero behielt Recht. Madeleine begrüßte ihn und Renate erst mit vielen Tränen.

Sie hatte immer noch nicht überwunden, dass „ihre Kleine" nun nicht mehr da war. Aber sie schloss Renate sofort in ihr Herz und umsorgte sie genauso, wie sie es einst mit Viola getan hatte. Renate war ihr unendlich dankbar dafür.

„Ich habe noch eine Überraschung für dich", sagte

Gero, als sie an einem Vormittag mit der Jacht unterwegs waren. Renate sah ihn fragend an.

„Wir beide sind leider zu alt für eigene Kinder, glaube ich zumindest, wenn ich die Anatomie richtig verstehe", begann er.

„Danke für das Kompliment. Das fängt ja gut an", sagte Renate trocken und machte ein reichlich betroffenes und beleidigtes Gesicht.

„Das habe ich doch nicht so gemeint. Natürlich sind wir beide noch frisch für die Liebe. Aber Schwangerschaften? Ich weiß auch nicht."

Renate lachte aus vollem Herzen über seine gespielt zerknirschte Reaktion.

„Und wie willst du das Schwangerschaftsproblem lösen? Woran hast du gedacht?"

Der Schalk blitzte aus ihren Augen und Gero musste sie einfach in die Arme nehmen.

„Du hast ja einen wunderbaren Sohn, der genau das gelernt hat, was ich in meinem Unternehmen brauche."

Gero machte eine Pause, bevor er weitersprach. Er wollte es Renate schonend beibringen.

„Als ich neulich in Hamburg war, habe ich mich mit Jan getroffen und lange mit ihm gesprochen."

„Warum hast du mir das verheimlicht?"

„Wir wollten dich mit der Nachricht überraschen. Du bist doch nicht böse deswegen?"

Renate schüttelte den Kopf.

„Wie sollte ich? Ich liebe dich, vertraue dir und freue mich immer, wenn du mich überraschst."

„Jan wird nach Baden-Baden kommen und in die Firma einsteigen. Wie du weißt, brauche ich dringend einen Erben. Wir kaufen ihm ein Haus, ein sehr schönes Haus, damit er mit seiner Familie in unserer Nähe glücklich leben kann. Er ist ein netter, fleißiger Junge."

„Aber du kannst doch deine Geschäfte noch selbst führen. Ich möchte ja auch die Galerie voranbringen."

„Stimmt. Trotzdem müssen wir vorsorgen. Du hast gesehen, wie schnell sich alles ändern kann, von einem Tag auf den anderen. Viola hatte nicht damit gerechnet, so früh schon gehen zu müssen, und ihr Mann auch nicht. Also, es ist schon richtig so."

„Du machst mir Angst. Gerade haben wir geheiratet. Jetzt soll unser Leben erst beginnen und du, was machst du? Du sorgst vor für den Fall, dass wir sterben."

Traurigkeit und Angst erfasste sie.

Gero sah, was er angerichtet hatte. Er zog sie näher an sich.

„Du siehst das völlig falsch, zumindest nicht so wie ich. Ich zweifle nicht an unserem zukünftigen Leben."

Er streichelte zärtlich ihren Arm.

„Warum sollte dein Sohn als Angestellter arbeiten, wenn er bei mir Chef werden kann? Er braucht bestimmt ein paar Jahre, um sich einzuarbeiten. Bei mir weiß er, wofür er arbeitet, und er bekommt viel mehr Geld als anderswo."

„Ja, das stimmt", flüsterte sie.

„Die Mietwohnung, die er hat, ist auch nicht das, was man als vollkommen bezeichnen kann. Also nenne mir einen einzigen Grund, warum wir warten sollten? Und mit der Vorsorge, das ist nicht so einfach. Ein Leben lang habe ich mich um meine Nachfolge gesorgt. Mir liegt sehr viel am Vermächtnis meines Vaters, und mich beruhigt es ungemein zu wissen, was damit geschehen wird. Irgendwann einmal, versteht sich."

„Du hast mich wirklich erschreckt, verzeih bitte. Zu viele aus unseren Familien sind in so kurzer Zeit gestorben. Ich bin es nicht gewohnt, so vorausblickend zu denken wie du. Bisher hatte ich fast nur mit der Gegenwart zu tun, und die war anstrengend genug für mich."

Nach kurzem Zögern strahlte Renate Gero an und schmiegte sich in seine Arme. Sie wusste, dass sie das Glück ihres Lebens gefunden hatte.

„Kann ich diesmal mein Glück festhalten?", fragte sie ängstlich.

„Warum nicht? Niemand wird es dir wegnehmen. Darauf kannst du dich verlassen."

„Bist du sicher?"

Er glaubte, ihre Gedanken lesen zu können.

„Du kennst doch unsere zwei resoluten Sterne da

oben. Die passen schon auf uns auf. Wir bleiben zusammen, bis dass der Tod uns scheidet, das verspreche
ich dir hoch und heilig."

ENDE

Quellen und Hinweise

Ich bedanke mich bei der Kirchengemeinde Stiftskirche/Liebfrauen in Baden- Baden für das Foto Kruzifix aus der Broschüre (S. 57/58)

Alle anderen Fotos: © Barbara Herrmann

Geschichtliche Informationen aus meinem Buch „Baden-Baden, deine Mystik ist die Eleganz"

ISBN 978-3-740706173

www. wikipedia.de

Weitere Bücher von Barbara Herrmann:

Baden-Baden, deine Mystik ist die Eleganz
Ein etwas anderer Bildband

Baden-Baden, deine Mystik ist die Eleganz – ein lebendiger Spaziergang durch die Gegenwart mit einem Blick in eine glanzvolle Vergangenheit. In diesem etwas anderen Bildband nimmt die Autorin ihre Leser mit auf drei Spaziergänge durch die einstige Sommerhauptstadt Europas, die Charme und einen Hauch der großen, weiten Welt versprüht und in eine liebliche Landschaft eingebettet ist.

Neben den ganz persönlichen Eindrücken und Emotionen der Autorin dürfen natürlich auch Daten über weithin berühmte Plätze und Gebäude nicht fehlen.

E-Book: ISBN 978-3-740706173

Jolandas Reise in die Vergangenheit

Der Schatten im Mond

Nach dem Tod ihrer Mutter findet Jolanda in deren Nachlass eine Schatulle mit Briefen und Fotos. Ihre vermeintlich heile Welt stürzt ein, als sie erfährt, dass ihre verstorbenen Eltern gar nicht ihre leiblichen Eltern waren. Sie begibt sie sich auf die Reise in den Schwarzwald und nach Sizilien, um die Familiengeheimnisse ihrer Stiefmutter zu lüften und ihre richtigen Eltern zu finden. Bei ihrer Suche tun sich ungeahnte menschliche Abgründe auf, die sich noch über Jahrzehnte bis in die Gegenwart auswirken.

Ein bewegender Roman über eine Familie, die den strengen und althergebrachten Werten sowie den Vorurteilen gegenüber den italienischen Gastarbeitern zu Beginn der Sechzigerjahre Tribut zollen muss, auf diese Weise ihren inneren Zusammenhalt verliert und letztendlich daran zerbricht.

ISBN: 9783753416892
E-Book ISBN: 9783753436272

Ich schreib mich in dein Leben

Ein Baden-Baden Roman

Regina, eine junge, hübsche Frau aus reichem Hause, verfolgt nach dem Abitur energisch den Wunsch nach persönlicher und finanzieller Unabhängigkeit, ausgerechnet über die Abendschule und die harte Arbeit in einem Callcenter.

Dabei stolpert sie immer wieder über die Hindernisse und Unebenheiten zwischen den Aufgaben einer reichen Fabrikantentochter und dem holprigen Alltag einer arbeitenden und lernenden jungen Frau, was auch ihre Beziehung zum Scheitern bringt.

Zwischen diesen beiden Welten lernt sie den Bestseller-Autor Viktor Tillmann kennen, einen Mann, der durch seine schwere Kindheit geprägt, nicht gerade eine glückliche Hand bei der Wahl seiner Partnerinnen hat. Als das Durcheinander im Leben von Regina und Viktor Schicksal spielt und sich die beiden immer wiederbegegnen, löst das nicht nur Gefühle, sondern auch Intrigen und öffentliche Schlammschlachten aus. Eine romantische, moderne Liebeskomödie.

ISBN 978-3-753477077-Print
ISBN 978-3-753452623-eBook

Das Obstgut –

Schwere Zeiten

Mitte der 60er Jahre heiratet Gerhard Glotz, der größte Obstbauer im Bühlertal, die achtzehnjährige Jutta. Anstatt aber eine stolze Bäuerin sein zu dürfen, wartet auf sie ein mühsames und hartes Leben.

Ihr Ehemann tyrannisiert seine Familie und seine Landarbeiter mit seiner unbeugsamen Härte. Sein ältester Sohn Tobias verlässt als junger Mann nach einem heftigen Streit und der Uneinsichtigkeit des Vaters das Gut.

Den jüngsten Sohn Klaus, den Gerhard ohnehin nicht leiden kann, weil er das Klavier der Landwirtschaft vorzieht, verjagt er erbarmungslos. Auch die Bäuerin lässt Gerhard einfach im Stich, als diese schwer erkrankt.

Eine Familie zwischen dem Schwarzwald und dem Bodensee, die trotz vieler Turbulenzen einen Weg zwischen Tradition und Moderne suchen und finden muss.

Die Obstgut-Saga Band 1

Print ISBN 978-3740731854
E-Book ISBN 9783740702748

Planstraße 146 –

Die Straße meines Lebens

Autobiografischer Roman

Die Autorin ist auf der Suche nach sich selbst und will deshalb alles über das Schicksal ihrer Familie, die aus dem Kraichgau in Baden stammt, erfahren.

Im Vordergrund stehen ihre Mutter Emma sowie ihre Großmütter Friedericke und Elisabeth. Warum haben Friedericke und Emma zu ihren dominanten Männern aufgeblickt, diese mit Gehorsam bedient und bis zu ihrem Lebensende ertragen? Wie war das damals auf dem Land, als man der jungen Friedericke ein uneheliches Kind weggenommen und sie mit dem Bauernsohn Jakob verheiratet hat? Warum hat sie ihr schweres und tristes Leben mit zwei Ehemännern und elf Kindern hingenommen und nie rebelliert? Ein zugleich einfühlsamer und spannender Roman, der die Lebenswege dreier Generationen im Rahmen der Geschichte eines ganzen Jahrhunderts nachzeichnet.

Print: ISBN 978-3- 740729318
E-Book: ISBN 978-3-740700287